京洛再无佳人

〔上〕

·全二册·

乔维安／著

四川文艺出版社

△ 那是他们相爱过的北京

目录 CONTENTS [上]

【Chapter 1】 / 001
告诉我，你还爱赵平津吗？

【Chapter 2】 / 032
铁打的金屋，流水的阿娇

【Chapter 3】 / 069
为什么愿意来北京？

【Chapter 4】 / 103
你结婚之后，我们就不要见面了

【Chapter 5】 / 138
爱情靠不住，一定要工作

【Chapter 6】 / 172
西棠之后，京洛再无佳人

目 录 CONTENTS ［上］

【Chapter 7】 / 207
我知道，他要结婚了

【Chapter 8】 / 243
这女人就是个祸害

【Chapter 9】 / 270
赵平津，我在这里跟你说再见吧

【 番外 】 / 292
一月八日没有雪

两个人走到车前，倪凯伦回头望了一眼，看到身后的人，脸上神色平静，可是一双美丽的大眼睛，完全是失焦的。

她只好自己坐上了驾驶座。

"西棠——"倪凯伦望了一眼身边默默扣安全带的人，淡淡地开口，"告诉我，你还爱赵平津吗？"

Chapter 1
告诉我，你还爱赵平津吗？

一月份的横店，天蒙蒙亮的时候，天空有厚厚的灰蓝色云层。

早晨五点多，西棠裹紧了身上的大衣，哆哆嗦嗦地穿过清宫明苑的红色墙根，天色还是一片阴暗，远处的楼宇之间，透出一点点微亮的光。

那是熬通宵的剧组仍在工作。

走到抗战基地的广州街、香港街，一片焦土废墟之间，已经有人影在走动。

摄影师指挥着灯光助理在架梯子。

她走进屋子里，看见一排穿着黄色军服的国民党士兵，个个面黄肌瘦的，乍看好像憧憧鬼影一般。一把帆布折叠椅旁站着化妆师，那是个年轻的女孩子，戴着一个蓝色口罩，一副睡眠不足的样子，头发凌乱，她正往那些士兵脸上涂炮灰和血浆，一分钟搞定一个，然后木着脸喊："下一个。"

西棠走进去换戏服。

今早要拍一场在黎明之前炸掉敌方一座电厂的爆破戏，西棠是冲锋陷阵的群演之一，山崩地裂一声巨响，众人在壕沟里纷纷倒下，抽搐，静止，导演对着喇叭喊 cut①。

再来一遍。

一直拍到天光大亮，导演终于满意，收工转场。

车子将他们从荒郊野外拉回了景区内，西棠换了衣服走出来，正碰到群头刁哥，他冲着她咧嘴一笑，露出一口被烟熏黄的牙："哟，大明星，赶早啊。"

西棠笑嘻嘻地打招呼："刁哥，您早。"

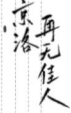

她转手将剧组发的一份早餐递给了他："您没吃吧？豆浆、包子。"

刁哥也不客气，顺手拿过早餐，另一只手伸出来，要往西棠的脸上摸，她敏捷地一闪躲过了，脸上仍然笑嘻嘻的。

刁哥嘿嘿笑了一声："你个小滑头。"

---

①停止拍摄。

西棠赶紧拱拱手，笑着跑远了："记得报我的戏啊。"

刁哥咬着烟，顺手在她的名字后打了一个勾。

横店的群演一天工作八小时赚六十块，就这价格，四五年前还只是一半，早上六点前的戏，多发十块；拍挨揍和死掉的戏，十块起跳，活儿脏，则会多发一点。

横店最热闹的时候，据说有几千名群演，肉身都扑在烂泥里打滚，可是连卖盒饭的阿姨都心怀星梦。

出了门，看看时间，西棠往自己的剧组走。

她所在的经纪公司正在横店拍一部古装宫廷电视剧，昨晚是大夜戏，今早十点多开工。

西棠穿过青石板路，她一边走，一边无声地笑笑，自己也是有经纪公司的人了，怪不得每次来做特群都被调侃。公司正在拍的这部《倾城宫恋》，号称总投资几千万，其实大部分都进了导演和主演的口袋，服装、道具都使劲拣便宜的租，更不用提极其狗血的剧情了——西棠进横店的这几年，各种凭空冒出来的影视制作公司多如牛毛，大家都一样，拍出来的戏全都跟狗屎似的，都往电视上放，后期剪出来的镜头宫红柳翠、金玉满堂，俊男美女痴情缠恋，然后发行宣传卖力倒腾，绯闻粉丝使劲炒作，版权一样好卖，制片一样赚得盆满钵满，电视一样播得火热，观众一样看得津津有味。

她在剧里饰演一个失宠妃子的丫鬟，有大约十集的戏份，在三天前的拍摄中已经不幸被隔壁宫的娘娘毒死而领了"盒饭"。

在横店住了快两年了，本来就是这行当出身的，她什么活儿都干过，什么活儿都练得不错，这一次公司干脆都不用请剧务了，由她跟另外一个同事全包了。

西棠一走进剧组，里面已经是人声鼎沸，穿着戏服的演员来来往往，有些头套、妆容已经齐全了，一眼看过去，宫女如花满春殿，花红柳绿的一片，顿时产生了时空转移之感。

只是下一秒，她就隔着窗户听到剧务主任在屋里对着电话咆哮："喊他起来！这个场地一场租金两万！全剧组人都开工了，等着他吃白饭啊！"

西棠知道，电话那头是男主演江超的助理，江超是一位很早以前出名的香港唱跳歌星，虽然现在已经有些过气了，但胜在有名气积累，演戏还算实力派，片酬不高不低，公司请他来跟吴贞贞搭戏，两个人年龄差了十多岁，一个演稳重老成的皇子，一个演清纯可人的江湖小侠女，也算搭出了新意。

只是听说他最近刚刚离了婚，一进组就变成夜场派对动物，助理稍没注意，他便起不来。

也难怪他晚上爱去消遣，几个月被困在这个破烂小镇，没日没夜地赶工，是个人都得发疯。

同事阿凯在屋檐下看到西棠，赶忙冲着她招手："西棠，过来。"

一个女孩子站在他的身边，抹着眼泪抽抽搭搭地说话。

那是公司派给女主演吴贞贞的助理小宁。

小宁一看到她，便气鼓鼓地说："西棠姐，我不想跟贞贞了。"

吴贞贞是公司近年来最红的女星，在整个电视剧圈子也算是古装一线了，人美，脾气是有点，大牌都有点脾气，但也不至于跟助理闹翻。

西棠问："怎么了？"

小宁说："今天的剧本有改动，我拿进去给她看，被她骂了出来。"

西棠望望她，心底一亮，问了一句："是不是有人在她化妆间？"

阿凯将西棠拉到一边，压低声音说："新男友，第一次来探班，抓得很紧，据说下一部戏要投资，大制作捧贞贞做主演，老板供财神一样供着。"

西棠心下已经明了。

她也隐约听说了一些传闻，在横店拍戏枯燥万分，这种鲜活香辣的小道消息传得飞快。吴贞贞成名很早，如今依然很年轻，钱却赚得不少了，因此一向心高气傲，据说一场饭局的价格是六位数，还是有市无价，但在富商圈子里有个传统，越是高价高傲的女星，带出来越有面子。

难得有财神爷入了吴贞贞的眼，想必也是稀奇人物。

方才她已经瞄到，小宁今天穿了一件白色羽绒服，里面是一层黑色薄纱，波峰耸动。

西棠暗自佩服。

她从小宁手中接过了本子，语调沉着威严："我去说吧，你休息一下，一会儿B组戏照旧跟她。"

小宁唯唯诺诺应了一句。

西棠走到吴贞贞的化妆间。

整个剧组上百人，只有吴贞贞一个人有独立化妆间，连一从这个门口走出去就有大批探班的忠实粉丝捂着心口尖叫的男主演江超，都只是跟男二号共用一个休息室。看来吴贞贞引来投资的事，估计是真的了。

西棠敲门，温和地说："贞贞，我来送剧本。"

这位大小姐喜欢人人叫她贞贞，上至总导演，下至清扫阿姨，以显示她的亲切。

里边传出一道娇腻的女声："进来吧。"

西棠推门进去，吴贞贞已经穿好了戏服，一件牡丹刺绣的大红宫装，露出一片雪白的胸脯，她正坐在梳妆台前，一边对镜贴花黄一边说话，声音拖得老长："我上周在恒隆看到了……"

背对着门的沙发上坐着一个人，没等她说完，便漫不经心地应了一句："喜欢什么自己去买，不要来跟我说。"

而这声音如一道闪电轰隆隆地劈落，西棠只觉眼前一片黑暗，那一瞬间再也动弹不得。

男人的声线低沉、醇厚，如大提琴上最饱满的弦奏出的音，却是寒冷的，如浮着碎冰的溪水流过坚硬的岩石。

仿佛冬天第一场雪落下时的傍晚，天色灰暗，庭院茫茫，想身边有个人，想暖酒，想喝醉，想跟他共赴地老天荒。

很多年前，也是在一片黑暗中，她走进灯红酒绿的包厢，牌桌上人影绰绰，不见真容，只听到一个男人的低沉声音，带一点点笑意："等会儿，碰四筒。"

那一瞬间，她只觉得皮肤发紧，脑子一阵阵晕眩，身体非常渴望被抚摸。

不管隔了多少年，哪怕是在梦中，她也常常听到这个声音，一辈子都无法忘记的声音。

一个科班表演专业出来的学生，讲究声台形表，而其中西棠最喜欢的演员特质，就是有一副好嗓子，台词念得好——低沉、饱满、性感，充满感情，这样戏基本就成了大半了，这比空有一张好看的脸管用多了。

后来她见到了赵平津，发现声音这么好听的男人，竟然同时拥有一张足以倾倒众生的脸庞，真是老天瞎了眼，什么都让他占全了。

跟他的脸相比，西棠仍然最爱他的声音，有多爱呢，爱到那时候晚上关了灯，两个人倚在床上絮絮地说情话，一片黑暗之中，她仿佛看得见眼前的空气中丝丝缕缕地飘浮着他的声音。

那是她记忆中，最幸福的时刻之一。

西棠感觉到手中的纸张在震荡，仔细一看，原来是自己的手在发抖。

吴贞贞眼波飘荡，娇嗔一句："讨厌，人家不是说这个啦，我是说我看见了高先生，他的新女朋友还跟我搭过戏呢……不过我在店里试了一个包……"

"西棠？西棠？"听到吴贞贞在唤自己，西棠终于回过神来。

西棠深吸一口气，又深吸一口气，用力掐住自己颤抖的手腕——慌什么，怕什么，都过了那么多年了，你们早已经不是一路人。

西棠目不斜视地走到吴贞贞身边，在她身边蹲了下来，背对着沙发上的人，递给她剧本，轻声细语地说话："待会儿这一场有改动……"

吴贞贞扫了她一眼，她身上穿一件臃肿的黑色棉衣，脸色蜡黄，黑眼圈很重，大约早上又去跑戏了。她蹲在自己的身边，眼光一动也不动，非常守规矩，嘴角一直有轻柔的笑意，当然这是对剧组里的导演和主演，吴贞贞也看过她板着脸将手下的场务助理训得不敢吭声，是个八面玲珑的女孩子，据说也是电影学院毕业的，好像还替自己演过几次替身，却一直没红，现在年纪也大了，大约真的只能改行做幕后了。

她满意地笑笑，然后娇滴滴地说："小宁又在麻烦你了？"

西棠说："我已经批评过她了，一会儿她还是跟你上戏。"

吴贞贞不置可否。

西棠的目光一丝一毫都不敢移动，她只感觉到那个人依旧在沙发上端坐，却不再说话，因此感觉整个身体都是麻木的。

西棠又说："今天阿琳请假，剧务临时请不到人，一会儿B组有场吊威亚的戏，还得麻烦您亲自拍了。"

吴贞贞喊了一句："怎么可以这样！"

西棠赔笑："人人都说您敬业，今天有记者来探班，我安排您去接受采访。"

吴贞贞这才不情不愿地点点头。

门外来催候场了，西棠说："我出去了。"

她站起来往外走，吴贞贞跟着站了起来，却是跟屋里的人撒娇："还要拍吊威亚的戏，人家恐高嘛。"

但吴贞贞没听到回应。

西棠转眼已到门外，吴贞贞大约不知道，那个人才真正恐高，而且最恨别人提恐高。

她走出来，吴贞贞也出来了。导演在廊下走过，吴贞贞立即迎了上去，挽住了导演的手臂往片场去了。

西棠浑身如虚脱一般，扶着屋檐下的柱子站了会儿，终于感觉到肺里重新吸得进空气了，才拔步往里边走。

忽然她听到后面有人说："站住。"

那一瞬间，她心跳都停住。

她没有回头，继续往前走。

后面的人压低了声音，却是带了一点恼怒的嗓音："黄西棠。"

西棠只好停住了脚步，将发抖的手握成拳，慢慢地回头，却还记得带了一点点笑意："好巧呀。"

西棠目光在他脸上轻轻掠过，没敢细看，接着微微低垂，定在了他黑色大衣第二颗琥珀色的扣子上。

她当然记得他的样子，五年过去了，他一点也没变老，白皙得如象牙纯釉的一张脸，五官俊美之中带一点削薄的硬秀，下颌的线条陡峻，浓眉微微蹙着，眼底如一片幽深黑暗的海。

她知道他正定定地看着她的脸，目光如一把冰刃，一刀一刀地刻在上面。

他高挑瘦削的身影如一道黑色的墙，浑身有一股难明的怒火。他一个字也没说，但西棠知道他在生气。她曾经那么熟悉的人，仅仅是站到他身边，她就足以感受到他的每一丝最微小的情绪。

是，她知道赵平津恨她，他那样高傲猖狂的人，但凡你折辱他一分，他必定恨不得回敬你十分，恨不得折磨得你生不如死，可是她还手脚齐全地、好端端地站在这儿。

他堵在她的身前，她无处可逃。

大冬天的，西棠的整个后背一直在冒汗。

他忽然笑了笑，笑意却没有半分抵达眼底："混得不错嘛，都进组了。"

西棠在心底淡淡地笑了，赵平津还是老样子，对熟人和不值得他客气的人，不正经的时候多，嘴上非得讨点便宜。

她也带了点嘲讽笑意地答："托福，还过得去。"

赵平津问："怎么没当上女一号？"

西棠笑嘻嘻地望了他一眼："那么多美女，哪里轮得到我？"

这时走廊那边有人拖着长音喊："西爷——铺道具喽！"

西棠应了一声，然后对着身前的人点点头："再见。"

赵平津看着那个身影飞一般地逃走。

这么多年过去了，她无声无息的，他早当她死了。

谁知道她还在这圈子里，看起来也不像在拍戏。眼高于顶的黄西棠，竟有那样卑微的身段，低声下气地招呼一个刁蛮虚荣的女明星。

转眼那个身影就远了，黑色宽松的棉衣裹着身体，细细的四肢在棉衣里晃荡，豆芽一般瘦弱，无辜的一张小脸，却有着刀子一样狠的心肠。

他站在屋檐下，心底震荡得胸口发闷，只感到太阳穴一阵一阵地惊跳。

终于他咬了咬牙，返身打电话："沈敏。"

他控制住情绪，平静地吩咐："将下午的会议推迟，安排人将急签文件带过来，晚上在上海的应酬，改到横店来。"

前场开机拍摄，西棠在后场清点人数，打电话订饭，打点各种琐事，上午一忙就过去了。

两点多开饭，过了一会儿前场的演员进来吃饭，几个女的咬着耳朵八卦："吴贞贞那个男友，比江超还帅，怪不得她分心到一直NG。"

"这么冷的天肯陪她来拍戏，真爱啊。"

"看得好紧，小宁今早给他端了杯水，被骂了。"

"哈哈，一会儿趁着吴贞贞在拍戏，你去跟他说话，我晚上请你做脸。"一女的挑拨离间。

"真的？"另一个女的跃跃欲试。

"哈哈哈。"

吴贞贞休息的间隙像只蝴蝶一般扑到场中的那个男人身上，附在他的耳边："不是说下午有会要开吗？"

赵平津淡淡地说："临时改了。"

吴贞贞亲密地依偎着他："是不是要多陪我一会儿？"丝毫不顾忌有记者在场。

赵平津不耐烦地说："我不想上报。"

吴贞贞立刻规矩地坐到一边。

赵平津坐在摄影器材堆得乱糟糟的拍摄现场，看着来来回回的人影，一直到下午收工时分，再也没有见到黄西棠的踪影。

吴贞贞下了戏换了衣服出来，她穿着火红色的裘皮大衣，挽着他的手臂走出来，有影迷围过来找她签名。

吴贞贞今日心情大好，亲切地谈笑，连合照的要求都一一应允。

赵平津站到一旁吸烟。

一支烟吸到一半，他却忽然看到了黄西棠，她跟一个武师在搬一个巨大的木架子，那个架子上放满了刀枪棍棒，架子比她还高，她有些吃力地小跑着，努力跟上前面的人的步伐。

忽然一把长刀歪倒下来。

西棠躲闪不及,长刀哐当一声砸到了脑门,她痛叫一声,前面的师傅停了下来,赶紧跑来询问。

赵平津皱着眉头将烟头踩灭。

还是那么笨手笨脚。

西棠摇摇头,两个人返身重新干活。

下一刻,赵平津却注意到了她的手,她的左手抬着架子,右手扶在上面,力量不均匀,架子倾斜,她脚步有些趔趄。

抬眼再望过去,过了一个转角,她消失了。

结束一天的工作,西棠将自己打理干净,直接倒在了床上。

租来的房子没有空调,一年四季屋里跟屋外一个温度,此时正是一年之中最冷的时候,西棠从狭小的卫生间一出来,只觉得寒冷嘶嘶地往骨头的缝隙里钻,赶紧跳上床裹住被子,在被子里伸出头来吹头发。

晚餐吃了一杯红豆黑米粥,外加一个苹果。

每天的工作量大,而且都是体力活,当然吃不饱,但西棠永远记得,在大学的宿舍里,钟巧儿一身艳装,涂着红嘴唇叉着腰言辞铮铮地对她说:"挨饿是当女明星的首要本领!三十八线小明星也是如此!"

那时她才不管呢,她正跟赵平津热恋,每次约会回来经过学校后门的那条闹哄哄的小吃街时,赵平津虽然不吃这些东西,但每次都会给她买很多。钟巧儿天天都在减肥,而西棠夜里十点多把羊肉烤串吃得香喷喷的。

奇怪的是那时候她吃那么多也不见胖,在横店这几年,那么严格地控制自己,肚子却悄悄堆积了一小圈脂肪了。

现在自己摸爬滚打,再没有人跟她讨论女明星的生存之道了。

如果十点前能收工,一般她会运动半个小时,如果十点后才回家,太累,只能抓紧睡觉,因此保持体重只能靠少吃。

所幸常常太累,睡着了便好了。

电话响起来。

西棠接起,是公司老板的秘书,让她去贵宾楼。

她打了两个哈哈委婉拒绝,将电话挂了。

五分钟之后,电话重新响起,这次是公司老总:"西棠,怎么没有空,有大客户特别喜欢你的戏,别不知分寸。"

西棠知道,公司养着像她这样死活红不起来的打杂的,就是用来免费应酬的,专门用来唬那些一夜之间捡了几个钱的暴发户。夜场里涂得闪闪发亮带出去,给他们看几张穿着古装的剧照,就号称横店著名的女明星了,引得那些老男人口水横流。圈内自然有愿意赚快钱的女孩子,于是一部戏很快就出来了。

西棠哭丧着脸叹口气,起来重新化妆穿衣。

她找了一辆蹦蹦车到了镇上,走进包厢里,出乎意料,里边竟然没有太吵,一眼扫过去,几张熟悉的不熟悉的脸,竟然看到赵平津坐在沙发上,依旧是一张傲慢带了点儿不经心的脸,身边是赔着笑脸的秃顶老板。

看来今晚不是一般的欢场应酬,而像是正经谈生意的,这种公司老总级别的应酬,一般轮不到她,西棠看了一下,座中居然没有吴贞贞。

居然连艺人经纪部主管倪凯伦都在,她瞧见西棠裹着羽绒服,顶着一张面无表情的脸走进来,立刻一道警告的眼刀飞过来。

西棠赶紧脱了外套,露出里边的露肩白色洋装,她瞬间挤出笑脸,笑吟吟地扑了进去:"老板,对不起,来晚了——"

她一边撒娇,一边端起酒杯先自罚了一杯。

老板还算满意,然后笑着说:"别来我这儿凑热闹了,今晚你多陪陪赵总。"

西棠喝了杯酒,被推到了赵平津身边,她本来长得就甜美,露出笑容的时候,更是甜滋滋的让人骨头都软了:"赵总,我先敬您一杯——"

谁知道赵平津看了她一眼,竟然不动声色地皱了皱眉头。

西棠赶紧挪了挪,挨着坐在他的身边,捧着酒杯,神态亲昵,语音甜腻,脸上带着娇笑,实际上连他的衣袖也不敢沾。

他最恨讨厌的人碰他。

那晚的应酬一如从古至今的所有应酬，痛苦而虚伪。

除了赵平津皮笑肉不笑地说了一句："汪总，我喝不了酒，不免扫大家的兴，我是听说黄小姐酒量特别好，今晚大家尽兴喝，只是我这一份，就麻烦黄小姐了，你看怎么样？"

于是那天晚上赵平津所有的酒，都转到了西棠的手上。

老汪一听就更加来戏："哎呀，这天大的面儿啊——"

他指了指包厢里坐在沙发上的一群穿着薄纱的女孩子："我们这一排美女，赵总一个都看不上啊，西棠，好好表现啊。"

西棠赶紧笑着答应："赵总这么看得起西棠，人家好高兴啊。"

西棠一边笑一边嘴角暗自抽搐，什么时候出来混江湖的赵平津也有了这么俗气的称呼了。

那时候在北京，他刚刚开始创业不久，公司上上下下几个创始人挤在他那一套海淀区三环外的房子里，沈敏一天二十四小时随传随到，依着赵平津一时兴起的创意写程序，周围的人，管销售的是他的发小，管运营的是他清华的本科校友，大家来来去去都是喊他小名。

西棠毕业后的那一年，赵平津将一个科技公司做得初具规模，终于面试招了几个海龟员工，员工用英文喊他 Boss②，西棠跟在他的身后像一个小尾巴似的，几乎没有任何拘束感，只是偶尔跟他那些一起在京城大院长大的子弟出去消遣时，会所里的经理会称呼一声赵公子，这已经算是僭越，基本跟他不熟的人，都只能客客气气地喊一声赵先生。

她已经隐约听出来，他对外公开的身份是上海的地产富商，这次注资投拍公司的下一部戏，钦定吴贞贞做女主角，老板眼看谈得差不多了，喝到兴头上，拍着肩膀跟他称兄道弟起来。

赵平津也变了，以前不熟的人，碰一下他都要翻脸，现在也开始假模假样地跟人客套几句了。

西棠也不多话，挂着笑脸老老实实地替赵平津喝酒。

老板大约以为他是花巨资捧女星的冤大头，聊着聊着开始谈圈子里女星的价码，言辞之间有些过分猥琐了。

---

② 老板。

赵平津微微扬了扬脸，无声而轻蔑地笑了笑。

西棠暗自心惊，他们这样的人，身份一般不会对外说，老板开罪了他，自己怎么"死"的都不知道。

"哎呀，汪总，别光顾着说话嘛，轮到赵先生敬你一杯——"西棠赶紧起身，打断了老板的滔滔不绝，然后动手倒酒，她的右手轻微一晃，洒了一些出来，她用左手握住右手腕，稳住了右手，然后斟满两杯酒。

这是很微小的动作。

赵平津有意无意地瞥了一眼。

西棠连着给公司老总灌了两杯酒。

倪凯伦趁机说："公司这次推出两个新人……"

真会做生意。

喝到一半，大约五分醉了，她起身去洗手间。

倪凯伦跟进来，抚了抚她的后背，声音里有她熟悉的关心："没事吧？"

西棠将胃里的东西吐得一干二净："没事。"

倪凯伦说："这白面阎王爷，不知贞贞何时勾搭上他的。"

西棠从马桶上爬起来，站在镜子前默默地补粉。

倪凯伦继续说："今晚老汪临时改在这里应酬，我跟过来才看到他，也吓了一跳，下部戏他有份投资，我一个角色也不会给你，六夫导演的新戏，我安排你去山西拍尼姑戏。"

西棠沉默了一下，然后凑过去蹭蹭她的脸，抱住她的腰说："谢谢妈咪。"

"别贫，郑攸同约你吃饭看戏，有长期跟他的记者去拍。"倪凯伦说。

郑攸同是另外一间公司的当红小生，若是他想要炒绯闻，不知道多少女孩子想贴上去。

西棠不出声。

倪凯伦问："你是答应还是不答应？"

西棠一横心："我不要。"

也就对着倪凯伦，她才敢说一句真心话。

倪凯伦两眼冒火，一把将她推了个趔趄，恨铁不成钢地怒道："你到底想怎么样，天天去墙根那儿蹲着拍几十块钱一天的破烂戏，何时出头！"

西棠缩了缩脖子。

倪凯伦说："下星期的星光剧场颁奖典礼，你跟着《倾城宫恋》的剧组走红毯，我磨破嘴皮才把你塞进去。"

走红毯的除去导演、主演，剩下一两个名额全公司几个参演的演员估计要争到破头，只为了增加一点点曝光，西棠只好诺诺应允。

倪凯伦低声说："你自己思量一下，一把硬骨头讨不到什么好处，我听说十三爷想退休，公司可能会拆股，我未必能保你，那些债务你这样做十年，也还不清的。"

西棠又挨过去，将头搁在她的肩上，抱住她的肩膀，闭着眼依恋地说："我知道。"

倪凯伦叮嘱一句："离姓赵的越远越好。"

西棠小声地说："我知道。"

两个人挽着手出去了。

那夜一直喝到凌晨两点，赵平津存了心似的，敬了一轮又一轮，西棠跟着他喝，胃里白的红的沸腾着混着气泡往上顶，她喝到四肢麻痹心慌手抖，眼都红了。

最后散场时，赵平津仍然举起杯子："汪总，合作愉快。"

老汪大着舌头站了起来："好……好说！"

西棠只好端起杯子，将酒灌下去，喉咙如一道火舌滚过。

那边老汪摆摆手，咕咚一声倒下了。

倪凯伦立刻站起来，寒暄了几句，叫经理来签单。

西棠摇摇晃晃地从沙发上站起来，只是手脚有点麻木，意识还是清楚的，这么多年了，她再也没有让自己喝醉过。

她往前走了几步，忽然被绊得跟跄一下就要摔倒，赵平津在她身后，一把拽住她的头发。

西棠感觉到头皮一阵痛，然后被拖了起来，脸被强行地转了一个方向。

赵平津望着眼前的这张脸，一张熟悉而陌生的脸，大眼睛翘鼻子，粉嫩娇艳的唇，水汪汪的一双勾魂眼。他扯住她的头发，咬着牙恶狠狠地说："你到底是发什么疯，才把自己整成了这副鬼样子？"

有那么一瞬间，西棠以为他是生气的。

可是她并没有喝醉，清楚地看到他眼中有嫌弃和嘲讽。

西棠对他笑了一下，正要答话，赵平津却猛地松开了她。

西棠扑倒在沙发上，然后理了理头发站了起来，笑嘻嘻地往前走。

《倾城宫恋》拍摄进度顺利，临近过年，大家都拼命埋头赶工，最后一个星期，西棠调去了B组，去了一号山跑外景，寒风呼啸，每天收工回来头发上都是一层灰。

天天都在出外景，补空镜头，或拍群演的戏份，她再也没有回过棚里。

棚里这段时间却颇不太平。

赵平津来了几次，坐在摄影棚内，他那张倾倒众生的脸和孤傲冷峻的气质，天生就是带着电流的气场。拍宫廷戏的女孩子多，天天有人不小心绊到电线，撞翻梯子，碰倒挡光板，终于有小女演员借机上去搭话，却被他冷脸喝退，然后吴贞贞下了戏黑着脸给公司高层打电话，第二天那个宫女就被编剧写死了，据说临走时还大闹了一场，整个剧组猴哭猫叫，精彩热闹。

一尊玉面金身的大佛端坐在这里，公司还得派人出面接待他。

汪总来了。

赵平津气定神闲地坐在休息室的沙发上，跟汪总聊A股行情。

汪总赔笑和他聊了半天，秃脑袋汗涔涔的，话题不知所终，终于绕回女明星身上。

赵平津忽然状若不经意地问："那晚见过面的黄小姐不是你们剧组的吗，怎么不见人了？"

汪总闻言，乐得哈哈一笑，没当回事儿："赵总说西棠？她拍不上戏，在外景场地做剧务呢，人倒是勤快，挺能吃苦耐劳的。"

赵平津依旧闲闲的："她有没有价码？"

汪总却吓了一跳："啊？"

赵平津一张白皙瘦削的脸庞看不出真，也看不出假，只是带一点淡淡的嘲讽："你不是说这圈子里，没有钱搞不定的女明星？我觉得她不错。"

汪总匪夷所思地道："赵总您说笑吧，有贞贞在前，您怎么会看得上黄西棠？黄西棠是长得还行，可这圈里漂亮的女孩子海了去了，她不说别的，身材比吴贞贞可就差远了吧，而且岁数不小了，瘦得跟棵豆芽菜似的，怎么比得上十八九岁的小姑娘水润？"

赵平津皱皱眉问："她多大了？"

汪总摆摆手："我怎么记得住？来公司两三年了，二十五六七了吧，在这圈子，到这岁数还演不上戏，那就是老了。"

赵平津不置可否，只淡淡地说："年纪没什么。"

汪总心里暗暗着急，黄西棠实在拿不出手，她在公司就是干粗活的命儿，娇软身段撒娇缠人的功夫装装门面还行，但脾气实在不好，一不小心还会得罪人，怕把公司都给连累进去了。老汪有点为难地道："实在是怕伺候不好您，给公司抹面子，这姑娘硬邦邦的，上次印南——我们公司以前最红的一个男演员，开什么派对来着，大家喝了点酒，印南那么一大帅哥，吻了她，她木木的，一点点反应也没，脸僵硬得跟石头似的，啧啧。"

赵平津脸色不太好。

汪总神神秘秘的："跟您说一事儿，这也就我们公司内部的事儿，她不谈恋爱的。"

赵平津不动声色地问："什么意思？"

汪总说："我听到手下有些造型师说，她跟那个香港女人是一对儿。"

香港女人是倪凯伦。

赵平津站起身来，只觉得有点头疼："我下午还有个会，先走。"

汪总陪着站起来，眼看他也不再提这茬，松了口气："我让贞贞送您？"

赵平津已经拾起大衣往外走："不用了。"

杀青的那一日，整个剧组一片喜气，大家准备晚上去聚餐，西棠在剧场里整理，清点道具，跟道具公司交付，听到几个女演员和化妆师一边换衣服一边聊天。

几个演宫女的小姑娘跟她一贯交好，悄悄地跟她咬耳朵："西棠，听说吴贞贞在化妆间摔杯子。"

西棠笑笑说："怎么了？"

小宁噘噘嘴，神秘兮兮地说："分手了。"

西棠笑着应了一声："谁？"

"吴贞贞和那个有钱帅男友。"

那边小姑娘们已经幸灾乐祸地聊开了。

"怎么会，不是还一直来探班吗？"

"是啊，好奇怪，后面还来了几次。"

"但每次来探班好像不怎么高兴啊，他也没怎么看吴贞贞，一脸的兴趣索然。"

"听口音似乎是北京人。"

"好帅哦，可是也好酷。"

演皇后身边的大嬷嬷的惠姐这时刚好走进来，西棠在这部戏里还跟大嬷嬷演过对手戏，最后那杯赐死的毒酒就是大嬷嬷看着她喝下的。西棠抬头笑了笑："惠姐。"

惠姐笑着回了她，然后加入了讨论，语气老到地说："看气度修养，家世不一般。"

"嘻嘻，姐姐，你怎么看得出的？"

"那些高檐豪门出来的子弟，跟有几个小钱玩女明星的暴发户可完全不一样——吴贞贞眼光可比你们高明多了。"

"真的哦。"

"怎么分手的？"

"还能怎么分，喜新厌旧呗。"

"人家玩腻了，就换口味了。"

"这圈子里那么多女明星，能有几个美梦成真的。"

"姐姐劝你们一句,要是喜欢这行呢,就老老实实演戏,要不然玩几年趁早转行,别老想这些歪门邪道,那些男人深藏不露,身边女孩子走马灯似的换,姐姐见得多了,跟着他们的女孩子没几个有好下场的。"

西棠听了一会儿,那些话好像鞭子一样抽在自己身上,她默默地低头填好单子,悄悄起身离开了。

小姑娘们仍叽叽喳喳:"啧,姐姐,不要这么扫兴嘛。"

惠姐望着门口那个白衣蓝裤的身影,忽然悠然笑笑转了话题:"不说男人了,要说深藏不露,我们剧组里也有一个,就是个小演员,演技很不错,如果有机会应该会红。"

"嘻,是不是贞贞?"

"听没听见姐姐说?小演员!"

"吴贞贞演技也就那样了,谁都看得见,倒是有一位,连我都看不清。"

"谁?谁?"

"姐姐,你看是不是我?"

"别闹,关你什么事儿,你妈不是算命你一辈子都红不了吗?"

"去你的!"

"好了,小姑娘们,做这一行,光鲜下面都是刀子,其实又有什么好。"

晚上的聚餐,提前两日杀青离组的吴贞贞也回来了,大衣脱下,里面是一件黑色紧身毛衣,包裹出玲珑凹凸的身形,胸前闪闪发亮的一串宝石项链,她妆容精致,笑容满面,挽着制片人的手臂,依旧骄傲得像公主。

那几个小女生只能坐在台尾默默地看着。

最后大家拥抱作别,吴贞贞特地绕过来,看到西棠,笑了笑,那笑容中,透着一丝怪异。

到下午六点,B组顺利杀青,西棠搭夜车返回公司。

第二日她和倪凯伦去赞助商处看颁奖典礼的礼服。

倪凯伦是公司经纪部主管,她赶上了最好的时代,整个内地娱乐产业在这十年间井喷似的蓬勃发展,她一路跟着走过来,累积起来的人脉、手段,在整个圈子，也算是大姐级别的了，她手下有数位大小明星，连公司最资深的艺人林心卉都是她在带。

倪凯伦给西棠做过经纪人，那是很久以前的事情了。

那时倪凯伦刚刚踏进这一行，普通话都说不利索，不知道哪里来的眼光和勇气，早早跨越大半个中国北上搵食。那时西棠还在读大四，倪凯伦带她拍第一部戏，是一个新锐青年导演的独立电影，名叫《橘子少年》，在欧洲参展，去了法国戛纳。

那是西棠第一次出国，西餐吃到腻了，跟倪凯伦两个人躲在酒店里吃桶装泡面。

她因为思念赵平津，掐着点算时差，打电话叫他起床，还忍不住哭了。

赵平津在那端笑她，因为刚刚起床，低沉悦耳的嗓音中有一点慵懒的鼻音："乖，别哭了，快点坐飞机回来。"

那是她人生中第一次出国，去的还是风景优美如画的、有着蔚蓝海岸的南法，却一天也没有玩，工作一结束，立刻收拾了行李直奔机场回国。

只因为太想念某人。

那是很久以前的事情了。

西棠跟在拎着名牌包昂首阔步的倪凯伦身后走进城中的商场，反倒更像助理，店里的经理带着一位销售小姐含笑迎出来："倪小姐，过来看礼服？"

全城的礼服就那么几个牌子，公司里首先是林心卉选，然后是吴贞贞，剩下的要看人气和戏份，等着倪凯伦安排。

倪凯伦点点头："林小姐来试过了？"

店员引着她们进入宽阔的试衣间，指了指挂着的一排礼服："林小姐挑了那件。"

倪凯伦走过去："唔，给我看看定妆照……"

西棠坐在沙发上等着，无意抬眸，忽然看到墙壁深处的一件珠灰色纱裙，领口钉着一排小小的圆粒珍珠，非常美丽。

她眼光好。

倪凯伦不知何时走了过来，跟她说："试试。"

店员小声地说:"这件已经被章小姐预定。"

章芷茵是对头公司的女一号,媒体常常拿她来跟吴贞贞比较。

"不是说她定了华伦天奴新款?她一个人霸占着两件礼服?"倪凯伦愤愤不平。

店员赔笑:"章小姐公司说有备无患……"

倪凯伦帮她争取:"试试可以吧?"

西棠低声地说:"不用了。"

后来倪凯伦挑了一件纯白印花礼服给西棠,付账的时候,西棠拿出信用卡,倪凯伦按住她的手:"我来吧。"

西棠不依:"这不行。"

倪凯伦压低声道:"你这个月就几集吧,都不够这件衣服的钱。"

西棠脸一红,明白她说的是实话,大牌明星有厂商赞助,像西棠这种完全不上线的小明星,难得有机会出席一次典礼,要穿得好看,只能自己掏钱,而且那么贵的衣服,基本只会穿一次。

趁着她迟疑的一秒,倪凯伦已经签了账单。

倪凯伦挽住西棠的手,她是最了解西棠的人,打也打过了,骂也骂过了,只是公司那些手段和伎俩,西棠不配合,她也没有任何办法,也早已知道不必劝:"下部戏也许有转机。"

她指的是"小尼姑"那部戏,西棠已经开始背台词,那个角色很讨喜。西棠自己也明白,所以提前下足功夫。

两人又去看珠宝,戴着白手套的店员取出一串钻石项链。

倪凯伦往她脖子一挂,然后哇了一声:"人靠衣装。"

西棠看了一下镜子,整个人熠熠生彩,连面庞都照亮几分,怪不得女人都需要首饰,红毯上的女明星争奇斗艳,不祭出法宝,怎么抢得到一小片如豆腐块的版面。

倪凯伦看了又看,极力游说她:"跟郑攸同吃饭,炒两条绯闻,资源好点了再接两部戏,保证明年到你挂这些大石头。"

西棠撇撇嘴，将项链拿了下来。

店员抖了抖眉毛，然后说："倪小姐，你中意的牌子有几件衣服刚刚从巴黎空运来。"

倪凯伦立刻来了兴致："我去试一下。"

两个人一转头，就看到一个人影。

自从上次横店一会一别，已经是两个月过去了，赵平津站在首饰专柜对面的走道中央，身边跟着几个下属，也不知道驻足看了多久。

堪堪打了个照面。

倪凯伦平日交际手腕一流高超，尤其见到赞助商和投资商时，热情和客套的分寸都掌握得炉火纯青，可是那一刻，却立刻笑容僵掉，竖起了一身的刺，斗鸡一般地望着他。

赵平津当然不会主动打招呼，冷着一张脸，看着她们。

跟在他身后的沈敏也止住了脚步，望着她们的方向，眼中有浅浅的疑惑。

对面那两位看起来也不过是普普通通的商场女宾客，一位穿着职业套裙的利落女士一身名牌，这样的女人在这样的商场里满目皆是；反倒是另外一位年轻些的，只穿了一件薄毛衣，有一张令人过目不忘的精致脸孔，可美丽的容颜分明有点儿淡淡的憔悴，细看——分明不是熟人，也没有什么出奇之处。

站在他跟前的老板怎么却跟失了魂似的，怔怔地站了半天。

专柜的经理立即趋身上前，恭恭敬敬地说话："赵先生，有什么能为您效劳？"

赵平津照旧寒着脸不说话。

沈敏只好出面解围，遣退了经理："没事。"

赵平津却在那一刻忽然回过神来，依旧不说话，浑身带着怒火，一个跨步转身，大步走开了。

沈敏只好跟着走，转身的一刹那，回头望了一眼，那女孩子低头时侧脸的弧度，让他一瞬间忽然灵光大亮，话语赶在理智之前冲了出来："西棠？是你？！"

西棠迟疑了一下，还是轻轻地和他点了个头。

倪凯伦立刻拽住她，仿佛躲避洪水猛兽："走！"

西棠被她拖着往里走，听到身后他的下属低声招呼："赵先生，请这边走——"

倪凯伦暗暗诅咒："阴魂不散。"

西棠知道倪凯伦爱护她，可是也不希望倪凯伦得罪他，赵平津的背景到底有多深，恐怕连倪凯伦这样的老江湖也未必透彻，她当年也是在两个人处了很久之后，逼到他母亲不得不跟她摊牌了，才慢慢摸到那么一星半点儿——不提他爷爷及父亲、大伯的背景，单是他母亲娘家周家，在一九四九年前就是上海的实业大亨，周家在上海的根基有多深，不是那个阶层的人，根本窥不出一丝一毫，周家无嫡嗣，而赵平津是周氏家族唯一的外孙。

西棠坐在试衣间外的柔软沙发上，紧紧地抱住倪凯伦的外套，只觉得胸口压着一块大石，沉重得让人透不过气来。

所幸销售小姐推着一排华服进来，倪凯伦一欢喜，很快忘了这茬。

从商场出来，倪凯伦回公司，西棠正在休两天的假期，她说："我自己走会儿。"

西棠走出奢华商场的大门，身上的团团暖气消散，丝丝凉意袭来，抬头看一眼，天空是黯淡的蓝。

她不常回上海。

公司总部在上海，每月开一次会，人人巴不得回来这灯红酒绿的花花世界放松一番，只有她懒得挪窝，在横店的制作中心若是开工，她就留着盯拍戏进度。

看了看时间还早，西棠决定先去喝杯咖啡。

走到人行道旁的路口，路面驶来一辆黑色轿车，停在她的身侧，不多时又开了几步，将路口堵住。

车窗落下来，赵平津坐在后座，眉眼寡淡无笑："上来。"

司机已经毕恭毕敬地打开了车门。

西棠笑了笑："不用了，谢谢。"

她径自走开了。

"黄西棠。"

西棠回头，看到赵平津下车来，开了车门，不耐烦地说："上车。"

西棠站在原地，两个人僵持了一会儿，后面开始堵车，的士司机带着怒火按喇叭。

西棠只好上了车。

车门关上，车厢里有他的气息，西棠知道他不用香水，大概是惯用的须后水的味道，有点沉郁的香气萦绕，安静幽凉。

"去哪儿？"赵平津跷着腿，剪裁精良的黑色西裤有着熨得笔直的裤线。

"附近地铁口。"西棠答。

赵平津看了她一眼，天气转暖，她穿了一条粗布裤子、一件灰色毛衣，瘦弱的手腕，双手交叠放在膝盖上。

终于离得近了，细细看她的右手，手指微微蜷曲，无力下垂。

赵平津重复一句："去哪里，送你过去。"

西棠轻声细语："附近地铁口。"

赵平津挑了挑眉，也没有生气，她还是那样的倔脾气，她跟他硬碰硬，只能头破血流。

司机直接将他们载回了酒店。

穿着雪白制服的门童一个箭步上来，替他拉开了门："下午好，赵先生。"

赵平津看也没看，只骄矜自持地点点头，昂首阔步地往里边走。西棠低着头，默默地跟在他身后，她知道反抗没有用，他有的是办法让你屈服。她很早就知道，他们这样的人，没有不敢做的事情，也没有得不到的人。

她们这样的女孩子，倘若沾染上了这些人，便如别人手中的一只蜷蚁，生死不过是轻轻一捏。

最好的结果是他厌了，将你一脚踢开，再想不起来。

这么多年过去了，西棠以为，他再也不想见到她了。

她跟着他走进电梯，他按了一个楼层，电梯在安静中上行。

西棠偷偷地望着金属镜框里的男人，高挑的身形，里穿一件白衬衣，外穿驼色绒面外套，松垮地围着一条外套同色系的格子围巾，那么好看的男人，金尊玉贵，却是满手血腥。

酒店顶层套房的门一打开，赵平津就直接进书房接电话，西棠坐在富丽堂皇的客厅的沙发里，一动不动，足足一个小时。

赵平津处理完公事出来，扶着门框，淡淡地说："陪我吃晚饭？"

西棠摇摇头。

赵平津嗤笑一声："拒绝得这么快？你们老板知道吗？"

西棠不敢出声，下一部戏，公司有三千万资金等着他注入。

赵平津坐进沙发里，按了按眉心，脸色有点倦。

西棠坐在他的对面，看了他一眼，他面色平静无波，实在分不出喜怒。

"把那个花瓶搬到阳台上。"赵平津从茶几上拿烟。

"啊？"

"搬，搬了就让你走。"

西棠觉得有点搞笑："你发什么疯？"

赵平津拿着手中的烟灰缸重重一敲："你管我！"

西棠知道他是说到做到的人，于是干脆地站起来，走到玄关处，左手轻而易举地托起了那个黄色的落地大梅瓶，本来也是装饰品而已，不算很重，她将花瓶抱在怀里，右手扶住，然后塞在窗台上，堵住了那一道开阔的视线。

整个总统套房的所有窗帘都拉得严严密密，完全遮住了这家五星酒店最引以为傲的黄浦江江景，那一块小缝隙也许是客房的服务员疏漏了，露出了一小片天际和下面深渊一般的楼宇。

西棠站在窗边，对着赵平津挑了挑眉。

赵平津手里捏着一个银质打火机，一言不发地看着她，然后说："你走吧。"

深夜，灯光照亮一室的繁花似锦。

酒店的顶层套房，那个花瓶依旧摆在窗边，只是窗帘重新拉得严丝合缝，仿佛从来不曾拉开过。

赵平津扶着旋梯对楼下喊了一声："沈敏，上来。"

沈敏在书房替他处理文件，没听清楚，只应了一声："什么？"

赵平津看得晕眩，忍不住提高音量："上来！"

沈敏将手上的事情结了，走上楼去，看到他独自坐在沙发里。

赵平津一张脸晦暗不明，沈敏走过去，从他身前的茶几上抽出一支烟。

沈敏靠在沙发上，放松身体，舒舒服服地吸着烟。

他看了对面一眼。

赵平津依旧坐在沙发上，一句话也不说。

沈敏看了看表，已经将近十二点，他站起身："早点休息吧。"

赵平津在那一瞬间忽然开口，声音平稳得几乎听不到一丝涟漪："黄西棠的右手，废了。"

沈敏倏然站住了。

这位多年的心腹助理深吸了口气，然后小心翼翼地望了他一眼，隐约探测着他的心意问道："要找医生给她看看吗？"

赵平津却没有回答，只继续说话，嘴角挑起了一丝微微笑意，看起来却有种诡异的狠戾："她手劲多大呀，当年差点把你打成猪头，我也算给你报了仇了吧。"

沈敏一想起这个，反而不好意思地笑了，他自然地说出了口："棠棠小——"

话一出口，赵平津的手轻轻一震。

沈敏立刻改口："黄小姐是古道热肠，倒是个仗义人。"

那是他们第一次见面的时候，赵平津在牌桌上根本没注意到包厢那边发生了什么事，沈敏可是瞧得一清二楚的，当时一群京城里的子弟聚在一块儿玩儿，不知道谁打电话找来了电影学院的女学生。

一群年轻漂亮的女孩子很快就来了，在里面兴高采烈地唱歌跳舞。没一会儿就喝高了，大家都玩嗨了，不知谁提议让她们对着包厢里的歌曲MV的情节演戏，一开始还好，都是些亲亲抱抱的情歌，后来调到了武侠歌曲，几个女孩子扫开了茶几上面的酒瓶子，跳到了茶几上，开始互相抽起耳光来。

那时黄西棠跟钟巧儿互相打掩护，抽得对方嗷嗷直叫，看得一场子的人兴奋得也跟着嗷嗷叫，两个人拿了好几轮钱退下了，后来换了另外两个女孩子，明显业务不熟悉，戏做得不够逼真，惹得座中的孙家太子爷非常不满意，骂咧咧地站起来做示范，直接就甩了一巴掌，只听到一声尖叫，那女孩子鼻中一道血就喷了出来。

本来黄西棠跟钟巧儿都坐在地上互相挤眉弄眼偷着乐了，根本没她们什么事，结果那一巴掌下去，黄西棠扭头一看，倏地站了起来，怒目圆睁地一拍桌面："太欺负人了！"

钟巧儿死命地把她往回拉，可是根本拉不住，黄西棠一脚踩在沙发上，横刀立马，指着他们的鼻子恶狠狠地骂："你们男的别欺负人！有本事喊个男的出来跟我打，谁喊谁是孙子！"

当时座中都是高门子弟，酒精冲上头顶，纷纷鼓掌叫好，沈敏倒了血霉刚好坐在沙发里，他就一个小助理，只能顶着炮火先上。

那时他还不知道，黄西棠喝了酒，基本上等于一个疯子，她力大无穷，一把将他按在地上，跨在他的背上就开始揍，他一介文弱书生，差点被她打得连他妈都不认识。

她碰不得酒，后来有一次就是喝错了酒，酿成了大祸。

赵平津望了望他，忽然说："小敏，你说，我当年怎么就没把她打死算了？"

沈敏感觉到后背的冷汗密密地流下来。

他低声劝了一句："她也受过教训了，算了吧。其实也不容易。"

赵平津倒也不意外沈敏帮她说话，在他们谈恋爱的时候，黄西棠性格真的特别好，跟他身边的人关系都很不错。

赵平津仰着头靠在沙发上，倦意淡淡地说了一句："是啊，她对谁都这么好，就唯独对我狠成那样。"

沈敏听了这话，慢慢地想了几秒，然后挪开脚步，走回到沙发上。

这么多年过去了，赵平津是怎么找到黄西棠的他不清楚，但就是今天在商场里，老板看到她那一刹那的眼神，他就知道，一切都完了。

星光剧场颁奖典礼开始前两个小时,西棠的头发弄到一半,被一通紧急电话叫回公司。

一推开门,倪凯伦坐在办公室里面,梳着个盘发发髻,脸色黑似锅底。

公司的大老板十三爷坐在一旁,悠然自得地抽着烟斗,见到她进来,还高兴地笑了笑:"西棠,进来坐。"

西棠坐到倪凯伦的身边:"您找我?"

十三爷望了倪凯伦一眼。

倪凯伦冷着脸坐着不动。

十三爷不轻不重地唤了一声:"凯伦。"

倪凯伦不情不愿地伸出手,将桌面上摆着的一个黑色方形盒子推到了西棠前面。

西棠动手打开,一片璀璨的夺目的光辉照亮了整个屋子,是前几日的那条大钻石项链。

西棠化好了浓妆,一张小小的脸孔明媚如三月桃花,笑嘻嘻地开玩笑道:"送我的?"

十三爷看着她,当日倪凯伦带着她来求他,让这姑娘进门赏口饭吃,他信得过倪凯伦的为人,也觉得一个小姑娘不能掀起多大风浪,就卖了她这份面子让她折腾去了。

这姑娘在公司几年,品行倒是一流的,只是不懂变通,气节太高,所幸做事不错,想着留着她,日后或许能培养起来做管理或幕后,没想到今日才窥破了天机,看来她的价值要重新估算了。

十三爷清了清嗓子,开口说:"赵先生送过来的,点名要送你,西棠,终于轮到你,好日子要来了。"

西棠一怔:"哪位赵先生?"

话一出口,已经回过神来,脸色就慢慢地变了。

她望了一眼倪凯伦,倪凯伦双目喷火,却也只能咬牙忍着。

西棠感觉到身体里的寒意嘶嘶地从骨头缝儿里冒出来,牙齿忽然开始打战。

十三爷磕了磕烟斗的灰："凯伦跟我说，你是认得赵、周两家的这位公子爷的？"

西棠只能微微地点了一下头。

"那他是什么背景，我也不用讲了吧。"

"他要干什么？"

"赵公子要你。"

倪凯伦倏地站了起来，压着怒火吼了一句："叫他去死！"

十三爷露出了点惊讶，公司这员冲锋陷阵的首席女将，很少失态。

倪凯伦低头望望她："西棠……"

西棠伸出手臂拉住她，两根手指发抖，几乎要将她的手臂抠出一个洞来："没事的，没事的。"

倪凯伦隔着一件羽绒衣，都摸得到她的背在剧烈地颤抖。

两个女人面如死灰，瑟瑟地抖着双唇互相看了一眼。

十三爷等了好一阵子，等到两个人平静下来，开口重新跟倪凯伦谈事情："我知道你疼西棠，但你不能由着她，不能一直拍这种无名无分的小角色，闲了再去凑凑群演，既然进了这个圈子，就要出头，不出头，你当什么女明星？"

倪凯伦犹不放弃，暗暗思索："不一定非得是赵家……"

十三爷说："论权势，别说就上海、横店这一小块地儿，整个京城，赵家是不是排得上名号的？西棠，你要是还想在公司拍戏，就去吧。"

倪凯伦一张脸彻底地垮下去。

西棠握住她的手，绝望地摇摇头，事情已成定局。

外面的助理在敲门催促，倪凯伦看了看表，站起来，顺手抚平了套装上的一丝褶皱，她对西棠说话，声调是沉稳强硬的："车上补妆，先去走红毯。"瞬间又恢复成那位干练的女经纪人。

十三爷在后头喊："哎，这大石头不戴着去？"

倪凯伦拉着黄西棠的手，回头淡淡地应了一句："留着搁公司给您抵债吧，这姑娘欠了您小半年利息了，这几个月连一块牛排都没舍得吃过。"

西棠夜里三点钟回到公司。

倪凯伦从颁奖典礼之后的酒会上做足应酬回来,便一头扎进会议室跟公关和宣传团队开会。今晚在星光剧场颁奖典礼的红毯上,章芷茵跟在她们后面走的红毯,身上那件斜肩晚礼服突然滑落,露出春光一片,章小姐当场花容失色,现场一片尖叫,记者瞬间全转了镜头,导致整个《倾城宫恋》剧组完全被忽略,互联网为主导的媒体时代,照片即刻被放到了网上,引起轰动,网络上一片评论,连带章芷茵的新戏关注度都迅速提升。

吴贞贞气得脸都歪了。

倪凯伦人还没走进剧场,已经迅速指挥公司同事连夜奉上红包,当晚立即有媒体大神撰文评论,分析道章此举不像无意为之,而是早有预谋,故意博取眼球,心机太重,手段低俗不堪,实在可笑云云。

此文一出,自然有人拍手叫好,媒体纷纷转载,粉丝掀开一场骂战。

倪凯伦连夜赶回公司开会,对头公司拼了命想上位,留下的一大片空门必定要抓住机会血刃三尺,宣传部门的同事忙乎了一整夜,一早章芷茵的公司发了通稿,大家又立刻起来看舆论。

西棠在办公室的沙发里睡了一会儿,早上起来给值夜的同事们买了早点,下午吴贞贞的宣传团队过来顶班,倪凯伦推开手边的工作,对她使了个眼色,平静地说:"走吧。"

西棠开车往黄浦区去,倪凯伦在车上眯着了一小会儿,车子停在了南京东路20号和平饭店。

两个人下了车,穿过奢豪典雅的酒店大堂,一前一后地走进电梯,上升的电梯里只有她们两个人,西棠透过金色的金属镜面,看到自己和倪凯伦的脸,熬了一天一夜,两个人耷拉着眼,都又累又倦。

到了第七层,倪凯伦挺起肩膀,然后抬手狠狠地一巴掌拍在了西棠的背上。

西棠深深吸了口气,狠狠地咬了咬嘴唇,习惯性地在她严格的目光中抬头挺胸,保持俏丽优雅的仪态。

两个人随着礼宾服务员走进幽深堂皇的套房走廊,整幢大楼寂静无言,仿佛一座幽凉的坟墓。

西棠不觉得自己有太多的情绪,只是觉得累。

赵平津,是她深深爱过的男人。

如今再要面对他,只剩下了麻木,小鹿乱撞、忐忑不安、彻夜难熬、辗转流泪,她年轻的时候早就尝够了。

只是当时年轻气盛,仗恃他宠爱她,胡作非为,后来发现,赵平津有多少女人比她美,排着队等着上他的床,她算什么。

她不过是分手的时候不肯好聚好散,得罪了他,他那样的人,哪里受得起一点点折辱,恐怕这一辈子,他都要她生不如死。

沈敏给她们开的门。

面对的是赵平津身边的亲信,西棠也不愿意再笑了,强打的笑容隐去后,只轻声细语地说:"我公司经纪部倪小姐跟我一起来的。"

沈敏和倪凯伦握手:"赵先生已经返京,实在抱歉,委托我跟贵公司谈,有什么条件和我说。"

西棠两腿发软,坐在玄关上。

听到倪凯伦直接走进客厅去,水也不喝茶也不要,直接狮子大开口,一个月要三十万,要住什么房,要配什么车,要给她拍什么戏,接几个广告,拍戏尺度如何如何,林林总总一大堆。

沈敏不动声色地应着。

倪凯伦继续说:"我公司艺人黄小姐的工作时间,赵先生不能干涉。"

沈敏只是客气地说:"我需要打一个电话。"

他进房间打电话。

一会儿沈敏出来:"赵先生想跟黄小姐说几句。"

西棠只好跟着他走了进去。

沈敏引她往书房走,将电话递给她,然后合上了门。

"黄西棠?"

"嗯。"

赵平津在那端,声音有点低,带了点沉沉的鼻音,西棠猜想他大约是午睡刚起。他只字未提他们在谈的事情,只是轻描淡写地说:"沈敏说,你拒绝了拍你们公司新戏的女二号?"

新戏女主演依旧是吴贞贞,新欢旧爱齐聚一堂,还没演就已是一出好戏了,当时倪凯伦听都没听就一口否决,西棠恭顺地应了一句:"嗯,档期有冲突。"

沈敏去了客厅,将一张银行卡推到了倪凯伦的面前:"赵先生在上海的时候,如果赵先生需要,黄小姐必须得陪他,工作时间需要她自己调整,其他条件赵先生一概同意。"

倪凯伦拿过那张卡,看了一眼,是中信签发的铂金卡,她点点头,从沙发上拿起包,准备告辞走人。

她迈出两步,回头瞪了一眼,西棠仍在书房打电话,她简直想冲进去将那个傻乎乎的姑娘拉出来,有完没完了,跟那样无情无义翻脸不认人的男人,还有什么旧情可叙。

赵平津在电话里公事公办地交代:"我要去,秘书会提前打电话知会你。"

西棠答:"好。"

赵平津又道:"你出去,让沈敏来接吧。"

西棠跟着倪凯伦,慢慢地走进停车场。

两个人走到车前,倪凯伦回头望了一眼,看到身后的人,脸上神色平静,可是一双美丽的大眼睛,完全是失焦的。

她只好自己坐上了驾驶座。

"西棠——"倪凯伦望了一眼身边默默扣安全带的人,淡淡地开口,"告诉我,你还爱赵平津吗?"

Chapter 2
铁打的金屋，流水的阿娇

西棠眼中忽然有泪水渗出，她恍恍惚惚地喊了一句："赵平津。"
她脸上带了点儿要哭的委屈："我常常梦到你，可都不是好梦。"

赵平津午睡刚刚醒来，手横在额头合着眼，忍着些微的晕眩。

屋子里很安静，只有暖气片发出的微小声音。

他忍不住回想黄西棠的声音，她的声音很细、很柔，听天由命一般，没有一点点反抗的意味。

恍惚中他却想起那张青春飞扬、活力四射的脸庞，清晰得好像就是在昨天，女孩子穿一条白裙子，脸庞还带着稚气，站在电影学院的女生宿舍楼下，手里拎着两个暖水瓶，昂首挺胸理直气壮地反驳他："你干吗？耍流氓啊？你认识我吗，你了解我吗？你既不认识我又不了解我，追求不认识的女生，有什么意思？"

那样野蛮有趣、生机勃勃、鲜活灵动的一个小女孩。

什么时候她性子柔成这样了？

沈敏在电话那端说："办妥了。"

赵平津说："桃江路那个房子，安排她住进去吧。"

沈敏应了一声："可要再添人手？"

赵平津略想了一下："暂时不用，清静点好，看她住得合不合适再说吧。"

收了电话，他要起身，却晕眩得更加明显，只好倚回床边，手往床头柜上探过去，又停住了，想起来保姆阿姨今天休假，母亲陪着父亲出国考察了，家里头根本没人。

他床边的这台电话，有一段时间，是连着客厅的那台主机。五年前从美国回来时，他工作应酬喝酒喝得特别凶，连接着反复病了几场。他那一段时间的脾气的确不怎么样，用他妈周女士的话来说就是脾气大到猫嫌狗憎，身边基本不让人近。祖父母担心他身体不好，疼得发晕起不来床不方便叫人，装了这电话。这电话刚装好那一阵子，有几次他半夜想喝冰酒，按过铃叫过几次人，整幢房子铃声大作，保健医生都惊动了，结果就是被他爸狠揍一顿。

后来他自己动手拆了那条线路。

他就是不喜欢一大家子人对他一点点风吹草动大惊小怪的。

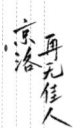

赵平津将手收了回来，重新躺回床上，模模糊糊地想起来，那一个夜晚在长安俱乐部，黄西棠把沈敏狂揍了一顿之后，跟钟巧儿两个人齐齐被扫地出门。

钟巧儿一出来，一个扭腰，眼波飞转唇角含笑，转眼就上了一个男人的车。

那个男人一边将一只手放在钟巧儿大腿上，一边轻浮提议让她搭顺风车，西棠拒绝了他之后，自己一个人离开了那个光华璀璨的娱乐会所。

赵平津的车开出来，就看到一个女孩子走在马路边上，已经是深夜一两点。那是夏夜，北京的风有清冽干燥的气味，酒意渐渐散去，她一个人在街边等了许久，没有一辆出租车经过，只好脱了高跟鞋，慢慢地朝着学校的方向走去。

巨大的灰蓝天幕下，一颗星子也没有，高楼的阴影深处街灯闪烁，她打着赤脚，一件白色风琴长裙，洁白的脚踝，珍珠一般的脚趾，她自己一个人，在凌晨的街道上，蹦蹦跳跳地往前走。

跟颗大白兔奶糖似的。

第二日他等在电影学院女生宿舍楼下。

他第一次在大白天的时候见到她，昨晚她打架打得虎虎生威，白日里一看，原来个头那么小，鹅蛋脸白皮肤，眼睛很漂亮，天然修长的眉毛，一张晶莹剔透的小小脸孔，散发着微微的光泽。

正是下午五六点，放学打饭时分，黄西棠手里拎着两个暖水瓶，远远就看到女生二号宿舍楼下，所有的女孩子都停住脚步，侧目私语，捂嘴偷笑，双颊泛光。她跟着凑热闹，看到一个男人站在楼道口，高个子，一张俊秀的脸孔，嘴角带着一点点玩世不恭的笑意，穿白色细条纹衬衣和休闲西裤。电影学院里好看的男孩子多了，但他有一种气定神闲的风度，这样在无数路人加上舍管阿姨纷纷探头围观之下，还能若无其事一本正经地胡闹的人，西棠还真从来没见过——仿佛春日里悠然打马而过一掷千金的王孙公子。她后来才知道，他们对付她们这样女孩子的笃定神态，其实都是类似的——那是最典型的天之骄子志得意满的神态。

西棠歪着脑袋莫名其妙地望着站到了她身前的男人。

赵平津对着她开口说话:"黄西棠?"

所有人的目光瞬间转移过来。

西棠傻眼,但那一刻,心里仿佛有头小鹿轻轻一撞。

她竟然记得他的声音,在昨晚的那个包房,在牌桌上,那副性感低沉带点玩世不恭的好嗓子。

"你怎么知道我名字?"

"昨晚见过一面。"

"找我干吗?"

赵平津看着对面那双清澈眼眸瞬间浮起的不安,嘴角的笑意不禁加深了一点:"有没有空,我请你吃个饭?"

周围顿时发出一阵含义不明的哄笑声,西棠的脸开始涨红了。

赵平津伸手,将她手臂轻轻一托,两个人走开几步站到了安静的地方。

西棠有点恼怒:"你干吗要请我吃饭?"

赵平津薄薄的笑意不改:"大家交个朋友。"

西棠立刻退了一步,柳眉倒竖,十分警惕:"为什么要交朋友?"

赵平津乐了一下,说出了一句更欠揍的话:"我想追你。"

那时候年轻贪玩,整个京城的子弟们都这样,他们手里有人脉,出手也阔绰,艺术院校漂亮点的女孩子,很少有追不上手的。他们这圈子里人见得多了,有些大学里的女生,还会专门等在会所的豪车旁边,高积毅就是这么认识上一任女朋友的。

黄西棠神采飞扬的脸带了点儿被侵犯的怒意,却越发显得娇憨可爱:"你认识我吗,你了解我吗?你既不认识我又不了解我,追求不认识的女生,有什么意思?"

赵平津的态度难得诚恳了点儿:"你跟我吃个饭,就当认识个新朋友,互相之间散散心。"

西棠往后一看,依然有大把女孩子站在不远处看热闹,其实更夸张的她之前也见过，这样的事情在电影学院，大家都当戏看。

她忽然就笑了一下："对你们来说，漂亮的女孩子，都是用来散心的？"

赵平津浑然不在意周围的视线，大言不惭地点点头："差不多，但你好像特别一点。"

西棠又朝着路边看了一眼，眼里有一丝掩藏不住的狡黠："你稍等。"

西棠转过身往宿舍楼下走去，拉住了站在楼道口的一个女孩子，两个人嘀嘀咕咕说了几句，那个女孩子向他走了过来。

后来才知道那就是钟巧儿，穿一条吊带几何拼色长裙，白日里也带了浓妆，走路摇曳生姿，风情万种。

钟巧儿款款走近，脸上带着妖娆笑容，赵平津还在看黄西棠，却不防那个女生竟然上前，大大方方地挽住了他的臂弯："赵先生？"

赵平津仿佛被开水烫到一样一把推开了她的手。

钟巧儿娇笑着又整个身体贴上来："赵先生您需要散心？电影学院那么多漂亮女孩子，换一个怎么样？"

她的胸都要贴到了他的身上，身上的香水味熏得他差点吐出来。

赵平津简直气疯了，怒吼一声："滚开！"

一转眼看到黄西棠已经站在校道的另外一边，撑着膝盖捂着肚子乐不可支，赵平津恶狠狠地一把推开了钟巧儿，大步走过去，她却已经如一尾灵巧的小鱼，消失在往食堂方向而去的人流中。

黄西棠那时候真是可爱极了。

头发洁净，皮肤水嫩，眼神常年带着水光一般的光亮。后来他俩好上的时候，她特别爱时时刻刻地黏着他，眼睛里流露出的温顺、渴念，那种天真贪婪的爱意，纯洁得跟头小兽似的，又暖又软。

他被她浑身满溢的甜丝丝的爱意迷住了，却担心把她捧在手里都化了，只恨不得疼到骨子里去。

疼得心口都痛。

他按了按胸口，缓缓地调整着呼吸。

只是没想到最后，她是在他最疼爱她的地方，狠狠地捅了一刀子。

赵平津在北京家里。

他这次在北京住了一个多月，开春之后北京还下了好几场雪，每天车里来回，他几乎没怎么出去过。他上次去上海，是签了一个跟PIEO会议合作开发的大型峰会的车辆调度系统工程，这个项目前期的软件研发工作是在北京做，同期公司还有几个大的项目，他回来后工作和应酬缠身，着着实实忙了好一阵子，等到研发的智能调度系统进入实时演示的阶段，他断断续续地熬夜开会，最后发起烧来，他将手上的事情交代给了副总李明，自己休息了一个多星期。

距离上次离开上海，已经快过去两个月了。

沈敏给他做特助的同时多了一项私人事务，就是固定转发一份黄西棠公司给的行程表到他的邮箱，他忙的时候都是略扫一眼，其实也没什么可看，都是只有一页纸，基本不会超过三行字。

赵平津下午在医院打了点滴，这几日生病，他母亲周女士勒令不允许他独居柏悦府，他回了位于国盛胡同的家里。晚上回到家，他翻开手机，又将那些邮件看了一遍。

然后他给沈敏打了个电话，问了一句："她不拍戏做什么？"

一会儿沈敏转来一份文件。

这次也是一页，只是多了几行字。

艺人黄西棠4月24日工作日程表

4点：起床

4点半：出发拍凌晨群演戏

5点：到化妆室，化妆一个小时至一个半小时

7点半：到《蔷薇》片场，到《情满江湖》片场，到《黎明前的曙光》片场，一共拍摄十四个小时

22点左右：结束工作，跟剧组同事吃晚餐

23点：回到横店的住处

赵平津又问了一句：她一天拍那么多部戏？

一分钟之后沈敏回复了：公司人说，她现在是空档期，下一部戏开拍是十天后，平时这段时间艺人会休息，黄小姐自己接活儿干。

赵平津将沈敏给他发的那些邮件又从头看了一遍。

她的生活真正乏善可陈，独居，没有朋友，平时跟剧组里的人相处都不错，但人来来散散，她从不主动交往。

唯一的消遣是下了戏，跟剧组里的人去吃点消夜，但人也不固定，基本是当日合作的一些群演或者武行替身，吃完了独自回家。

她几乎是封闭一般地在那个小镇生存着。

公司给过他她的艺人资料，她签了星艺娱乐入住横店，也不过两三年。

他们分手，却是五年前的事情了。

她喜欢演戏，这事儿他是知道的，可是这一行起伏太大，没有多少人有好结果，要不然他当初也不会不同意她入行。西棠大四那年，他希望她考研，但她当时在拍《橘子少年》，第一次正式演戏，就是在大银幕上担纲主演，并且还是林永钏导演的戏，她格外珍惜这次机会，提前三个月就非常用功地钻研剧本，光是跟剧本有关的书就看了二十多本。顾此失彼，导致第一次考研成绩不理想。他要她再考，当时有很好的剧本和导演在洽谈，她全身心地准备，根本没有时间，她想暂时推迟读研，可他强硬干涉她的意愿，两个人频繁吵架。

她离开了他，这么些年悄无声息，他早已强迫自己忘记了这个女人，却没想到当年毕业时意气风发的黄西棠，居然甘心演这些台词都没有一句的小角色。

保姆在外面敲门问："舟哥儿，热了牛奶，要不要喝？"

赵平津应了一声，抬手将手机关了。

车子驶入徐汇区一幢红砖黑瓦的老式洋楼。

雕花铁门缓缓打开，初夏时分，满院翠绿枝丫横生，月季抽出淡粉色的花苞，屋前的停车坪，青草覆满了暗红色瓷砖的缝隙。

这一处住宅，他嫌大得冷清，这些年每次来上海，如果是探亲，一般就住外祖父母处，若是工作缘故，一般停留不长，干脆住酒店。

这幢民国时期留下来的洋楼，有近百年历史了，抗战胜利后被完整地修缮过，二十世纪七十年代初周家收回祖宅，又整修过一次，这是外祖父母赠予他的十八岁生辰礼物。

赵平津下了车，司机将他的行李提上二楼。

屋子里收拾得干净，弧形彩色圆窗，老式大家具，皮沙发，长长的蕾丝窗幔，他有大几个月没来了。

一切都跟以前一样，除了二楼客房的卧室里搁着一口小箱子。

看来是黄西棠的了。

一会儿保姆进来说："西棠小姐打电话回来，下午她从剧组回来，大约六点到。"

倪凯伦提了一大堆条件，赵平津懒得计较，唯一的要求，就是他无论何时在上海，只要想见她，她就得来。

赵平津进房间睡了一会儿午觉。

醒来不过三点多，他在客厅处理了一会儿公事，听到楼梯有声响。

过了半分钟，有人轻轻推开了客厅的门。

赵平津抬起头来。

两个多月没见，他有点儿恍惚，黄西棠站在门口，穿了条牛仔裤，白色圆领棉衫，戴了一顶棕色的宽檐帽子，一张脸既熟悉又陌生。

她脸上有妆，也带着笑，娇俏的职业化微笑，又甜又美。

赵平津看了一眼，转头继续看电脑上的合同，只说了一句："帽子摘了。"

西棠笑容不改，依言摘了帽子，露出一个光秃秃的青皮脑袋。

赵平津眼角余光一瞥，气得差点绝倒："你！"

西棠有点不好意思地摸了摸脑袋："新戏是演一个尼姑。"

赵平津站了起来，气得怒吼了一声："倪凯伦给你接的什么烂戏！"

西棠笑嘻嘻地说："香港的武侠导演，合作方要求很高，戏份很不错，愿意剃头的女演员很少。"

能在他面前嬉皮笑脸的女人，五年前她是第一个，五年来，再没有过。

赵平津说："过来。"

西棠走了过来，坐在了他身边的沙发上。

赵平津忍不住伸出手，西棠倒也乖，主动低了头，将脑袋凑了过来。

任谁都想摸一摸。

她脑袋的形状很漂亮，剃光了头发也不会显得奇怪，柔软的头皮，微微扎手的发根，触感很好，她身上有久违了的熟悉的水果香气息，赵平津忽然觉得鼻中有点酸楚。

他痛恨自己这种忽然心软的感觉。

他身体里忽然有点燥。

西棠的脑袋动了动。

他将她一推，皱着眉不耐烦地说了一句："出去，我不喜欢没有头发的女人。"

晚上赵平津不在家里吃饭。

西棠坐在庭院里，看到他下楼，走了进来："晚上要出去吗？"

赵平津换了身衣服："有应酬。"

西棠"哦"了一声。

赵平津看着她怒从心头起："我一个月付你那么多钱，连个应酬都要我自己去！"

西棠嘀咕了一句："关我什么事。"

赵平津一脸嫌弃："你这样，带你出去不是丢我的脸？"

西棠诚心诚意地建议："要不我戴个假发？"

赵平津不屑地道："丑得要死。"

他把门摔了独自出门赴宴去了。

晚上生意谈完，他回家来。

车子停到屋前，灯光昏昏暗暗的，保姆在客厅候着："赵先生，回来了。"

赵平津扯开领带，朝楼上走："眉姨，给我煮碗面。"

二楼客厅的门半掩着，空无一人，卧房也没有人。

赵平津转了一圈，找不到人。

他在客厅愣了几秒，正要招人来问，突然想到什么，抬脚往最小的那个房间走去。

那原本是一个账房先生算账的房间，后来改成了小书房，这屋子房间多，这里基本没人用。

赵平津推开门，果然，一个小小的身影，蜷缩在沙发角落里用电脑看视频。

西棠听到声响回过头来。

她看到赵平津站在门口，领带解了，只穿着一件清爽的白衬衣，整齐光鲜的黑发，饱满的额头，清眉朗目，神色放松的时候，唇边会有一点点轻薄的笑意。

他的脸白皙得如象牙纯釉，在昏暗光线之中，总是会发出一种光泽。

以前，西棠就觉得他长得好看，电影学院表演系那么多好看的男孩子，没一个比得上赵平津。其实西棠后来才慢慢发现，他开怀笑起来的时候，露出洁白的牙齿，某一个瞬间能看得到危险的气息，像某种高贵而残忍的野兽。

只是爱情让人盲目。

西棠喜欢他的脸，跟他谈恋爱的时候，光是看到他的脸，就会觉得好陶醉。

这么些年过去了，她以为一辈子再也不会见到他了。

赵平津默默地看了她半晌，最终却只是神色如常地说："大晚上躲在这小屋子，你也不怕鬼。"

西棠那一瞬间立刻恢复了清醒，只是还来不及调适神情，她素着脸，眉眼还是好看的，只是显得稚气，有点憔悴，眼下有明显的黑眼圈。

她搓了搓手站了起来。

"倒杯水来。"赵平津坐进了沙发里，看了一眼她的屏幕，她在看电视剧，一部香港的老电视剧，叫什么《天若有情》之类的名字。

西棠出去倒水。

她穿了件小格子睡衣，赤着脚，光着一个脑袋，瘦骨伶仃，看起来怪可怜的。

西棠向他递水，然后坐到他对面，将脚缩在了沙发里，找不到话，只好客套地说："刚回来？"

赵平津漫不经心地应了一声，盯着她的左边眼角看了许久，忽然问："为什么要整容？"

西棠知道他在看什么，动手术日夜煎熬的那些日子，纱布一层一层揭开，她早已不惧怕任何目光："为了上镜呗。"

赵平津不置可否："你以前不也挺好吗。"

西棠面上依旧笑嘻嘻的："医生说了，开个眼角，五官立体一点。"

赵平津语气颇不赞赏："你还是以前好看点。"

"承蒙赵先生看得起。"西棠也不介意，笑笑道，仿佛他说的是别人。

赵平津却没打算放过她："整了容，怎么还是拍那么多烂戏？"

说到演戏，西棠反倒显出了诚恳："唉，别这么说，这一两年大环境就是这样了，出戏入戏，看深看浅，观众能够看个热闹，那也是功德一场。"

这气度，无懈可击，这般陌生的黄西棠，连赵平津都佩服起来。

她变得太多了，性格、容貌、待人，什么都变了。

他在横店一片乱糟糟的片场重新看到她的时候，那一瞬间的感觉真是难受到了极点，她的音容笑意仍然藏在他记忆深处，却仿佛突然换了一个人似的，她背弃了一切，哪怕不惜换张脸。可他就是喜欢她原来的样子。即使在这些年刻意的遗忘之下，他自己几乎也都快忘记她原来长什么样了。

那是他那么喜欢过的样子，她凭什么去动刀子，一想到这个，他就生气。

保姆眉姨在客厅喊了一句："赵先生？"

赵平津对黄西棠说："出来吧。"

外面客厅的茶几上放了一大碗热气腾腾的面，两副碗筷。

食物的香气扑鼻而来，西棠闻了一下，眯了眯眼，忍不住悄悄咽口水。

赵平津将碗筷推到她面前："自己来。"

西棠自觉地说："我不吃了。"

赵平津抬抬眼:"你饿不饿?"

西棠条件反射地点点头,而后愣了一下,又坚决地摇了摇头。

女明星四点之后,几乎水都不喝,大家都是这样熬过来的。

赵平津冷淡看了她一眼:"爱吃不吃。"

西棠看着他,细面,宽汤,两个金黄的荷包蛋,赵平津优雅地喝了半碗汤。

她要走了。

"站住。"赵平津用筷子挑面,慢悠悠地说,"看着我吃。"

香气四溢,西棠想打人。

赵平津取了碗,拨开了鸡蛋,把碧绿的青菜叶子留给了她,然后舀了半碗面,放到她面前。

西棠小声地说:"现在过了十二点了吗?"

赵平津抬腕看了一眼表,点了点头。

西棠取了勺子,在汤里搅拌,小小地喝了一口,熬的鸡汤美味至极,她自我催眠道:"这算明天的份。"

赵平津淡淡地瞥了她一眼:"别瞎折腾自己,你没那命。"

西棠埋头小口小口地吃了几根面条,忽然抬头望着他:"赵平津,你结婚了吗?"

赵平津取了瓷碟里的手帕擦手,闻言手一顿,深潭一般漆黑的眼底看不出任何情绪:"你问这个干吗?"

西棠的声音特别平静:"以前你家里就特别希望你结婚。"

赵平津将手帕往桌上一扔,站起来指了指她的碗,面无表情地说:"吃完它,吃不完这个月扣你一万块钱。"

第二日赵平津外出办事。

西棠独自在家。

她向剧组请了两天假,好在她不是主演,剧务把她的拍摄时间往后对调了一下,她一早起来在二楼客厅背台词。

将近中午，保姆眉姨进来："西棠小姐，门外有人找。"

她的声音有点激动。

宅子里的司机跟在保姆身后，嘀嘀咕咕地说："赵先生不在家，不允许别人进来。"

保姆神气地对西棠报告："她是吴贞贞，大明星，我看过她的戏。"

吴贞贞找上门来。

西棠下楼看到她，她一身高级时装，摘下太阳眼镜，妆容发型都是整齐的，怪不得保姆一眼就看出来了。

吴贞贞看到西棠的光脑袋，眼睛瞪大，顾不上其他，先笑出声来："哎呀，你还真下得了手。"

西棠不好意思地笑了一下："贞贞。"

吴贞贞四处打量："赵先生在不在？我知道他在上海，昨晚有人看到他的车在金茂君悦。"

西棠说："他出去了。"

两个人干站着也不对劲，西棠想了想，只好说："请坐。"

吴贞贞坐了下来，黄西棠一句话，俨然已经是女主人姿态，她终于回过神来，有点发酸地说："我来就是想看个明明白白，你在公司两年多了，我竟然看走了眼。"

西棠无从辩解，吴贞贞以为她交了好运，实际不过是任人操纵，她早明白了，跟在他们这样的人身边，梦里不知身是客而已。

赵平津待女人的手段简单粗暴，不花半分心思，但行之有效，华服珠宝的虚荣幻觉，自以为被隆恩盛宠关照过，他日来个翻脸不认人，才叫你摔得血肉模糊。

吴贞贞说："听说这一幢房子，上一个女主人，是伍美瓷。"

伍美瓷，影后，大美人。

"铁打的金屋，流水的阿娇。"

"你也看得开。"

"贞贞，向你学习。"

两个人对视，忍不住笑了一下，吴贞贞这一笑，艳若桃李，她红了这么些年，不是没有道理的。

吴贞贞有点诧异："这些日子公司提起你多了些，翻起旧资料，我竟然不知道，《橘子少年》是你演的。"

西棠不好意思地笑笑："陈年往事了。"

"片子获奖时我还在读大三，这部片子没有在国内公映吧，但我也有点印象，业内评价非常高。"

"不敢当。"

吴贞贞有点好奇地问："后来怎么不继续演电影？"

西棠愣了一秒，随后淡淡地答："出了点事。"

吴贞贞是老江湖了，也不多问，只环顾了一下房子，话倒是好心的："你如果手上有资源的话，挑一下剧本，你其实——很适合演戏。"

西棠只专心地答："我是挺喜欢演戏的。"

吴贞贞将房子内奢豪摆设的家居不动声色地收入眼底："赵平津到底是什么来头，他是北京人还是上海人？"

西棠摇摇头："我也不是很清楚。"

西棠暗自叹息一声，吴贞贞好歹也算是跟他谈过一场，看来完全不清楚他是什么身份，也是，赵平津一层一层的人脉关系，身份被保护得重重叠叠，一般人又岂能轻易看透。

花园里忽然有汽车声响起来，两个人顾着聊天，忽然听到司机大声地招呼："周女士，您来了！"

吴贞贞循声往窗外望去："那是谁？"

一个穿着浅色套装的中年女士，系爱马仕的花丝巾，头发吹成一个固定的波浪形状，昂着头朝屋中走来。

西棠却如惊弓之鸟一般猛地跳了起来："赵平津他妈。"

吴贞贞带点雀跃："真的呀！"

她是圈中拓展人脉的个中高手，西棠此刻顾不得那么多了，拉住她说了一句："千万别说还有人在。"

她拔腿往楼上跑，一边跑一边感觉到心脏跳得扑通作响，等到上了二楼，已经听到楼底下吴贞贞紧张带着激动的讨好声："阿姨您好！"

西棠吓得眼前一黑，直接拉开主卧室的大衣柜，一头扑了进去，手上还拎着两只拖鞋。

柜子里一片漆黑。

耳边安静下来了。

安全了。

楼下有细细碎碎的声音，但听得不清楚，西棠万分紧张地竖起耳朵，一会儿听到车子声音出去了，可能是吴贞贞走了。

吴贞贞近年来名气高涨，形象一直维持得很好，没有什么负面新闻，只是她不知道，周女士那样的人，再得体的修养也掩盖不住骨子里那种冷漠与不屑；她也下基层，上上下下打交道的人多去了，连笑容仿佛都是用尺子量过的，一分不多一分不少；他们的交际是一个阶层一个阶层的，她看不起她们这行的人，表面待你客客气气，但绝不会跟你多一句攀谈。

西棠的一颗心几乎提到嗓子眼，唯恐脚步声朝二楼来，但响声一直在一楼走动，她渐渐放下心来。

呼吸慢慢地平静了，她这才发现自己坐在衣柜下面，头顶是赵平津的一整排的衬衣，幸好赵平津奢侈，一年到头来不了几次上海这屋子，成打成打的衬衣西裤都没有拆封，衣柜宽敞得不像话，她轻手轻脚地卷起他的一条牛仔裤塞到腰后，好让自己坐得舒服一点。

西棠坐着坐着，迷迷糊糊地睡着了。

然后又被饿醒，她知道，这会儿应该是下午两三点了。

平日里在剧组忙的时候，午饭有时候是会吃得比较迟，但她的极限就是到两三点，可是现在仍然不敢出去。

她觉得头晕，因为血糖低，眼前开始花。

后背慢慢泛起虚汗，她觉得难受，嘴里干苦，正默默地忍着，房门忽然吱的一声被推开了。

西棠打了一个激灵。

赵平津的声音响起:"周老师,您不招呼一声就来?"

周女士的高跟鞋敲在木地板上,沉闷的声响停在了卧房外的起居室:"我是你妈,儿子的屋子还不能来?"

赵平津朝开着的卧室房门里头看了一眼,声音还是懒散的:"什么时候来的?"

"中午。这屋子是姥姥姥爷送的,你也该注意点影响。"

"您见着谁了?"

"一个叫什么真真假假的女明星。"

"她怎么跑这儿来了。"赵平津暗自思忖着,试探地问,"您没见着别人?"

周女士敏锐地问:"还有谁?"

赵平津立刻答:"没有。"

他转而抱怨了一句:"我是成年人,您能不能尊重一下我的隐私?"

周女士宠儿子一直宠到三十多岁,也只是象征性地劝劝:"舟儿,这些女人,结婚后要断干净了。"

赵平津沉默了一下。

"年底结婚,瑛子今年夏天毕业就回来了。"

赵平津没说话。

"之前你一直说人家在国外不肯结,现在人回来了,你也知道你奶奶的病,你还要她等多久?"

赵平津终于答了一句:"知道了。"

周女士的声音充满慈爱:"我回去了,下午有个会,今年春天开完会了,你爸最近要调动,你自己注意点。"

赵平津不改本色地调侃了一句:"还升啊。"

周女士对这个唯一的儿子寄予了厚望:"你大伯过一两年想退了,你跟郁家的婚事定下来之后,将京创尽快交接给别人,你大伯的班子你要准备接了。"

赵平津陪着她往外走:"知道了,我开车送您?"

两个人终于下了楼去。

西棠一颗心在黑暗中浮浮沉沉。

嘴里有点苦涩的味道，大概是因为又饿又渴。

昨晚她问他有没有结婚，其实也知道，多半是会结的。

他们当时在一起，他家人就一直盼望他结婚，只是跟她无关，他们那个阶层自有门当户对的女儿，政政联姻，或者政商联姻。

西棠闯入，硬生生地站在了这个天之骄子通往权势富贵和美满联姻的对立面，简直把赵、周两家搅了个天翻地覆。

当然最后的结果，她不想再提了，不管过去有多不能承担，也走过来了。

既然走过来了，好好活吧。

赵平津送走母亲回到屋里，站在卧室中间说道："行了，出来吧，人走了。"

西棠还是不敢动。

下一刻她的眼前突然光线大亮，赵平津扶着柜子的门，因为背着光，他高挑的身影被拉成一个黑色剪影："出来。"

她只好钻出来，提着拖鞋，赤着脚，脸色狼狈。

赵平津一看到她，立刻变脸："你穿着鞋踩我衣服里？"

他有严重的洁癖，西棠试过穿着两天没洗的牛仔裤坐到他的床上，他都要气得发抖。

西棠把手里的鞋子狠狠砸到地上："没有！"

赵平津嗤笑一声："不就是我妈，至于怕成这样？"

西棠忽然笑了笑，她现在常常笑，对谁都笑得甜甜的，只是笑意很少抵达眼底："我怕周女士看见我，生气。"

赵平津话里带着淡淡的嘲讽："你当年不是一点也不怕她嘛，还拍着桌子跟人吵架？"

当时她年幼无知，以为真理和正义能战胜一切，领教过，才知道人生是什么样子的。

西棠不辩解，也绝口不再提当年，只讨好地笑笑："后来知道错了。"

她话没说完,人便直直往下倒。

赵平津反应极快,一伸手拉住她,声音都有点变了:"怎么了?"

西棠深深地吸气,忍住发晕的脑袋,有点不好意思地笑了一下:"饿的。"

赵平津那一瞬间也不知道是生谁的气,气得脸都白了:"让你吃多点!"

他把西棠抱起来放到了床上,她很轻,他忍不住暗自皱了皱眉头。

赵平津返身下楼去,一会儿,拿了一杯蜜糖水上来。

看到被子里的人,一张小脸缩在床上饿得皱巴巴的,他忍不住继续骂:"我早告诉过你,别老为了当什么明星不吃饭,拍那破烂戏,又没你多少镜头,你是圆是扁有谁看得见?想出名想疯了吧你!"

西棠眼底微微一暗,下一刻却迅速低下眼睑,长睫毛遮住了眼底的情绪,她默默地从床上爬了起来,脸上又恢复了笑容,是那种早已不在乎一切的好脾气:"唉,大家都这样,不然接不到戏。"

赵平津仿佛被那笑容刺了一下,沉默了几秒,终于还是放低了声音:"喝一点糖水,下楼吃饭。"

晚上西棠送赵平津离开上海,他晚上九点的飞机回北京,她要回剧组拍戏。

他身边没助理秘书,西棠替他去取了登机牌。

西棠戴了顶黑色短发,化了点淡妆,人显得很活泼可爱,从长廊的那一端走过来时,几位经过的外国男士都忍不住纷纷侧目。

她却浑然不觉,只径直走到他身边,将登机牌递给他,笑笑说:"赵总,我这迎来送往的工作,也算是到位了。"

赵平津不悦地皱皱眉:"别骂人。"

这时他的电话响起,贵宾候机厅里很安静,他走开了去接电话,刚挂上电话忽然有人拍他的肩膀:"舟舟,你小子在上海啊。"

赵平津转头一看,是方朗佫。

这才想起来方朗佫在上海办摄影展。

赵平津问:"展览怎么样?"

方朗佲挑挑眉："给我送篮大花就敷衍了事啊。"

估计是沈敏安排人送的，他最近真是昏了头了，人在上海，居然也没顾得上给二哥捧个人场，工作一完事就想回家，就净想着黄西棠自己一个人在屋里，他得回去，自己都不知道自己怎么了。

赵平津笑笑："你也知道我读理工科，看不懂你们那艺术。"

方朗佲不客气地推了一下他肩头："得了，国手指点过的那一笔字，别自谦了。"

西棠坐在候机厅里，看到赵平津在玻璃门外跟一个年轻男人神侃胡聊。

人她自然是认得的，方朗佲是跟赵平津一个部队大院儿长大的，后来老的部队大院拆了，他们两家又一起进的新居，两人从小学到大学读的都是同一个学校，方朗佲跟赵平津同年，比赵平津大了几个月，那时候她来来回回地跟着他们玩儿，方朗佲算是赵平津几个发小当中跟她还比较亲近的。

这时方朗佲的妻子欧阳青青端着咖啡过来，见到赵平津："哎，舟舟哥。"

欧阳青青挽着方朗佲的手臂问赵平津："你一个人？"

赵平津回头望了一眼，迟疑了两秒："还有一个。"

方朗佲顺着他的视线望过去，看到一条细细的小腿，剪影似的侧脸，门挡住了人。

反倒是身旁的青青轻轻地咦了一声。

方朗佲笑笑："上次老高给你介绍的那个分了吧，又换了一个？这个性子倒挺沉静。"

青青笑着往里头看了一眼："不介绍一下？"

赵平津有点烦躁，抽了根烟出来含在嘴里，模糊地应了一句："不了，还有事，回北京聚吧。"

六月的黄昏，血红的夕阳已经摇摇欲坠地低悬在山头。

武侠巨作《剑破天惊》剧组结束了外景地的拍摄，转战横店拍摄已将近一个月，整部戏进入紧张的收官阶段。西棠准时到了一号山的片场，她不用做头，半个多小时就化好了妆出来溜达，看到副导已经就位，所有人都在等天黑,今晚要拍的是攻打云鹤山庄的一场大夜戏。

天气预报说这两日有雨,大家都想赶在暴雨来临之前把主要的镜头拍完。

暗夜里刀枪箭雨铿锵作响,一长排群演手里的火把点亮了半边夜空,大家都打起了万分精神,一直拍到凌晨十二点,导演终于喊cut,然后宣布休息十分钟,各位主演的大小助理赶紧飞奔上去,擦汗的擦汗,补妆的补妆,端水的端水。

西棠走了出来,片场在一个搭建起来的山庄,里面有一个漂亮的人工湖,月亮的倒影轻轻地漂在上面。

"来一支不?"身边有人向她递烟。

西棠转过头一看,是同剧组里的武行,她笑笑,拿了一支。

赶工和夜戏是非常熬人的事情,所有的横店人都习惯了,上到导演、大明星,下到群演、小场记,基本都有吸烟、喝咖啡提神的习惯。

西棠默默地吸烟,这些辛苦都是值得的,这一部剧她参演的集数多,进组两个月,收入差不多可抵她平时半年的。

倪凯伦今日知会她,亏钱的利息已经还清,她赚的钱可以开始偿还十三爷的债务了。

到这个月为止,赵平津已经"包养"了她三个月,倪凯伦手上的那张卡,每个月都按时有钱进来,结清了她亏欠的利息。

据说下一部戏也已经在谈,他出钱投资,西棠要开始做主演。

三个月,只见了他一次,他甚至没碰一下她的手。

当天夜里拍摄顺利,进度完成,导演喊收工时已是两点,西棠跟着同剧组拍打戏的几个替身和武行去老沈那里做了一个按摩。

从按摩店里出来,个个疼得龇牙咧嘴的,挽着胳膊七扭八拐地走在街上,空气中隐隐有暴雨来临前的泥土气息,半夜的街道依旧人声鼎沸,在街口转角,西棠跟同事嘻嘻哈哈地挥挥手,往自己小屋的那条半坡道路走去。

她从黑暗的街角走出来,天边一道火花擦过,她心电感应一般抬眼望去,心底一跳,脚步就停住了。

天气非常闷热,居民楼旁边的昏黄路灯下,飞蛾和雨蚁在飞舞,路边远远地站着一个人影。

高高瘦瘦的个子,穿着一件黑色马球衫,一条白色的裤子。

那一霎一道闷雷炸响,豆大的雨滴落了下来。

西棠习惯性地抬手遮住头,这才想起自己是光脑袋,完全不怕淋,她说:"先躲一下雨吧。"

街道上的路人朝四处奔跑,西棠站在街道边上,一个穿着古装戏服的男人冲了过来,眼看就要撞到她身上,赵平津伸出手护住了她:"别慌。"

西棠只顾着往对面的屋子里跑去:"怎么不打电话?"

"打了,你没接。"赵平津跟在她后面,身体挡着她,让她在马路的内侧,以防有人撞着她。

西棠在屋檐下站住了,摸了摸口袋,在片场里手机一直是静音状态。

"你开车过来的?"

西棠低头的时候看到他手上拿着车钥匙。

赵平津点了点头。

西棠掏出大门的钥匙,这是一幢当地的居民房,一楼是个小店铺,房东租给了一对山西夫妇卖早餐,现在已经打烊。

夏天的暴雨倾盆落下。

赵平津跟着她走上了楼梯。

这是老式的房子,楼梯是水泥砌的,她穿着一件白色的宽大袍子,身上有一股怪异的香气。

西棠在二楼打开门,赵平津走进去,四处望了一圈,径自坐进了沙发里,放松了身体,直接取过她的杯子喝水。

西棠十分镇定:"你稍等一会儿,我卸妆。"

她脸上还带着拍夜戏的浓妆,有种恍惚的不真切感。

赵平津点点头,看着她进了浴室。

他随后重新打量了一圈这个屋子,一个小单间配一个小厨房,一眼看过去就完了。

房子采光不好,一张简单的床,米色格子床单凌乱,床上还堆着一堆乱七八糟的衣服，床头柜上搁着书和一些瓶瓶罐罐，还有一个相框，是她跟妈妈的合影，沙发是旧的，跟茶几的颜色不搭配，也不知道是第几任房客留下来的，角落里有一个巨大的陶瓷罐子，塞了一把干掉的野菊花，靠墙壁的一个原木色的大衣柜看起来倒像是黄西棠添置的。

乱七八糟的家具，除此之外，其他什么都没有。

不知道为什么，他一进来就很喜欢她的屋子，里面充满了她的气息，带着那种灰扑扑夜航船的茫茫感觉，似乎可以一直驶向世界末日。

茶几上放着一沓厚厚的剧本，沙发扶手上有个盒子，是一包软壳苏烟，抽了一半，还有一个绿色的塑料打火机。

赵平津看了一眼，将烟随手捏了，扔进了一旁的垃圾桶。

西棠很快出来了，光溜溜的一个脑袋，洗得清爽干净的一张巴掌脸，露出左边脸颊的几颗小小雀斑和双眼下面淡淡的黑眼圈。

她不会问他对她屋子的观感，因为知道他跟这一切毫无关系，她只问："你吃晚餐了吗？"

赵平津摇摇头。

西棠就知道，因为他嫌弃飞机餐难吃。

她起身去厨房："我下午煮了点白粥。"

赵平津慢慢地站了起来，跟着她去厨房。她从橱柜里取出一个碗，在水龙头下认真地洗干净了，然后给他盛了一碗粥。

"你干吗？"西棠端着粥，放到他的面前，却被他反手握住了手腕。

赵平津扼住她的腕子，翻转过来，看了一眼她的手肘，然后掀起她的半边袖子，也不说话，就那样阴沉沉一言不发地看了半响。

她的手臂当然没什么好看的，全是瘀伤，青青紫紫，还有破皮和红肿感染。

赵平津待她一向没有什么好脸色，此刻更是皱着眉头，双唇有点发白："怎么回事？"

西棠将手不好意思地往回收："拍打戏，磕碰难免的。"

赵平津阴着脸放开了她。

西棠觉得尴尬，站了起来，开了屋子里唯一的一扇窗，风带着雨点吹进来，她又扭开了风扇，吹散了半夜依然闷热的暑气。

雨点打在窗户上噼啪作响，两个人安静地坐在客厅的小茶几旁，两碗熬得浓稠的白粥，一碟青菜，一碟酱萝卜。

赵平津吃了一口，就全吐了。

西棠愣了一下，然后还是笑了笑："吃不下就不要吃嘛，浪费。"

赵平津暗暗地皱了皱眉头忍住疼，嘴里还有粥的味道，只能尝一口，她煮的粥特别香，可惜了，自己吃不下。

他皱着眉头推开了："难吃。"

西棠也不说话，低头默默地喝粥，配一碟水煮青菜，将一碗粥喝光了。

赵平津靠在沙发上，一直皱着眉头："你晚上就这么吃？"

西棠答得理所当然："是啊。"

赵平津恼怒地说："我一个月给你三十万，你就吃几片烂叶子，至于抠门成这样吗？"

西棠大言不惭地道："我们这一行花销大，三十万还不够我买个包。"

赵平津脸色发白，不再说话。

西棠收拾茶几上的碗筷，走进厨房，打开了水龙头洗碗，厨房有一扇小小的窗户，屋外瓢泼大雨。

整个屋子好像一艘船，行驶在荒凉无边的大海上。

屋里格外寂静，她做梦也不会想到，她还会有一天在这样一个屋子里，跟他待在一起，做一对世间的平凡男女。

"我今晚见着老四了。"

西棠手一顿，默默回过神来。

赵平津不知道什么时候走了过来，身体倚在厨房的门框边上，听不出任何情绪："老四要结婚了。"

西棠平平淡淡的语气："哦，是吗？"

赵平津却存心不放过她："老四也不是小气的人，你当时怎么没要点好处，把自己搞到这般境地？"

西棠冷冷地说:"我跟他没什么关系。"

赵平津冷笑一声。

从上海到这里,有三百多公里,他独自开四五个小时的车,她以为他是来横店看她。

原来不过是陆晓江回国来宣布结婚,他半夜搭飞机也要过来她羞辱几句,不然愤愤难平。

身后的男人讥讽道:"你怎么就没跟了他?"

西棠将洗碗巾狠狠地往水槽里一扔:"我爱跟谁跟谁,关你什么事!"

赵平津笑了:"好姑娘,有志气。"

下一刻却看到她忽然仰起头,深深地吸气,然后抬手飞快地抹了一下眼角。

他不再说话。

西棠也不再说话,低着头默默地洗碗。

夜已经很深了。

西棠从衣柜里取了新的床单,把床铺铺整齐,赵平津洗了澡出来,看到她将自己的枕头放到了沙发。

赵平津躺上床,闭着眼休息,然后说:"上来睡。"

西棠愣了一下。

赵平津冷笑一声:"放心,我那方面实在不怎么样,绝对没有勇气碰你。"

西棠的身体轻轻颤抖了一下,没有说话,然后将枕头放回了床头。

熄了灯,西棠背着身面向床沿,赵平津平躺在床中间。

屋子里陷入了黑暗,窗外雨点渐小,淅沥声透过窗户隐隐传来。

赵平津忽然说:"你身上什么怪味?"

西棠累得脑袋迟钝,好一会儿才反应过来:"哦,我回来之前去按摩了,跌打膏的味道吧,洗澡了你还闻得到?"

赵平津说:"刚刚闻到的。这么晚收工还去按摩?"

"最近的打戏比较多。"

赵平津在黑暗之中，看了一眼她右边的肩膀："你右手还拿得了剑？"

西棠却明显不愿意再谈这个话题："还好，晚了，睡吧。"

屋子里终于安静下来，西棠辗转了一会儿，终究是太累，迷迷糊糊睡过去了。

后半夜她忽然惊醒，风扇还在转，雨声已经小了，侧过脸去看身边的人，赵平津背对着她蜷缩着身体，整个背都是冷汗。

"喂？

"赵平津？

"你怎么了？胃痛是不是？"

她扭亮了床前的一盏小灯。

赵平津依旧背对着她，左手的手臂打横按着胃部，一动不动，整个身体都是僵硬的。

西棠笑了笑："忍不住就说嘛。"

赵平津咬着牙，冷冰冰地道："别管我，睡你的觉。"

西棠啪的一声关了灯，重新躺下。

她闭着眼，身边的人很安静，一声不吭，只是每间隔一会儿，有强压着的紊乱粗重的深深呼吸。

西棠躺在床上，从看他把粥吐了开始，她早已下定决心不管他死活，忍了许久，终于还是忍不住："你的药在哪里？"

赵平津已经痛得喘息，咬着牙一时说不上话。

西棠起身去茶几旁翻他的外套口袋。

"不在……"赵平津断断续续地说，"车里有。"

西棠找到他的车钥匙，在睡衣外披了件外套，赵平津已经坐了起来。

她要往外走，赵平津拖住她的手。

西棠看了他一眼："你干吗？"

赵平津试图站起来，他没戴眼镜，眼前有点模糊，西棠的脸也模模糊糊的："三更半夜，外面在下雨，你安不安全……"

西棠的声音带了点儿无所谓的笑意："放心，外面比你这儿安全多了。"

她一把推开他的手。

赵平津受不住力,被她一推,只好靠在床头。

她抖抖衣袖,准备下楼去。

只两秒钟,西棠很快回头来:"你车是哪一台?"

赵平津疼得眼前有点昏花,好一会儿才听清楚了她的话:"停得有点远,黑色的路虎。"

想起来她根本不认车子,只好说:"街对面,黑色的,京牌,再说你不会按下钥匙?"

西棠转身下去了。

赵平津倚在床头,自己擦干了脸上的冷汗,微微抿着唇,忍着胃里一阵一阵灼烧的疼,黄西棠以前一直嘲笑他这点,说他自小娇生惯养不懂人间疾苦,被那么两大家子当宝一样精细养大的人,竟然还会有胃炎。嘲笑归嘲笑,当她毕业的时候,因为担心他的身体,她终于肯搬过来跟他住,那时公司开始进入膨胀一般的迅速发展和扩大时期,工作起来没日没夜的,他每晚都熬夜写项目案子,半夜常常胃疼,实在疼难受了,他就溜到卧室里,拉拉她的手,将她唤醒,小声委屈地说:"棠棠人儿,起来。"

她那时候非常爱睡觉,几乎是一沾枕头就能睡着,但只要他叫她,无论什么时候,她都迷迷糊糊挣扎着爬起来,其实早给他熬好了小米粥温在锅里,临睡前也跟他说了,赵平津丝毫不记得这些小事,身体难受了,闭了眼往她怀里躺着休息,就觉得一切都好了。

西棠那时候多爱他,舍不得让他受一点点苦,端了碗在床边给他喂粥,给他灌热水袋,抱着他睡觉,心疼地安慰他,跟哄孩子似的,他很快就舒舒服服地睡过去了。

半年后京创科技在港上市,公司规模翻了几倍,搬进了中关村的高级写字楼,赵平津组建了董事局,基本不再亲自动手写程序了,他熬过了最难的那一段时期,胃居然养好了七八分,连李明都说,军功章里有棠棠小人儿一份啊。

他甚至想过让她持股权,京创的创业基金基本来自天使投资,他是从家里拿的钱,后来黄西棠跟他妈彻底闹翻,他们俩也天天吵架,家里锅碗瓢盆都摔了,黄西棠脾气硬,自尊心特别强,有一次吵架提起来这事,她只冲着他吼了一句:"谁要你的臭钱,别看不起人。"

赵平津痛得脑袋也昏昏沉沉的,唯一记得的是后来她的确没要他的钱,就那样迅疾地从北京城里消失了。

黄西棠撑了伞回来,衣服上沾着湿气,她倒水给他吃了药。药起了作用,那一阵痛缓了过去,赵平津老实了,迷迷糊糊地昏睡过去。

但他睡眠浅,没睡多久就醒了,睁开眼时,身边是空的。

卫生间亮着灯光。

他推开了门。

西棠坐在一个塑料小凳子上,像一只受惊的兔子般突然回过头,一个光脑袋,眼睛里亮汪汪的,手里捏着一个沾着碘酒的棉签,膝盖上贴着一排创可贴,是一排粉红色的 Hello Kitty③。

赵平津心底一疼,她还是这样,心急,跑得快,大概摔了,他问:"消毒了吗?"

西棠点点头。

赵平津扶着门框说:"回来睡,天快亮了。"

第二天的工作是在景区内的一处客栈拍戏,西棠戏份不多,比较轻松,中午还能按时在剧组吃盒饭。

棚里实在太闷热了,才六月份就开始天天三十度以上的气温,因为要收音,所以不能开空调,因此古装戏一般选在冷一点的季节拍,争取在炎热的夏天到来之前能结束。因为夏天太热,演员穿着层层戏服,戴着复杂的头套,在镜头前一遍一遍地走位,演得挥汗如雨,也实在是辛苦。

西棠捧了盒饭出去,在外面树荫旁的抄手游廊下乘凉。

她刚刚坐下,就看到赵平津走了进来。

他百分之百是刚刚睡醒,头发都没打理,凌乱的黑发下架着一副太阳眼

---

③凯蒂猫。

镜，双手插在口袋里，游手好闲，跟个无聊的游客一模一样。

今早她起来的时候，赵平津还在屋里睡。

赵平津坐在她身边："饿死了，有没有饭？"

西棠回去多要了一份盒饭，递给赵平津。

西棠没有用盒饭配的一次性竹筷子，用一柄木质勺子，喝了黄豆汤，吃完了蔬菜，将肉片放到清水杯子里洗了一遍，吃了两片。

赵平津吃白米饭配青椒肉丝。

西棠看了一眼："那个辣，你少吃点。"

赵平津抬眼望望她，又望了一眼她手里的勺子："吃点饭，你够瘦了。"

第一次见她穿戏服，洁白的底衫外面套一件灰色袍子，白天的妆很清淡，活脱脱一个俏丽的思凡小尼姑，模样十分可爱。

有经过的游客对着她拍照。

她捧着饭盒也不理会，只偶尔抬头轻轻地对拿着相机的路人笑笑。

一盒饭没吃到三分之一就放下，西棠小心地洗干净她那柄木勺子，放进包里的餐具盒。

经过昨晚一夜的暴雨，今天白天的太阳更加猛烈，西棠在树底下等戏背词，赵平津在一边热得不行。

赵平津拿着她的折扇扇了半天，忍不住脾气要发作："就没有一个休息室、化妆间之类的地方给你们待一下？"

西棠从折凳上抬起头来，摇了摇头说："主演和导演才有，你去酒店开个房间吧。"

赵平津说："我今天早上已经叫人来装空调，钥匙留给房东了。"

西棠还来不及回他的话，这时棚里有人催场，轮到她了。

赵平津跟着进去，摄影棚里面更热，灯光照得人好像烤在一个炙热的火炉下，所有的工作人员都搭着毛巾。西棠穿着厚厚的戏服，跟一个长得油头粉面的小男生对戏，对方台词有几句没背好，NG了几遍，两个人的汗都是一滴滴地往下落，然后又立刻擦掉补妆。

终于导演喊cut。

赵平津直接走进去,将矿泉水递给西棠:"拍完没?"

男人的容貌实在太出众,纵使戴着太阳眼镜,但那目空一切的气势,就完全让人无法忽视。

连一旁围着男主演打扇补妆的几位女助理都忍不住回头望了一眼。

赵平津丝毫不管周围的目光,也不搭理人。西棠也不介绍,两个人坐到一边的休息区低声聊了几句。

赵平津坐了一会儿,西棠看着他的鬓角有微微的濡湿,只穿着一件衬衣的后背也开始湿了:"你回去好不好?你要中暑了我麻烦就大了。"

赵平津没好气地答:"你一天拍十多个小时,你怎么不中暑?"

西棠拿他没辙,幸好这时沈敏的电话进来,李明找他开会,他才出去了。

那天夜里西棠也是凌晨两点多才下戏,散工后剧组同事约着去吃消夜,西棠跟着同事走出来,看到赵平津等在外头。

昏黄的街灯下,他穿着一件灰色短袖polo衫,双手插在休闲西裤口袋中,神色闲散,身形如一道沉默的刀锋。

这一次在戏里跟她搭戏的红姐用她的台湾腔调侃了两句:"哎哟,你们别喊西爷啦,男朋友在等啦。"

有一个与公司合作的媒体记者在外面等主演出来,大家都是熟人了,见到她,娱记眼睛毒:"西棠,什么时候交了这么帅的男友?哎哟,瞧你这脑袋,真爱啊。"

西棠一路好脾气地笑,一句话也不答。

两个人并肩往镇上走去,一路上西棠都在打电话。

她没有助理,拍戏时候没法接电话,一般有未接来电,都是找活儿的。西棠一一回过去,赵平津在一旁听了半天,起初都是在敲时间、敲片子,听起来基本都是一场过的那种戏,有一通电话是戏份比较重的一个角色,谈钱的时候,西棠有点犹豫。

这个群头找她演过两回,有一次甚至是临时救场的戏,台词都有两页,合作方的导演很满意,她不是不知道剧组给的价格大概在多少,这人回扣吃得太大了。

赵平津听了两句终于忍不住了,一把拿过电话:"一万。"

对方是个粗鸭嗓的男人:"什么一万?"

"黄西棠那戏。"

"你是谁?"

赵平津皱着眉头不悦地道:"我是她经纪人。"

对方在那端扑哧一笑:"你这经纪人也是刚出道的吧,别漫天要价了,老子还不是看她到处找戏接,我可怜她,你告诉她,有五千赶紧来,不然大把人排队等着。"

赵平津冷冷地说:"一万,废话少说。"

对方忽然咆哮起来:"一万?你不是在做梦吧?还以为自己是什么明星了!什么经纪人,她哪有什么经纪人,哪里来的野男人吧,一辈子红不了的娘们儿,还讨价还价的,我告诉你,就五千,我这儿有十个排着队任老子挑,一万,没门!"

赵平津脸色一点也没变。

他掐断了通话,紧紧捏住她的手机,盯着她的脸慢慢地问了一句:"那些男人都这样骂你?"

西棠还是那副无所谓的模样,还忍不住笑了一下:"唉,这人骂脏话毫无逻辑。"

赵平津也不知那一刻的心头怒火从何而来,只望着她冷冷地说:"黄西棠,你还有没有一点羞耻心?"

西棠的笑容忽然停顿了一下,然后没有说话,只是轻轻地别过了头。

横店万盛街是条不夜街。

炎热的夏夜,餐厅在店门外支起了凉棚,各式各样的餐厅、酒吧、水果摊、烧烤摊子、三轮车,将街道塞得满满当当,梳旗头穿宫装的宫女在街上买菜,扛枪的鬼子在路边买烟;路边一家港式茶餐厅,常常通宵都有导演讲戏,有人在讨论剧本,有不出名的小演员在等运气。

一个充斥着虚妄和物欲的魔幻现实主义小镇。

街边偶尔可见黑色的轿车，有几个戴眼镜的男人从车窗缝隙里朝路边张望，那是长期蹲守在片场为娱乐圈操碎了心的狗仔。

要拍明星的花边新闻，在横店这种地方，那是太容易了，抓住一条大新闻，各种公关就疯了一样地砸钱，一夜就翻身了。

西棠神色坦然，穿一件白色的衬衣、一条蓝色工装裤子，坐在"老宋烧烤"油腻腻的露天桌子边上抽烟。

她至少有一点没有变，仍然喜欢穿白色衣服。

西棠丝毫没有情绪，甚至还带了点笑意："吃什么？这里的烤羊腿不错。"

赵平津淡淡地答："挑你喜欢吃的。"

两个人居然能心平气定地坐在一张桌子旁聊天，若是以前，赵平津年轻时候多骄纵猖狂，说话损人特厉害，有时候吵架西棠完全说不过他。那时谁都是一颗娇嫩脆弱的小心脏，西棠一吵架就觉得委屈极了，她要么在屋子大哭大闹，要么直接摔门而去，赵平津开车出去追，然后她抱着他痛哭，一边哭一边诉说他是如何欺负她，赵平津一听这样的话就拿她没办法，只好低头道歉，哄了几句后，西棠哭过一会儿也就忘了，两个人又恢复了蜜里调油的状态。

只是后来，她不再抱着他哭，而他，也不再肯低头道歉，那时候他是真的觉得感情到头了。

她过去是一个自尊心多强的人，连他妈那么强硬的人都拿她没办法，如今她听他讲那样的话，只是假装没有听见，只是转过头笑笑。

也许在她看来，他跟一般的路人，并没有任何分别。

他还在乎什么，她早已经不在乎一切。

想起白天在剧场里她挥汗如雨地自己打点着所有琐事，赵平津就问："你们公司没给你安排个助理什么的？"

西棠熄了烟，开始看菜单："我还好，不用。"

赵平津忍不住问："拍了那么多部了，依然没有机会演好一点的角色？"

西棠忽然对他刻意露出笑容："你觉得我漂亮不漂亮？"

赵平津看着她展颜一笑的俏脸，冷漠地答："一般般。"

西棠也丝毫不介怀，一边麻利地点消夜，一边压低声音说："你看看左边。"

赵平津看了一眼，几个男男女女坐在一边喝啤酒。

"看看右边。"

赵平津又看了一眼，几个长发女孩子坐在路边搔首弄姿。

西棠乐呵呵地说："在横店等戏演的女孩子，哪个不漂亮？科班不科班的不管，每年都有成千上万的女孩子进这行，那么多十七八岁的妹妹进来玩——"

她重新抽了一支烟，含蓄地笑了笑："投资人定的主演，赵先生，行业规矩你懂的。"

她话没说完电话就响起，她接通，刁哥的声音洪亮地传出来："西棠，现在有个夜戏，四点到天亮，一小时多加两百块，来不来？"

西棠望了一眼对面的赵平津："我今晚没空啊。"

刁哥在那边仗义地吼："这样的好事我第一个找你啊。"

西棠也明白："好咧，我这还不一直都知道大哥您照顾我嘛，今晚真没空儿，下次记得喊我啊。您在哪个组，我在老宋这儿呢，我给您打包消夜让他们送过去？"

她一瞬间满身江湖气。

赵平津看着她事不关己地谈着这个圈子最脏的一些事情，他知道她说的是实话，可是现在这些话却从黄西棠嘴里说出。

他觉得有点难受。

他记得她以前是理想主义者，表演系功课年年名列前茅，她一个南方姑娘，一开始台词功底不算好，她就一遍一遍地练，别人练十遍八遍能过的，她就找个地儿练几十遍上百遍；他有时陪她对本，给她纠正她的儿化音和后鼻音；到大四的时候，她的专业功底扎实得连林永钏导演都表扬了她。她挑剧本挑得厉害，因为不想离开他，在北京外的拍摄不接，尺度特别大的床戏也不能接，第一部就是电影主演，还获得相当不错的评价，他一直以为她起点不低。

西棠抽烟，喝一点点淡啤酒："你们都一样，喜欢享受女明星的光鲜，但看不起我们。"

赵平津挑了一个蜜汁烤翅："没错。寡廉鲜耻，无情无义。你们有什么值得让人看得起的？"

西棠手上夹着烟，轻轻一抖，烟灰落下一些，面容仍是平静的："赵先生，你是云端上的骄子，我们是下面讨生活的人。"

赵平津用筷子将一颗鹌鹑蛋戳碎，忽然抬头说："跟我回北京住。"

西棠笑笑说："不行，我跟首都八字不合，容易有血光之灾。"

赵平津眼神黯了一秒，然后人往椅子背靠了靠，手搭在扶手上，恢复了满不在乎的神色："我加钱。"

西棠仿佛被勾起了兴趣，眨了眨眼睛："加多少？"

赵平津认真想了一下："一个月加十万？"

西棠微微眯起眼，语气带着明显的戏弄："一个月加一百万我也不去。"

赵平津想掀桌。

两个人回家，西棠喝了点酒，人明显地放松下来。

她一边摇摇晃晃地爬楼梯，一边轻轻地哼一首不知名的曲子。

赵平津紧紧地跟在她身后，怕她摔倒，果然最后一个台阶，她没踩稳，差点栽下来。

赵平津一把抓住了她的肩膀，扶着她打开门，将她扔进了沙发。西棠脸上仍然是那副陶陶然的神色，吸了吸鼻子，舒服地往沙发里面拱了拱。

赵平津端坐在一旁，看了半晌，忽然伸出手，粗暴地拧过她的脸，狠狠地亲了亲。

软软的细腻肌肤，带着温暖的触感，依然是那么令人眷恋，赵平津心底恍然一震，慢慢地放开了她。

西棠眼中忽然有泪水渗出，她恍恍惚惚地喊了一句："赵平津。"

她脸上带了点儿要哭的委屈："我常常梦到你，可都不是好梦。"

赵平津一张薄削白皙的脸孔似笑非笑:"我还是头一回见你喝醉,这么文明的。"

西棠愣住了,眼睛又亮又清澈,她不动声色地坐了起来,习惯性似的,一坐起来就保持了一个腰背挺直的优雅姿势,她淡淡地说:"我没醉,坐会儿,你先洗澡吧。"

赵平津后悔得不行,想抽自己一耳光。

她那副又硬又坚固的壳,重新关上了。

赵平津怔了半晌,默默地起身进浴室洗澡,洗到一半,水忽然变成了凉的。

他在卫生间里喊了一声:"黄西棠!"

西棠走过去问:"怎么了?"

赵平津哐地扭开门,探出半个身子:"水突然凉了,你这什么破热水器——"

西棠一望过去,忽然哇地尖叫了一声,然后抬手捂住了眼睛。

赵平津愣了一秒,又哐的一声甩上门。

西棠从指缝里偷看:"你能不能先把衣服穿上?"

赵平津扯过浴巾,重新打开了门。西棠看到他裹着自己的粉蓝色浴巾,裸露着上身,头发湿漉漉地往后拢着,一张俊朗瘦削的脸庞,水滴沿着喉结往下流。

美色无边,心动神摇。

西棠暗暗吸了口气,稳住发软的手脚,走进去检查了一下热水器:"没有煤气了。"

赵平津无奈地看了一下,的确如此:"干吗不缴费?"

西棠冲他扮个鬼脸:"天那么热,你洗洗冷水吧。"

赵平津瞪了她一眼,一把将她推出了浴室。

一会儿他出来了,西棠抱着睡衣进去洗澡。

赵平津正站在客厅里擦头发,伸手拉住了她:"等会儿。"

他从厨房翻出一个新的锅,刷洗了两遍,然后盛满水,放在电磁炉上打着了火。

赵平津一边给她烧热水,一边用嫌弃的眼神望了她一眼,问道:"常常这样?"

"什么?"

"断水断电断煤气?"

西棠不好意思笑笑:"太忙,有时候顾不上。"

赵平津忽然抬手,摸了摸她的光脑袋:"以后不要用冷水洗头,老了容易头疼。"

赵平津第二天下午就要走。

赵平津到了外景拍摄场地找她,在临近村子的山坡上,野树横生,遥远的山头里,抗日剧的片场不时传来轰隆隆的爆炸声,橘色火光照出一层蒙蒙的山雾。西棠从片场里走出来,他就是要她送。

赵平津将屋子的钥匙给她,两个人在外面说了几句话,赵平津看了看时间,就要走了。

西棠戴了顶长的假发,脸上带着妆,抽烟,等在树下,看着他将车倒出来。

她神色淡漠,风一直吹着她的假发。

赵平津把车开到了她的身旁,忽然想了起来,降下车窗,坐在驾驶座上对着黄西棠说:"你把那玉铃铛藏起来了?"

西棠笑笑答:"那是我的。"

赵平津拧起眉头:"给我,那就是我的。"

西棠家里有对一模一样的翡翠铃铛,莹润剔透的绿,打磨得非常精致,是当初西棠到北京读大学,妈妈给她带过来的,千叮万嘱一定要收好。他们在一起的时候,赵平津给她买过各种衣服鞋子首饰,到后来房子都送了一套,西棠觉得实在不能收,赵平津硬要送,于是管她要了一只她的这个宝贝。

他当时一脸坏样,凑在她的耳边说:"这算不算定亲了,我得求你妈让你嫁给我。"

西棠心里甜滋滋的，扑过去动手掐他："你想得美。"

有时候西棠跟妈妈打电话，赵平津在一旁，搭不上腔，神态却恭恭敬敬的。

好几次西棠挂了电话，他都说："你不让我跟丈母娘说句话？"

西棠红着脸，大学偷偷摸摸谈了恋爱，还是怕她妈不高兴："等我毕业出来工作再说。"

后来她是毕业工作了，却只剩下自己一个人。

有一只铃铛赵平津一直都留着，放在了搁药的那个包里，他一般出门时助理都会随身带着。

西棠笑了笑："你拿着它有什么用？"

赵平津冷笑一声："你拿了我那么多钱，一个小玩意儿给我都要拿回去？"

西棠静静地说："我换别的给你。早几年我妈生病动手术，想看看这对铃铛，我找不齐全，都没敢拿给她看。"

赵平津愣了一秒，然后问："你妈什么病？"

西棠不欲多谈，说："现在没事了。"

赵平津看了她一眼："走了。"

西棠吸了口烟，点了点头。

赵平津启动车子，引擎低鸣，他一脚踩下油门，车子往前跑出去，不到五米，突然刹车。

西棠仍然站在原地。

那辆黑乎乎的大车笔直地倒了回来。

车窗降下，赵平津端坐在驾驶座上，居高临下地望着她，蛮横地说："把烟戒了。"

西棠依旧夹着烟，朝空中点了点："关你什么事儿？"

赵平津语气强硬："我受不了烟味。"

她懒得理他话里的漏洞，他自己不也抽吗，他身边抽烟的女人估计她也不是第一个。

赵平津说完这话，重新放下手刹，要开动车子。

"赵平津——"西棠忽然出声。

他停住了动作，从车窗望出去。

那个女人站在树下，一袭青色布袍，大风呼啸，黑发在脸上纠缠着，她用食指熟练地弹了弹烟灰，淡淡地回了他一句："可以，加钱。"

赵平津的脸瞬间僵硬，气得快说不出话来，只能恶狠狠地瞪了她一眼，一脚踩下油门，方向盘打偏了一点，车子轮胎突然磕到一块大石头，车身砰地一震，车子速度快得几乎要飞起来了。

那辆黑色的越野车终于在飞沙走石里呼啸而去。

她该明白，她欠他的，始终要还。
那样悲的歌，那样哀切的深情，她一直哭。
她有什么好哭的。

Chapter 3
为什么愿意来北京？

早上十点，百叶窗遮住了楼宇之间明媚的日光，李明啪的一声合上最后一张简报。高层的早间会议结束，赵平津推开椅子，守在外面的秘书小董已经进来，压低了声音请示："赵先生，保达公司的徐总已经到了。"

赵平津点了点头站了起来。

助理拥上来，忙不迭地收拾桌面的文件和材料。

沈敏跟着赵平津往办公室走，赵平津忽然回头，淡淡地说了一句："找个人把横店那屋的煤气与水电费交齐了。"

沈敏愣了一下："小黄同志连水电费都不缴？"

赵平津不自觉地皱眉头："过着猪狗不如的日子。"

沈敏立刻道："我亲自去办。"

沈敏转过头去，脸上是忍俊不禁的笑意，老板这是……心疼？

赵平津回到办公室，一工作就是一天，直到秘书下班前来提醒他晚上的应酬时间，他又看了一眼手机，沈敏应该已经知会了她，她从来不会给他打电话。

一个女人无情无义到这份上。

他按了按发晕的脑袋，闭着眼躺在沙发上。

黄西棠比他清醒百倍，她在横店的生活根本与他再无任何关系。

这么些年来，他来来回回地在京沪两地跑，他若是到东边来，基本所有的工作应酬都是在上海，也常在工作应酬的饭局见到一些被带出来装点场面的女明星，这些女孩子即使在横店正拍着戏，若是得了经纪公司安排，哪个不是急如星火地赶回上海来，他现在真是昏了头，才会千里迢迢来一个破烂小镇，看一个不成气候的小演员。他一把将手机扔在了地上，除了北京，他哪儿也不再去。

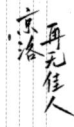

七月中旬，高家新来了个厨子，于是几个男人携家眷在高积毅家里吃饭。

他们是在同一个大院家属楼里长大的发小儿，年纪稍长的高积毅和方朗佲已经结婚。赵平津虽说跟郁家的姻亲关系是定了，可还是混世魔王样儿。剩老幺陆晓江，打小就是个乖孩子，跟在他们几个调皮捣蛋鬼后面，一副书呆子模样，他在国外读完硕博，刚刚回国，在一家国资银行做投资分析。

于是近年来大家都回归家庭生活，饭后也不出去了，高积毅整了一套丹麦顶级音响，放在客厅里，女人们却用来看电视。

客厅旁边是茶厅，老高在一旁泡茶，陆晓江坐在一旁一罐一罐看他那些好茶，赵平津和方朗佲聊天。

方朗佲笑着挤眉："舟舟，前段跑上海跑得挺勤啊，怎么最近不去了？"

赵平津跷着腿靠在椅子上吸烟："怎么了？"

高积毅兴致勃勃地道："你小子单了有一阵子了，不是真准备结婚前修身养性了吧？"

赵平津有点烦躁地熄了烟："甭提那事儿。"

陆晓江在一旁小心翼翼地插了句话："瑛子姐挺好的，我回来前在洛杉矶见过一次，更漂亮了。"

赵平津皱着眉头，没有搭话。

高积毅捅了捅他的肩膀，带着过来人的语气："结吧，迟早的事儿。"

高积毅现在的老婆是第二任，刚给他生了个儿子，年纪比方朗佲的媳妇儿青青还小一点。因为孩子有保姆带，她依旧每天美容购物，日子过得比婚前还舒心。

客厅沙发上，女人们凑在一起聊天看电视，晚上八点多，影视台在放颁奖典礼。

忽然间客厅里响起熟悉的旋律。

只听到高积毅的老婆对着屏幕雀跃地叫了一声："啊，这男的是谁？"

青青轻声地答："是江超，我以前好喜欢他。"

女人们忽然停止了交谈。

一个男明星在台上唱歌。

高大的男人，梳油头，穿白色西装，相当有魅力。

赵平津当然认得他，他坐在摄影棚看着这个人有一个星期，他跟吴贞贞对戏，下了戏，一脸的倦怠，助理在端茶倒水地伺候着，他只在一边不断吸烟。

那是一首熟悉的粤语老歌。

宽敞的客厅里原本叽叽喳喳的女人们忽然安静了，水晶吊灯灼灼闪烁，一方巨大的液晶屏幕前，女人们伸长脖子看着男明星。

略沙哑的男声伴着音乐在唱："我看见伤心的你……哭态也绝美……只得轻吻你发边……"

那一霎，镜头转到台下的观众，观众席一楼的前几排都是看起来熟悉却又叫不上名字的各种明星脸，摄影机一一扫过，然后镜头锁定在后排一个女孩子的侧脸。

那是一张近乎完美的侧脸。

红的胭脂白的粉，浓眉毛俏鼻子，红唇是一抹饱满的樱桃色，明亮之中却有一股凄凉的哀艳……被拍者毫无知觉，她只是微微仰着头看着舞台，灯光略昏暗，一半的光打在她的脸上。

她仰着头，静静地听着歌声，目光却定在虚空中的某一点。

她美丽的脸颊上，有一行清泪正缓缓落下。

凄美得叫人屏息。

镜头起码停了近十秒。

客厅一片安静，高积毅扫了一眼电视，忽然问了一句："这是新出来的女明星？"

方朗佲悄悄起身，走到了老婆旁边，青青依偎着他感动地说："好喜欢这首歌。"

高积毅也站了起来，走过去兴致勃勃地跟着看电视："舟子，让人打电话去电视台问问，那美人儿是谁？"

高积毅的媳妇儿在旁叫了一声："喂，老高！"

高积毅没个正形："夫人息怒，这不是还有未婚的吗？"

大家都往赵平津看过去，赵平津一动不动地坐在茶几旁边，一张英俊的脸结满寒霜。

陆晓江坐在他的对面，不知为什么突然无端觉得紧张，把手压在膝盖上，止住了想要发抖的手臂。

高积毅还在客厅那边叫唤："哎，舟舟，你快过来看看还有没有镜头，那姑娘真挺美。"

赵平津倏地站了起来，将手里的茶杯往桌面上狠狠地一扔，正砸到陆晓江跟前。他不知道使了多大力，上好的古瓷摔得四分五裂，瓷片碎碴子瞬间溅了一地。陆晓江直觉伸手挡住，手臂顿时一道血流了下来。

一屋子人都傻了，没一个人出声。

赵平津一把抓起烟盒，在失控之前说："我出去抽支烟。"

他头也不回地走了。

青青在那边说："晓江，有没有事？"

陆晓江摇摇头，抽了张纸巾擦了擦那道血迹。

高积毅纳闷地道："这又是唱的哪出戏啊？"

方朗佲飘飘然地冒了一句："黄西棠。"

高积毅没反应过来："什么？"

方朗佲说："刚刚那姑娘。"

高积毅彻底哑巴了。

陆晓江脸色慢慢地变了。

只有高积毅的老婆一脸好奇："黄西棠是谁？"

方朗佲看了看手机，有点担心："他这么出去，行不行？"

十分钟后，赵平津没有回来，打电话过去，一开始不接，再打就关机了。

高积毅回过神来："他今天带司机来了吗？"

陆晓江有点慌张，低声说："我来的时候在车库里见到他了，他自己开车来的。"

高积毅工作了近十年，处理过的舆情危机不计其数，最擅长就是遇事先找人调停："别慌，朗佲，先给沈敏打电话。"

一顿饭莫名其妙散了，客人起身告辞，高积毅送方朗佲出去的时候，低声跟他说:"我说怪不得我认不出来,钟巧儿走了一年时,忌日里我在墓园见过她,现在想起来,她脸上不太对劲——"

方朗佲说:"谁?"

高积毅白了他一眼:"黄西棠。"

方朗佲奇怪地问:"你什么意思?"

高积毅压低了声音说:"她当时戴着墨镜,我起初没太注意,后来想起来她眼角有一道疤,是不是舟子……"

方朗佲冷冷地打了个寒战。

赵平津开着车从高积毅小区里的车库出来,穿过朝阳公园的正南门,沿着长安街一路狂踩油门,一直开到了五环外,经过昌平区后仍然不停,几乎要到了温榆河畔。

车子呼啸着穿过大半个北京城,车水马龙霓虹闪烁,一直到车流渐渐稀少,远方黑漆漆的天际露出些许山丘的轮廓。

那张带着泪痕的脸,一直在他眼前徘徊。

他知道那个颁奖晚会,那是三个多月前的事情了。那个晚会开始前,他让人将一串钻石项链送到了她的经纪公司,然后沈敏给倪凯伦和她的经纪公司老总各打了一个电话。

她该明白,她欠他的,始终要还。

那样悲的歌,那样哀切的深情,她一直哭。

她有什么好哭的。

那年他也在开车,在凌晨时分经过高速返京,她坐在他的身边。

电台里在放港台流行歌。

那时他们吵架正吵得天昏地暗,赵平津有个合同临时要去天津签,他气到干脆自己开车去,拎着她上车,两个人继续吵。

那年京津高速还没开通,他走那条老的京津唐高速,路况不好,他精神差,回来的时候,已经几乎要崩溃。

黄西棠毫不留情地戳破了他们感情的最后一片遮羞布,她坐在他的身边,却咫尺天涯,好像一个陌生人,她板着脸冷冷地说:"我配不上你高贵的家庭,那你就不要和我在一起啊。"

赵平津伸手捋着头发,焦躁地答:"你就不肯为我暂时委屈一下?这是迂回,你先跟我在一起,取得他们的同意了,你再出去拍戏!"

西棠那一刻忽然就火了:"他们不喜欢我!你以为我读研、读博,你妈就会喜欢我了吗?不会!我告诉你赵平津,你妈看不起我,因为我们门不当户不对!因为我不是谁谁谁的女儿,因为我没有父母的依傍,因为我出身贫寒一无所有!"

赵平津烦躁地答:"你能不能不要这么极端武断?"

那一夜她哭得很伤心,也许是已经预感到这段感情已经走投无路。

他心疼得不知如何是好:"好好好,你去拍戏。"

黄西棠呜咽着说:"那你怎么办?"

赵平津咬着牙说:"我们八年'抗战',绝不分手,要不我们直接去领证,你给我生个孩子?"

凌晨的时候,他们在车后拥抱。

黄西棠紧紧地拉着他的手,将脸埋在他的肩头,狠狠地咬了他一口,她呜呜地哭:"赵平津,我爱你,我一辈子都不放开你。"

她的声音还是熟悉的,却忽然间换了一张陌生的脸,在千人万人的颁奖典礼,无动于衷地流泪。

赵平津忽然觉得身体发热。

脑海中慢慢清晰浮现的,是她在盛光之下,毫不自觉地流泪的脸,红的胭脂白的粉,浓眉毛俏鼻子,红唇是一抹饱满的樱桃色……

就是在那一刻,他发现自己接受了那张脸。

她的灵魂喷薄而出,在他的眼前灼灼发亮。

他从来没有办法抗拒她,他想把她摁倒在地板上,想发疯地吻她洁白的脖颈,想狠狠地把她揽进怀里,擦去她脸上可恨的泪水。

他整个手臂都在颤抖,心脏在剧烈地鼓动,仿佛下一刻就要刺碎胸腔,恍惚之间脸颊划过温热的液体,他爱到灵魂都在颤抖的时刻,最后记得的已经不是她的脸,而是刻骨地恨着她最后那一刻轻蔑而嘲讽的神色——那样的眼神望着他,好像望着一堆垃圾。

他掀翻了桌子,她摔倒在地板上,地毯洇出一片凄厉的红。

分手之前很长的一段时间,他们每一次吵架后,都会陷入更深更绝望的爱。

她拍的电影《橘子少年》入围了电影节的主竞赛单元,剧组要去法国走红地毯,黄西棠在家里摊开箱子收拾行李,却没有一丝一毫的兴奋。他还记得她跪在地上,忽然回头望着他,手里捏着一把牙刷,哀哀地说了一句:"赵平津,我如果要做演员,是不是一辈子都配不上你?"

他为了挽留这段感情,为了想要跟她在一起,想尽了各种办法。

她要拥有自由和尊严,她要无拘无束地追求梦想,他只好豁出去跟他整个有着钢铁般纪律的家庭拼了命。他深知他母亲成见已深,便想方设法从他祖父母处入手,他一得空就跟祖母细细地说她待他有多好。

赵平津常常跟他奶奶说,他工作忙,有时候加班多,人姑娘每天晚上下了戏都去给他熬粥,连带他身边的明哥儿和小敏他们的消夜都被她照顾得妥妥帖帖的。他还冒昧地托人出面,请黄西棠的系主任给老爷子打了个电话,夸奖了一番这个刚刚在国际电影节上为国争光的优秀学生,然后将她大学四年的成绩册、她的奖学金证书,以及林永铏导演对她评价的媒体报道资料等,悄悄地放在老爷子书桌上。

老爷子一个人戴着老花眼镜,在书房看了两天,最后松了口,那天晚餐的桌上,当着儿子儿媳的面儿,清清楚楚地说了一句:"舟儿,周末带她来家里吃个饭吧。"

他记得那一刻的狂喜。

只是那顿饭后来没有吃成,因为隔了两天,就出事了。

到最后他终于明白,他原来不过是一个被人踩着往上爬的梯子,最后还要被她推倒奚落。

她凭什么一脸无辜,凭什么一副哀哀切切的神情,她凭什么哭。

怎么会有那么可恨的女人,他恨到了极致,却最终什么也不能做。

眼前忽然一片刺目的灯光乱闪，激烈的喇叭声传入耳中，赵平津愣住了一秒，这才一下子惊醒，一脚死死地踩住刹车，手上猛打方向盘，下一刻，车子瞬间撞进路边的防护栏，砰的一声巨响，他的眼泪终于痛痛快快地流了下来。

前座的气囊弹了出来，他觉得轻松了，甚至没有一丝痛楚，恍恍惚惚失去了知觉。

西棠走过机场的客运长廊。

夏季的北京，天空蔚蓝高远，西棠记得以前在电影学院，抬头望过去是无垠的蓝空，鸽子的悠长哨声划过，鼓楼外是大片的绿地，而如今机场巨大的玻璃窗外只看得到一片灰蒙蒙的天。

她已经很久没有来过北京。

曾经她多么热爱北京，大而空旷的北方城市，她以为自己会在这里定居，跟一个深爱的男人生活一辈子。

后来她离开时，是躺在救护车上，意识不清，生死当头，再没有什么值得挂念。

上一次来北京，西棠哪里都没去，火车到了北京西站，她直接去了九公山墓园看钟巧儿。

她知道自己此生已经不再适合北京。

一个穿着休闲西装的男人在出站口接到了她，他特地确认问了一句："黄西棠小姐？"

西棠点点头。

他的脸色那一刻甚至有一丝微微的惊诧，但很快调整了过来，他客客气气地道："您好，我姓龚，是赵先生的助理。"

西棠杀青了上一部戏，她脑袋上的头发开始冒出来，毛茸茸的两三寸，公司造型师给她修了一下。

有点像个清秀可人的小男生。

她神色有点呆呆的："他怎么了？"

龚祺说:"车子好,没大事,沈先生走不开,特地吩咐我来接您。"

医院里,赵平津午睡醒来,看到一个小小的人影,缩在病床对面的沙发上,抱着枕头打瞌睡。

赵平津叫了一声她名字,有气无力地:"喂,你怎么来了?"

西棠没睡着,闻言站起来:"你醒了?要喝水吗?"

赵平津点点头,西棠将水杯端过去给他。赵平津伸手去接,右手动了动,却忍不住直皱眉,他胸口被撞断了两根肋骨,造成气胸和积血,所幸内脏没大事,他受不了疼,天天要打止痛药。

西棠看见他脸都白了:"要叫护士吗?"

赵平津没好气地答:"你就不会自己拿着给我喝?"

晚饭时候西棠给他喂饭,赵平津这几天干躺着什么也不能做的烦躁心情见到她时忽然就缓解了。他看着眼前的人,低眉顺眼地给他挑鱼汤里的刺,乌溜溜的头发新长出来,一层软软茸茸的细毛,忍不住嘴角微翘:"哎,这么温良恭俭,下部戏演古装了吧?"

西棠一把将勺子塞进他的嘴巴:"吃你的饭。"

夜里交班医生过来查房,这位也是他的发小,见到西棠在,挤眉弄眼的,嘴上却一本正经:"今天恢复得还可以,舟舟,夜里止痛药减了吧?"

赵平津却认真做了介绍:"这是西棠,这是周子余医生。"

西棠客客气气地:"周医生。"

赵平津说:"子余是上海人,西棠很会做本帮菜,毛蟹和春笋什么的,便宜你小子了,明天白天的班吧,中午过来吃饭。"

西棠会做菜,很小的时候就在厨房给妈妈打下手,到了北京之后,一个鱼米之乡养大的江南女孩儿,为了他开始学习各种面食的制作,赵平津吃得一向讲究,但对黄西棠煮的东西却从不挑食,疙瘩糊了也能面不改色地吃下去。他印象最深的一次,是他们刚住在一起不久,黄西棠开始学着给他做面食,那一天晚上他下班回来,她从热气腾腾的厨房出来,神气活现地端出了一碗炸酱面。

那一碗面做得非常漂亮，肉丁被黄酱咕嘟透了，肉皮红亮，面码儿上的香椿芽儿和青豆嘴碧绿一片。

也许是幻觉，他感觉自己吃出了家里老保姆的手艺。

她坐在餐桌旁，有点忐忑不安，一直问他好不好吃。

他搁下筷子，淡淡地说了一句："不错。"

哪怕只是这样，黄西棠也乐得欢呼一声，扑过来狠狠地亲他。

他几乎都要忘记了那些时光，她待他，原来也是用过心的。

此刻的黄西棠听到做饭，只在一边对着他干瞪眼。

北京昂贵的私人医院的贵宾病房，跟五星级酒店似的，一整个厨房闪闪发亮。

赵平津对她无辜地笑。

那帅气的白袍医生一听就笑了："真的啊，有口福了，先谢谢了！侬也是上海人？"

西棠上海话说得不地道，也无意跟他攀关系，还是用普通话规规矩矩地答了："家母是沪上人。"

赵平津晚上打完点滴，早早困了，毕竟还是病人，西棠给他收拾好了换洗衣服，回来房间看见他还醒着，便说："睡吧。"

赵平津望着她，忽然说："为什么愿意来北京？"

倪凯伦签下的合约里有一条规定，就是她永远不会来北京见他。

西棠望着他，不痛不痒地答了一句："沈敏说加钱。"

赵平津气得骂了一句脏话。

西棠看着他气到发白的脸，扬了扬下巴对他笑了笑，直接出去了。

第二天一早，高积毅来探视，一进病房，就看到西棠正给赵平津喂早饭，他一下就乐了："哟，舟舟，哪来的这小保姆？"

西棠回头看了一眼，又马上转过头，慢慢放下了碗。

赵平津神色也有点异样，却还是维持住了若无其事的神态："来了？一块儿吃点早饭。"

高积毅瞬间回过神来，迟疑了几秒，思索着称呼，实在难以掂量她在赵平津心中的分量，最终选了个最稳妥的："黄小姐？"

西棠仿佛没有听见似的，竟没有答他的话，起身擦了擦手，默默地走出去了。

赵平津在病床上叫住她："喂，你去哪儿？"

西棠没理他，低着头一言不发地走了。

赵平津一顿早饭吃到一半，没办法只好自己动手，左手不习惯，右手牵动胸前的伤口，疼得直抽气。

高积毅立刻按铃叫护士："唉，你们这儿怎么照顾病人的？"

一位年轻的小护士来喂赵平津，一边拾起勺子，一边悄悄地盯着他望了一眼，又看了一眼，忍不住一直抿嘴偷偷地笑。

高积毅拉了张椅子坐在一旁，上上下下地打量着人家护士："外资医院的护士就是水灵，妹妹，有对象了吗？"

小护士脸颊飞起两朵红晕。

赵平津勉强吃了两口，实在没胃口，叫人走了。

高积毅在一旁啃苹果，望着赵平津，忽然没头没尾地说了一句："她真有那么好？"

赵平津知道他说什么，仰着头躺在病床上，面色平静："有她在，还觉得人生有点乐趣。"

高积毅点了点头，用可怜的语气道："你就被她收拾过那么一回，我看你是颓了。"

赵平津眉目之间浮起一层倦意："过去的事情了，算了。"

高积毅笑笑："你要真能过去，那就不叫赵平津了，你就揣着这报复心理吧，反正也没事，先玩着吧。最后你会发现她也不过就那样。"

赵平津不置可否："也许是吧。"

高积毅走出去的时候，看到黄西棠站在院子里的小花坛边吸烟。

高积毅站过去，从裤兜里抽出一支烟，含在嘴里说："借个火？"

西棠将打火机递给他。

高积毅点着了烟,吸了一口,喷出一口烟雾:"你跟舟舟也真挺有缘分,那么多年了,还能凑一块儿。"

西棠没有说话,烟雾中的嘴角有一抹淡淡嘲讽的笑。

高积毅望了她一眼,她眉眼之间不是当年的小姑娘了,就问道:"还在拍戏?"

西棠终于说话:"高先生,我不值得您寒暄。"

她熄了烟转身要走。

高积毅在她的身后慢慢地说:"西棠,你要名要分,将他逼到我们那个圈子游戏规则之外,他的风险太大了。"

西棠无声笑了一下:"我要?高先生你太抬举我了。"

高积毅居高临下地看了她一眼:"你以为舟舟真那么好,真对你旧情难忘,想要跟你再续前缘?"

西棠站定了,回头对他笑,笑得纯洁无瑕,她自然知道如何惹恼他们这群不可一世的北京子弟,最好就是千万别拿他们当回事儿,一丝一毫也别给他们享受那莫名其妙高人一等的优越感,她笑出了一个拒人千里的弧度:"我怎么想的,关你什么事儿?"

果然高积毅嫌弃地皱了皱眉,抽着烟模模糊糊地道:"外头很多女人想要认识我们这样的人,觉得我们爱玩、大方,手里也有资源。你就看看舟舟吧,北京城里数一数二的子弟,还长了一张白面皮儿似的俊俏脸,他这些年身边就没断过人,但你们都不知道,其实很多事情,尤其是婚姻,我们是根本没有办法选择的,他今年估计就要正式进中原董事会办公室了,跟郁家的婚礼也是迟早的事儿。"

高积毅冷冷地说:"你以为他对你特别一点就是爱你了?别做梦了,他自小就在这个圈子长大,如今还混得这么风生水起,什么游戏规则他不懂?你以为他会为了你,毁了跟郁家的关系?西棠,我劝你拿点钱,趁早抽身吧。"

西棠身体僵硬,怔怔地站了半晌,突然转过身来,一双眼睛明亮如寒星,直直地盯着他的脸:"高先生,钟巧儿真的是自己跳下去的吗?"

高积毅站在花坛边,脸上的笑容如一副狰狞的爪牙:"西棠,你还是那么天真。"

西棠僵硬着身体，一步一步地往住院大楼里挪，走到大厅的时候，忽然胃里一阵抽搐，她立刻冲向病房区一楼尽头的卫生间，撑住了洗手盆，喉咙里涌上一阵一阵的腥味，忍不住伏在上面开始呕吐。

钟巧儿走的时候，西棠没有在她身边，甚至连消息都是隔了一个多月才得知的。钟巧儿在大学时的第一个男朋友廖书儒打电话找到了倪凯伦，然后辗转给西棠带了一封信。西棠打开来，里面掉下一枚戒指，说是钟巧儿遗书里唯一留下的东西，指明要留给她的，说是做个念想。

那是一枚很普通很普通的银饰戒指，西棠也有一个，是大二那年的圣诞节，她跟钟巧儿一起在校门后的一家小店铺买的。

拿到那枚戒指的时候，西棠躺在家里，哭了整整一个晚上。

钟巧儿总是爱拉住她的手，柔软暖和的手指拉着她一起去上课、吃饭、逛街，这双手抚摸过她的脸、她的肩、她的身体。

那丰满的身体、明艳的发肤、温暖的手指，可是，如今已全部化作了冰凉的灰烬。

钟巧儿是北京人，父母离异多年，她的身后事是她大哥大嫂和两位朋友操办的，一位是廖书儒，另外一位西棠不认识，但据他描述的样貌，绝对不是高积毅。

西棠最后一次见她，是在医院里。那段时间西棠住在医院里，钟巧儿戏也不接了，天天去菜市场买菜给她煲汤，晚上就在病房里陪她聊天。西棠一边聊一边哭，她那段时间哭得太多，泪水浸得眼角都发炎溃烂，钟巧儿拿着棉签给她的眼角擦消炎药水，擦着擦着就开始破口大骂赵平津，直到护士来敲门制止。

亲姐妹也不过如此。

有一天晚上钟巧儿在她耳边说："高积毅说要带我去欧洲。"

第二天钟巧儿很早就来了，带来了很大一盅排骨汤，还有一大袋的水果，然后从那一天后忽然就消失了。

西棠熬过了最难熬的手术恢复期，已经能下床走动，倪凯伦给她请了个护工。

后来西棠听说，高积毅在办离婚，钟巧儿也不知道是鬼迷心窍还是怎么了，就这样跟着他。她出国之后她们的联系变少了，她给西棠打过几个电话，电话里是压抑不住的激动，她说："高积毅已经离婚了，答应要跟我在一起。"

但钟巧儿最后却只能做一只孤魂野鬼——在深夜的京郊别墅区，从楼顶纵身一跃。

西棠拼命地喘息着，冷水扑在脸上，也止不住干呕，有护士推门进来，问道："你还好吧？"

西棠摇摇头，把脸洗干净走了出来。

赵平津看着她又回到病房，什么也没说，她甚至还将桌面上的碗洗干净了。

她现在很会照顾人，甚至还比以前多了一份细心。赵平津身体免疫力低，伤口愈合得异常慢，夜里常常疼醒，辗转难安，睡睡醒醒的，每次醒了，西棠都在身边，给他喝温水，跟他说话，想方设法让他好受一点。

赵平津望着她站在床边："你不待见老高，我知道，以后再不让你见他就是了。"

西棠一边翻看医嘱，一边确认了药片的剂量，淡淡地应："没有。"

赵平津那一刻不知道哪根筋抽了，帮高积毅说了一句话："钟巧儿的事情，其实也不全是他的责任。"

西棠倏地站了起来，将手上的药瓶子轻轻地放在了柜子上。

赵平津现在已经很熟悉她的神色，看她脸色几乎没有任何变化，眸底的亮光微微发抖，但他就是知道她已经要决裂："黄西棠——"

她一言不发地转身，拿起沙发上自己的包，直接往外走。

赵平津一手撑着病床坐了起来："喂！"

赵平津想找个人帮忙拦住她，偏偏这时外面客厅一个人也没有，黄西棠直接开门走了。

赵平津那一刻只觉心慌无比，想也来不及想，直接伸手拔了点滴，一下床才觉得脚下虚浮，他晃了一下扶着柜子站住了，咬了咬牙追了出去。

他在门外的走廊上拉住了她。

西棠停住了，也不敢动他，只忍耐着说："放开。"

赵平津这时才觉得胸口的伤处疼，右边手臂连着胸腔好像重新碎了一遍，喘气都在刺痛，他勉强说了一句："谁准你走了？"

西棠看他一张脸白得跟纸一般，感觉他身体的重量越来越沉地压在她的手臂上。

"哎，病人怎么起来了？"一个声音在走廊处响起，查房医生来了，后面跟着沈敏。

医生走后，病房内重新恢复了平静。

"老高跟她说了什么？"赵平津躺在床上，大剂量的止痛药打下去，他脸上白得几乎没一点血色，浑身带着一种精疲力竭的虚弱。

沈敏低声道："听不清。"

"然后呢？"

"她进卫生间，我请一个护士进去看了一下，她在里面呕吐。"

赵平津无力地按了按眉头，眼前有些昏花，模糊中看到客厅外的小人影，趴在沙发上，安安静静的。

西棠趴在沙发上写菜单，沈敏派人去买。赵平津出车祸这几天，事情都是沈敏在处理。他不愿家里人知道，找了一间外资医院，他父母这段时间去了江西考察，爷爷奶奶在京郊的别墅休养，他也没有受什么大伤，就想自己对付一下过去就算了。

临近中午十一点的时候，沈敏陪着李明进来了，身后跟着两个穿西装、拎着公文包的男士，有一个是西棠见过的龚祺。

李明跟他一起创的业，如今已是京创第一把手，人倒还是老样子，潇潇洒洒的，一见到她就笑了，冲着她张开了手臂："棠棠小人儿？"

西棠正腌着鱼呢，摆摆手示意自己手脏，然后客客气气地道："李先生。"

李明板起脸:"这么久不见,还见外了?叫明明哥。"

西棠脸色是淡淡的,还是坚持喊了一声:"李先生。"

身后有下属看着,气氛略有尴尬。

赵平津出声解围,人在病房里喊了一声:"别废话,过来干活。"

房间里临时挪了张桌子,摊开了四台电脑,病床边也能开两个小时的会。

两点的时候周医生来了,赵平津刚刚工作完,精神差,摘了眼镜闭着眼在床上休息。

周医生翻看病历上的数据:"听说早上差点推进去抢救?"

赵平津合着眼倦倦地道:"没有那么夸张。"

周医生收起了病历本:"身体再坏下去,我也不敢再帮你瞒着,赵、周两家就你一根独苗苗,谁不知道你金贵?你要转回军总医院。"

几个男士在客厅里聊着天吃午餐,西棠炖了大骨汤给赵平津,赵平津吃了两口,实在没有胃口,跟她说:"你出去跟他们吃饭吧。"

西棠出去,坐到了沈敏的旁边,仿佛还是跟以前一样——公司里的灯半夜都还亮着,他们常常加班,西棠一个小女生跟在赵平津的背后,给他们煮速冻饺子,然后大家挤在一起蘸辣椒酱吃夜宵。

赵平津听到外面周子余说:"西棠,吃鱼怎么不用筷子?"

黄西棠语气轻松:"哎,没事,我比较喜欢勺子。"

她已经将左手锻炼得非常好,能熟练做很多事情,但毕竟不是天生的左撇子,有时候她下意识会先用右手,比如端水,拿不稳,然后才突然反应过来。

赵平津傍晚时分睡了过去,夜里十点多醒了,西棠说:"要不要喝点雪梨水?"

赵平津摇摇头,然后说:"既然人都在医院了,我让沈敏安排你做个体检吧。"

西棠愣了一下,才明白他说什么:"不用了。"

赵平津蹙着眉头:"不要任性。"

西棠说:"凯伦找过很好的医生,已经诊断过了。"

赵平津不屑地道:"倪凯伦找的人算什么,再仔细看看,难道你跟着我出去就一辈子这样用勺子吃饭,也不嫌丢人?"

西棠忽然笑了笑,那笑容里有点令人惊惧的平静:"我还能这样跟你过一辈子不成?"

早上赵平津心血来潮想吃粥,他今天起得早了些,司机还没上班,西棠出去给他买。

他还指定要宝福坊的鲍鱼粥:"你打车过去,医院门口好打车,完了让师傅等着你,买了马上回来。"

西棠直接给了他个白眼:"你也太金贵了,我就在医院食堂买,爱吃不吃。"

她没出去一小会儿,病房门就被推开了,护士过来一般会先敲门,黄西棠还真从食堂给他买了?

赵平津一早起来对着电脑看份重要的文件,头也没抬就说:"这么快?"

"舟儿。"门口传来威严苍老又熟悉的声音。

赵平津立刻抬起了头,看到来了一位穿着深蓝色中山装的老者,头发雪白,拄着拐杖,腰杆笔直,目光炯炯。

"爷爷,您怎么来了?"

门外一位穿绸衫的老太太已经抢先走到他身边:"你这孩子,病着不好好休息,怎么还工作?"

赵平津只好合上了电脑:"姥姥,您在北京?"

他父母齐齐站在门外,对着他怒目而视。

保姆、司机守在客厅外面,还跟着几个穿白袍的医生、护士,偌大的病房里顿时站满了人。

姥姥心疼地看着他身上的绷带:"我能不在北京吗?你这孩子出了这么大的事儿,你都瞒着家里,姥姥姥爷可担心了,你妈也真是不像话……"

周女士是独女,蛮横专制的个性也是打小被宠出来的,她就敢直接冲她妈说:"妈,您不是不知道,儿子大了,早就不听我们的了。"

老太太转身板着脸说:"你做母亲的,孩子病床上躺着,你们什么都不知道,我批评你两句怎么了?"

周女士没敢再接话了。

赵老爷子神色威严,声音洪亮,一开口就是不容抗拒的命令:"你这作风纪律,真是越来越不像话了,开车都能出事,这次出院之后,必须带司机,严禁自己开车。"

赵平津说不上话。

老爷子侧过身,身后的医生走了进来:"这是雷教授,过来看看你的片子。"

他父亲跟着医疗组过去看:"伤得怎么样,治疗了多久了?"

姥姥取过毛巾来,替他擦了擦手,心疼地摸他的脸:"瞧瞧,都瘦成这样了。"

一会儿老保姆进来说:"舟哥儿,早餐吃了吗?中午想吃点什么?我回头让家里给你送过来。"

他又望了一眼门外,静悄悄的。

午餐的时候,保姆阿姨照顾他吃饭,父母和姥姥在外面,爷爷返回京郊的屋里,他奶奶早两年查出了阿尔茨海默病,爷爷不放心老伴儿。

门外空无一人。

黄西棠没有再回来。

十点多的时候,沈敏进来,不动声色地收走了她带来的那个背包,附在他耳边,低声一句:"机票订了,中午十二点的航班。"

他面色平静,点了点头示意知道,一颗心却没办法控制地沉沉落下去。

西棠回到上海,先去倪凯伦那里。倪凯伦在上海的杨浦路有一套宽敞的公寓,西棠在上海没房子,倪凯伦直接给她留了一个房间,茶几上堆着一沓剧本。她看到倪凯伦在一张白纸上面写着一行潦草的英文:读一遍,看看喜欢哪一本。

西棠有点兴奋,进公司三年,她第一次有资格挑剧本。

最近《倾城宫恋》刚刚上映，收视率破两个点，倪凯伦忙着安排艺人四处宣传，基本不在上海。西棠有事就去公司，没事就在倪凯伦家看剧本，其中觉得比较好的两本，一本是一个现代爱情悬疑侦探剧，一本是大宅清装戏。

西棠窝在倪凯伦的公寓里差不多一个星期，她自己比较喜欢悬疑剧的女主角——那个住在梨花街道的杀人案少女。但从整体剧本来看，那部从清末一直讲到民初的大宅戏正统大气，从一个大户人家的家史讲述了晚清中国的时代变迁，会很考验演技。西棠仔细读了一遍，挑了这两部，等着最终看公司开会怎么决定。

周二倪凯伦回来了，西棠暂时没事，订了车票，打算回老家看妈妈。

临走前的那天早上，倪凯伦要去电视台办事，她助理请假，西棠被押着去给她拎包打杂，忙活了一上午谈妥了两个节目流程，两个人挽着手走出来。

"黄西棠！"一走出门口就有人唤她名字，周围伴随着此起彼伏的尖叫声。

倪凯伦眼尖，立刻"哎哟"了一声。

西棠也看见了，在电视台门口的车道上，郑攸同一袭宝蓝西装，发型板正，油亮亮的，打扮得风流倜傥，戴着黑超墨镜，身边着经纪人和助理，站在他那辆黑漆漆的保姆车旁冲她招手。

西棠想假装没听到。

郑攸同却已经冲着她们跑了过来："西棠！"

倪凯伦笑着寒暄："大明星，来录节目啊？"

郑攸同摘了墨镜，客气道："倪小姐，您好。"

西棠只好说："哎，老郑，挺久不见了。"

郑攸同喜滋滋地看着她："你忙完了？"

西棠说："啊，是，陪凯伦拿个台本。"

郑攸同说："咱们老同学好久不见了，中午我没事，一起吃个饭？"

郑攸同的助理和经纪人已经不远不近地跟了过来。

西棠脑中想着如何推脱。

倪凯伦立即道："西棠正好也没事，去吧。"

西棠瞪她一眼，倪凯伦比她凶多了，眼刀飞过来一记警告。像郑攸同这样的当红一线小生，就单单是跟他站一块儿，都估计能占半壁版面了，西棠一直不搭理他，倪凯伦早就不满了。

西棠只好说："好吧。"

郑攸同立刻说："先上车吧。"

他经纪人上前来想阻止："攸同，外面很多粉丝在看着……"

郑攸同不耐烦地喝退："看就看，我跟个朋友吃饭怎么了？"

吃饭去了非常私密的包房，郑攸同在酒店有一间长期包房，他直接打发走了经纪人和助理，两个人慢慢地吃了一顿饭。

郑攸同在席间问她："你毕业后回过学校吗？"

西棠摇摇头。

郑攸同说："我倒是回过一两次，都是为了工作，也没敢见老师，感觉特心虚。"

西棠笑了笑："您可别谦虚，我们班男生，就出你和明坤了，有事没事看电视都瞧见你俩的脸。"

郑攸同有点担忧："唉，坤子，我上次在北京一个会所见着他，他挺热情，邀我进去他包厢里玩了一下。我也没坐多久，但当时他精神状态好像不太对劲，我估计他是玩得有点开了。"

西棠了然的神色："唉，圈子里这种事也多，一时控制不住，就容易跌了，你跟他关系还可以的话，能劝就劝一下。"

"嗯，明白。"郑攸同点了点头，"上回，我让助理给你打电话来着，我们那组有一个角色，台词也还多，你怎么不来？"

西棠摇摇头："你已经帮了我够多了。"

郑攸同很诚恳："四年，西棠，真的，四年的情谊，咱们班现在还在坚持拍戏的也没剩多少个了，有戏互相帮助是应该的，你不用这么见外。"

西棠没有说话，心底有点感慨。

郑攸同试探性地问："现在还是一个人？"

西棠点点头。

娱乐圈的人，大家都心知肚明，郑攸同也不多问，只说："有需要人的时候，一定给我电话。"

郑攸同助理的电话进来催促了。

他是大忙人。

西棠和他一起走出了包房，在酒店的大堂，西棠说："你助理在外面等吧，我迟几分钟出去。"

郑攸同点点头。

西棠看着他。他戴上黑超墨镜，对她挥挥手，然后手插在西裤兜里，潇洒倜傥地往外走去，酒店大堂里有客人投过来目光，他视若无睹地穿过大堂，风衣翩然翻飞，举手投足已经尽显巨星的风范。

走到大门前，郑攸同忽然转身大步走了回来。

西棠说："怎么了？"

他摘下墨镜，看着她，眼底有黑沉沉的压抑，迟疑一会儿说："我这一阵子不会在横店了，我今天晚上去香港。"

西棠有点惊讶，他这几年的戏口碑都不错，一部接一部的，都是圈内最好的大制作："你工作怎么办？"

郑攸同说："下一部已经谈好了，在等签约，香港那边要求我去住一阵子，公司想让我演电影，目标是拿奖。"

西棠含蓄地说："嗯，那就当休息一阵子吧。"

郑攸同情绪有点激动，一瞬间眼圈有点红："西棠，你知道我为什么喜欢你吗，因为你从来没有看不起我。"

西棠体贴地笑了笑，语气是温和的："唉，大家都是为了生活，老郑，你是个好人。"

郑攸同忽然伸出手臂一把紧紧地抱住了她。

西棠轻轻地叫了一声："喂！"

他哽咽着说："谢谢你。"

西棠在上海站搭动车，然后在杭州转了一趟面包车，回到了老家的小镇。

家里以前在镇上的永安街道经营一家小面馆，以前是妈妈自己经营，后来西棠坚持给请了两个人——一个厨房师傅、一个前堂小妹，西棠妈妈做了老板娘。因为临近响石山景区，生意还过得去，只是小面馆只卖早餐和午餐，除去成本，结余也所剩无几了。

西棠从不计较这些钱，她自己不在乎物质条件，但给妈妈的钱一直都很宽裕，妈妈身体不好，闲在家里也孤单，她不能长期陪伴在身边，只是希望她有事儿做，有人陪着说说话。

房子是很早之前的老房子了，后面有个院子，妈妈买了下来，这是她们母女俩住了很久的家。

西棠回来的时候，左右邻居出来打招呼："西棠，回来了呀？"

"哎哟，头发怎么剪短了？"

"现在明星都流行这种发型，潮流。"

"西棠，阿姨都看了你的戏了，哎，你那宫女的扮相真漂亮，只是怎么就几集呀？"

西棠不说话，只微笑。

她赶紧躲进屋子。

老妈在厨房，还穿着白日里煮面的围裙，正在砧板上细细地切一块酒香卤肉。西棠家的面馆，卤汁的味道那是一绝，妈妈说是用外婆家的家传秘方熬制成的，西棠最爱吃。

西棠走进去，抱住她日渐衰老瘦弱的肩膀："妈。"

妈妈笑着，用手肘蹭了蹭她手臂："还跟个小孩似的，赶紧洗手吃饭。"

西棠吃了晚饭，回到自己的房间里，小碎花床单收拾得干干净净，她躺在床上，伸手拉了拉床边的一根绳子，绳子连着梁柱，屋顶的灰尘震了震，簌簌地往下落，隔壁传来一声清脆的叮当声。

西棠扬了扬声音说："小地主？"

那边立刻传来嗷呜一声，然后是一个男人穿拖鞋噼噼啪啪的脚步声，到了墙壁边上，呜呜含混的声音："捏捏，尼胡拿了（你回来了）？"

西棠听到他的声音，开心地笑了："是，我困了，明天看看你的媳妇和娃娃。"

小地主在隔壁兴奋地叫了一声,然后连着呜呜叫着说了好几句话,西棠说:"你慢点儿,我没听清楚。"

这时一个年轻女人的声音插了进来:"西棠姐姐?"

西棠说:"哎,你是小地主媳妇吧。"

那新媳妇很活泼:"是的,是的,您给我家宝宝寄的衣裳、奶粉都收到了,东西可好了——"

西棠说:"好,收到了就好,多谢你们俩帮忙照顾我妈。"

女子连声答应着说:"应该的,应该的——姐姐,你回来得正好,孩子爸爸正遇上麻烦了,我说他也不听,他就听你的,你给劝劝他吧!"

西棠关心地道:"怎么了?"

小地主媳妇在那边噼里啪啦地说:"家里宾馆前几天被工商局查了,我让他找人托托关系看看怎么办,他死活不去……"

这时那边传来小地主呵斥媳妇的声音:"你弄森摸(什么)!"

他媳妇立刻叫开了:"我这不是着急嘛,都那么多天没营业了,你还不活动活动,再拖下去你儿子奶粉都没有了!"

这一对倒好,一个不会说话,一个说话跟倒豆子似的。

西棠赶紧说:"好了,你们别吵,我明天上你们家去,再慢慢说。"

西棠从懂事起,妈妈就跟她说,她爸爸在她很小的时候就过世了,其实她的整个童年记忆都是混乱的。因为一直在搬家,西棠具体也不记得搬了几次了,一直到她读小学,妈妈才决定在仙居住下来。

她们没有亲戚,也没有朋友,街坊邻居有善有恶,西棠妈妈很少与他们来往,除了邱叔叔。

邱叔叔是个好人,她小时候他就常常来家里看她,给她买糖果玩具。后来有一天她放学回家,看到一个女人披头散发地在门口破口大骂,左右邻居围成一圈在一旁指点。西棠害怕得不敢回家,躲在人群外紧紧地抱住自己的小书包,那天晚上,她听到妈妈偷偷在屋里哭。

从那一天起,小孩子都笑她,说她是没爸爸的孩子,说她妈妈是坏女人。

只有隔壁家的小地主依旧跟她玩。

在那个年代，小地主就是小镇上正儿八经的富二代，父母经营着镇上最早的一家旅馆，还有一大片的土地，开了一个停车场。小地主先天有残疾，说话混沌不清，他也是小孩子们常常取笑的对象。有一次几个小男孩在操场扯西棠辫子，小地主经过时，一顿拳打脚踢把那几个小孩打跑了，西棠和他躲在操场的墙根下说话，他呜呜乱叫，她竟然听懂了。

小地主有两手绝活儿，打架是一绝，后来整个镇子的调皮小孩，再没有人敢欺负西棠。

他比她小一岁，一直在她楼下的班级。小地主读不好书，西棠的成绩倒是一直优秀，直到初三那一年，西棠被城里的艺术老师挑去，进了艺术学院附中读高中。

后来西棠从北京回到故乡又到横店，小地主勉强高中毕业，然后接掌了父母的生意，他的另一手绝活儿是烧得一手好菜，开旅馆开酒楼，还经常介绍住店客人来她妈妈家吃早餐，对外称这是仙居第一卤面。

小地主不懂娱乐圈，他只是她一起长大的竹马。

她觉得心安，终于躺下来，好好地睡了一觉。

赵平津出了院就直接销假上班。

周五的中午，沈敏敲门进来："老板。"

赵平津这几天忙得家都没回过，一直住国贸附近的柏悦府，听到沈敏进来头都没抬："怎么了？"

沈敏说："联络不到西棠。"

赵平津不耐烦地道："找她经纪公司。"

沈敏赶紧报告："倪小姐说，他们也找不到她。"

赵平津终于抬起了头，皱皱眉头说："发生了什么事？"

沈敏望了他一眼，有点尴尬，清了清嗓子："好像有点什么绯闻。"

赵平津听到了，也不感兴趣，一边埋头继续签文件，一边说："打电话给倪凯伦。"

沈敏看了看他桌面大堆的文件，为了能周末去上海，老板提前出院来工作，沈敏都觉得他有点可怜。

电话通了。

赵平津还在唰唰地签文件，沈敏按了免提。

那端传来喂的一声，赵平津直接说："倪小姐，我明晚到上海，黄西棠要陪我见个朋友。"

倪凯伦似乎在开会，那端吵吵嚷嚷，她就提高嗓门儿："赵先生，抱歉，我们也暂时联络不到西棠。"

赵平津冷淡地说："不用拿这些话来打发我，如果我明天见不到她，那她就永远不用来了。"

倪凯伦一想到西棠那张月入三十万的合同，恨得咬碎了牙："赵平津，你就非得这么嚣张？"

赵平津抬头对沈敏说："挂掉。"

到晚上他和几个部门领导吃饭时，黄西棠的电话终于进来，赵平津对着下属点点头，离席去接电话。

"我不在上海。"西棠想跟他商量一下。

"那你在哪儿？"赵平津一副没得商量的口气。

"我在老家。"西棠说。

"那你回来。"赵平津丝毫不给她转圜的余地。

"我昨晚上刚回，不去。"西棠硬邦邦地回道。

"我一个月给你三十万，是给你撒脾气的？"赵平津没好气地答。

那边沉默了几秒。

"几点？"西棠声音低落下去。

"晚上六点。"赵平津依稀记得航班。

"我去买票，不知道车票有没有。"

"我让秘书给你订。"

"不用。"

"发生什么事？"

西棠带着明显的抗拒，只淡淡地说了一句："没什么事，媒体捕风捉影，过几天就消停了。"

待应酬完了，司机开着车送赵平津回家，他喝了点酒，拿着手机倚在座椅上，打开了新闻客户端，迟疑了几秒，手动了动，平生第一次点开了娱乐版块。

首页图文标题大得惊悚：郑攸同恋情大曝光，与神秘女郎在酒店贴身拥抱。

那照片拍得很清楚，应该是近距离拍摄的，一个女孩子被那个梳油头戴墨镜的男明星紧紧拥在怀中，只看到一个脑袋，露出碎碎的黑色短发，纤细的身体，身上穿着一件他熟悉的白色衣裳。

西棠在返城的汽车上。

郑攸同的恋情新闻一出，娱乐版面顿时精彩纷呈，第二天的头条仍然是郑攸同，叫作——《神秘女子到底是谁？郑攸同女友十大猜想》。文中根据照片里女生的身高、体型、衣着、发型，跟他的历任绯闻女友逐一做了详尽的比较，满屏粉红色的花边新闻闪闪发光，看着那群平时上天遁地的狗仔满世界瞎猜，西棠看得还挺乐。

倪凯伦自然一眼看出来了，还给她打过电话，觉得是个好机会，但她坚决不同意承认，倪凯伦也拿她没办法。那端郑攸同和公司也无声无息，她以为这种事情没人回应，过两三天自然就过去了，没想到第三天事情忽然急转直下。

那天她睡得早，凌晨已经睡得深沉，第一个打进来的电话是公司的网络宣传，小姑娘带着中了十亿彩票的兴奋尖叫："西棠姐！出大事了！"

接着她的电话从凌晨三四点开始，一直到第二天早上，快要被打爆了。

昨晚凌晨，郑攸同的社交媒体更新了一则图文消息，照片是一个女孩子在剧组工作的侧影，长头发，纤细的身体，穿白衫和蓝色工装裤，然后他写了一句话：她是我一直很欣赏的女孩子。后面加了一个爱心。

那张照片，虽然完全没露脸，但西棠看了一眼，衣服和身形太明显，只要是在横店跟她工作过的人基本都能看得出来。

连续两三日，酒店拥抱照片已经将郑攸同的桃色绯闻推上了风口浪尖，他此时此刻做出这种回应，无疑是在风浪之中又投入了一颗巨大的炸弹。

当红偶像男星对剧组平凡女生发出求爱告白，所有的粉丝和媒体娱记都立刻疯了。

哪怕是深更半夜，那条消息的回复瞬间就超过百万，汹涌的粉丝大军蜂拥而至，成千上万扑腾扑腾的少女心碎了，只好在下面尽情地发泄，各种言论层出不穷，到了最后，只剩下两个问题。

一开始问："这女的是谁？"

后来问："黄西棠是谁？"

在电影学院大二那一年的暑假，郑攸同在拍一支男士内裤广告的摄影棚里，遇到了来自香港的离婚成衣女老板，然后大三一开始他就拿下了一部古装青春偶像剧的男一号。那部戏播出后一夜之间红遍大江南北，后来他的事业便一路顺风顺水，签了业内最好的经纪公司，继续拍了几部偶像剧后，发了两张唱片。近年来的几部剧他转型专攻演技，跟他搭对手戏的都是国内资深的老戏骨，最近参演的几部剧拿奖无数，已是国内最有担纲的一线男演员。郑攸同历年来的绯闻都是随着新戏上档的周期性绯闻，这些年下来娱记都写到无聊了，这一次既不是跟新戏女主角，也不是以往的绯闻对象，所有的记者都嗅到了不同寻常的意味。

西棠在横店住了两年多，各路大大小小的宣传、公关、媒体、记者，认识了不少，虽然都不是什么大人物，但八卦也好，关心也好，套交情也好，都逮着问她，以期挖掘出一点新闻来。

西棠在车里偷偷开了手机，公司和倪凯伦给她的留言，几乎湮没在了一堆消息中。

倪凯伦叮嘱她别出声，宣传部门已经连夜开会讨论处理方式，一定要等公司的通知。

列车抵达上海时，西棠特地戴了顶帽子遮住了半边脸，小心地走出虹桥北站，在车站广场旁的小卖铺，她给郑攸同打了一个电话，响了两遍，他接了。

"喂？"郑攸同的声音蔫蔫的。

"老郑？"西棠压低声音。

"西棠，是你？"郑攸同提高了音调，高兴地说。

"你疯了是吗？"西棠怒吼了一句。

"唉，我对你是真心的。"

西棠啐他："别发疯，香港那位女士呢，你到底想怎么样？"

郑攸同闷闷地说："她年纪大了，管不来那么多。"

西棠气愤地叫："那你也别把我拖下水！"

郑攸同沮丧地说："我已经被经纪人和公司骂了整整一天了，西棠，我这是帮你。"

"谁要你帮，你会害死你自己！"

"怎么会，我们男未婚女未嫁，我还有粉丝送祝福。"郑攸同乐滋滋的。

"别忘记你还有一大群工作室的同事跟你事业同进退。"西棠恶狠狠地叫。

"哎，你公司那边怎么打算？"郑攸同总算恢复了点理智。

"怎么打算，过三五天，自然会过去。"西棠答。

"趁机出头。"

"别管我那么多。"

她挂了电话，忽然感觉头皮有点发麻，总感觉附近有人偷听，大概是最近疑神疑鬼太多，她悄悄抬头四处一张望，视线却蓦然对上了一双黑漆漆的冰寒的眼。

赵平津就站在她身后不远处，手插在西裤口袋里，神色冷淡地盯着她。

司机将车停在了车道旁，赵平津替她拉开了车门，车内清凉幽静，隔绝了喧嚣，他穿了一件深色衬衣，人好像瘦了一点。

西棠问他："身体好了？"

赵平津眼皮都没动一下："没好我能来？"

他淡淡地说:"直接去吃饭,还是你要换件衣服?"

西棠在这个圈子待了快十年了,第一次陷进这种狂轰滥炸的八卦旋涡中心,既忐忑又不安,整个人被煎熬得晕乎乎的。只是一到上海就见着了赵平津,他带着一贯待她那种冷言冷语的态度,却慢慢地令她镇定了下来,这种事情在他这儿根本不算什么事儿,赵大公子依旧过他饮宴笙歌的日子,西棠定下心来问:"什么场合?"

赵平津早注意到了她的穿着——白上衣、印花裙子、平底鞋,她一直就是这样,穿荆钗布裙也自有一股奕奕神采。

他抬腕看了看表:"不正式,就这样吧,我们直接过去。"

"见谁?"

"我一师兄,从美国回来,明天就走了,多年不见了。"

西棠来气了,刚刚回到家就被叫来:"你们同学叙旧,要我干吗?"

赵平津看了她一眼,撇撇嘴角,吐出了两个字:"摆设。"

西棠跟着赵平津走进酒店大堂,在楼梯口遇到了一个熟人,之前在公司帮忙跑宣传,圈内媒体多多少少有点熟悉,对方见到她,明显愣了一下,她只好客气地点点头。

那个男子立即笑了起来,打声招呼:"哟,西棠啊,在这儿吃饭?"

西棠也没觉得有什么,客气笑了笑:"是。"

那人没再说什么,两人就擦身走了。

这一顿饭赵平津果然就把她当摆设。

偌大的包厢里,三四个男人坐在圆桌旁,吃了晚饭后在一旁的小厅喝茶,他们谈旧友逸事,谈各地风情,谈期货投资,谈吃喝玩乐……西棠就在一边,埋头专心地吃,下部戏开拍还有十多天,她决定吃几天再健身。

半路服务生引了一个中年男人进来,几个年轻男人立刻站了起来。

"爸。"

"胡伯伯。"

"胡伯伯好。"

那男人头发半白,穿着一件短袖白衬衣,颇有威严气度,进来先回了赵平津:"哎,好好好,舟儿,好久不见了。"

赵平津待他亲近,却并不十分恭敬:"胡伯伯,几年没见了,您精神越发健旺啊。"

胡伯伯瞪他一眼:"我看你也还没个正形儿,赵将还没把你皮松松?"

赵平津笑着说:"我爸忙着呢,没空儿管我,磊子说您也在这儿吃饭,本来该我过去问候您一声,他说您那儿不方便,我就没过去打扰了。"

胡伯伯说:"刚刚送领导出去,小磊说你在这儿,我就过来坐坐。"

他坐下,喝了两杯茶,话过了三巡,便起了身:"你们年轻人玩,别喝太多酒啊,小磊明儿还得坐飞机。我先回去了,舟儿,改日到家里来玩。"

几个人跟着站了起来。

赵平津应道:"好的,胡伯伯,给您介绍个人,这姑娘是黄西棠,电影学院表演系本科毕业的,现在在横店剧组工作。"

茶几旁的几个男人的目光顿时齐刷刷地扫过来。

只有胡少磊笑而不语。

黄西棠一直埋首作恭顺温柔状,只微笑添茶不说话,没想到赵平津一句话就将她带进了话题的中心,她顿时愣住了。

赵平津看了黄西棠一眼,用眼神示意她。

西棠站了起来,规规矩矩地说:"您好,胡伯伯,我叫黄西棠。"

胡伯伯看了一眼赵平津,又看了一眼黄西棠,心下已经了然,他拿出名片盒,递给了西棠一张:"有机会合作。"

黄西棠双手接过:"谢谢您。"

幸好西棠今天带了工作用的背包,她恭恭敬敬地递上了倪凯伦的名片:"胡先生,不好意思,我自己没有名片,这是我经纪公司艺人主管倪小姐的名片。"

送走了长辈,几个男人重新坐了下来,赵平津望了她一眼,嫌弃地说:"怎么还是这么不机灵。"

西棠偷偷回了他一记白眼。

这下几个男人也看得分明了,胡少磊哈哈地笑:"舟子,我也可开了眼界了啊，这么些年，我可是头一回见你要找我爸。"

西棠已经看到了名片上的名字。

原来竟然是她目不识珠，这位胡少磊的爸爸，原来竟是业内电影公司的大亨。

一席聊到夜间十点，赵平津唤人结账的时候，餐厅经理进来了，鞠躬道："赵先生，打扰您——不知道怎么回事，外面有记者，不少。"

赵平津一时没反应过来："怎么回事？"

经理毕恭毕敬："我们派人出去打听了一下，说是——黄西棠小姐在此用餐，还有一些疑似记者在外面餐厅，我们不允许客人拍照，可是，暂时没有办法禁止客人要进来用餐……"

赵平津示意知道，挥挥手让他出去了。

男人们开始打趣："没想到黄小姐是大明星啊……"

黄西棠立即涨红了脸："对不起，添麻烦了。"

"没事没事。"胡少磊乐呵呵地走到窗边，掀开窗帘看了一眼外头，"哟，还真不少人。"

赵平津也跟着走过去看了一眼，五楼临窗看得到餐厅门口，车道上停了好几辆车。

他顿时觉得晕眩，从窗边退了回来。

西棠想起来刚刚在楼梯跟她打招呼的周刊记者，没想到她在这个圈子来来去去那么多年，从今天开始，要学着提防人了。

赵平津笑笑："师兄，看来今晚不能再跟你喝酒了，这丫头捅娄子了。"

客人先告辞走了。

西棠躲在沙发角落里给倪凯伦打电话。

倪凯伦一听她声音就怪叫了一声："你不是回老家了吗，什么时候回来的？"

西棠小声地说："不是赵平津叫我来的吗。"

倪凯伦这两天为郑攸同绯闻的事情也忙晕了，一听就来火："对，摊上他你就倒大霉。"

西棠顾不上别的,只说:"赶紧来救我!"

倪凯伦有大将之风,那边开始指挥大局。

"我让阿凯过去接你,再带一个宣传。

"穿了什么衣服?妆化了没有?要上镜。

"一会儿一定要从正门出去,哪几家到了?我再打电话通知多几家熟识的媒体。

"过半个小时再出来。"

西棠挂了电话,对赵平津说:"你先走吧,我等公司同事来接。"

赵平津却直接拿起外套,冲着她道:"走吧。"

西棠说:"去哪儿?"

赵平津理所当然:"出去,回家。"

西棠坐着没动:"外面那么多人。"

赵平津不悦地道:"你宁愿跟那个油头粉面的男明星抱成一团,也不愿跟我在一起被拍?"

西棠第一次应付这般阵仗,这节骨眼上无意跟他吵架:"你别添乱,够乱了。"

赵平津用眼神命令她:"走。"

西棠摇摇头:"你先出去,小心点。"

赵平津到了发火边缘:"跟我一起走。"

赵平津天之骄子做惯了,脾气一上来就恣意妄为,大概这么些年来就没他不敢做的事情。西棠就瞧不惯他这样儿,嘴角冷冷地撇了一下,露出一个嘲讽的笑:"你要上娱乐新闻头条?你确定?你不想想你什么背景?"

赵平津愣了一下,继续嘴硬:"我自己的事情,关背景什么事。"

西棠轻蔑地笑了一下:"是吗?"

她就是永远有本事用那样的笑容,将他的颜面扫到泥尘之下。

西棠话里毫不容情:"我昨天晚上看新闻还见着令尊大人呢。还有你母亲呢?你确定你以后要跟一个三流女明星的名字永远捆绑在一起?"

赵平津气得发抖，却不得不承认是真的。

他深深地吸一口气，伸手去摸烟盒，打火机按了几次才点着了烟："黄西棠，你永远有本事不给男人留一点点面子。"

西棠仍然带着那种讥讽的笑容："赵先生的面子，哪里用得到我黄西棠留呀。"

赵平津气得话都说不出来，只好烦躁地吸烟。

气成这样了，他也没有想到要先走。

两个人沉默地坐着，一直等到包厢大门被猛地推开，倪凯伦风风火火地闯了进来，她看也不看赵平津一眼，直接站到黄西棠的面前，上上下下审视了一番："补点妆，换双鞋子。"

公司的造型师上来，从拎来的大包里拿出一双高跟鞋，助理立即上前帮她穿，化妆师掏出了粉饼。

西棠任由他们摆布。

倪凯伦在一边说："一会儿记者问任何关于郑攸同的事情，记得什么也不要说，不能黑脸，要有点笑，娇羞一点，外面已经打点好。"

化妆师在一边温柔地恭维："皮肤真好，擦点口红就可以了。"

倪凯伦喜滋滋地说："媒体会放出你们昔日同窗旧照，明日保证是头条。"

西棠大惊："你哪里来的照片？"

倪凯伦斜睨她一眼："回你学校，花点钱。"

西棠插不上话："我……"

倪凯伦站在一旁眉飞色舞地道："活动邀约多了一倍，还有几个电视台的综艺节目，《倾城宫恋》和《剑破天惊》两边的投资方都点名要你参加接下来的所有宣传活动。西棠，请郑同学吃饭感谢他。"

赵平津再也听不下去了，脸色铁青，拿起外套直接打开了门。

门外站着两个人，应该是倪凯伦带过来的助理宣传，乍然见到他出来，神色有些尴尬。

他身后的倪凯伦已经挽着黄西棠走了出来，那两个年轻人立刻站直，转了个身朝着他身后恭恭敬敬地大声打招呼："西棠姐！"

西棠咬着唇,勇敢地抬起头看了他一眼:"你结了婚之后,我们就不要见面了。"
赵平津怔了几秒,然后慢慢地答了一句:"如果我不愿意呢?"

Chapter 4
你结婚之后,我们就不要见面了

公司的保姆车转了好几条街,才甩掉了记者跟着的车。

回到桃江路的别墅,已经接近凌晨。

西棠上楼,赵平津的房间仍然亮着灯。

他没有出来。

第二天一早,西棠起得早,没想到赵平津更早,她下楼时,他已经在餐厅吃早餐。

等到西棠喝完牛奶,赵平津推开椅子说:"走吧。"

西棠说:"去哪儿?"

赵平津站在她的身旁,居高临下地看了她一眼:"不是回家了被临时叫来的吗,我送你回去。"

高速公路一路通畅,仿佛能通往天际尽头,赵平津坐在驾驶座上,窗外有南方温软的早晨阳光。

他没有去过她家乡。

黄西棠在北京上学的时候,一年只有两个假期能短暂地回家,跟他在一起之后,大四那年的春节她还没有开始拍电影,于是有空回家去过年,原本赵平津说要送她回去,可临到头来,春节那段时间他哪里走得开。其实每一年都是如此,且不说上海那边海外的家族亲戚要回国,单是北京上上下下要走动应付的人脉关系,父亲和大伯都不再合适亲自处理,基本上都是交由赵平津代为出面,他领着三个秘书忙得不可开交,硬是一天的空也抽不出来。于是后来黄西棠还是自己走了。

以前一直觉得不着急,没想到转眼已是百年身。

赵平津微微侧脸看了身边的人一眼,她很平静。

这一路上,西棠都没有多话。

赵平津在专心开车,车子里只有导航仪说话的声音。

西棠坐了几次他的车后发现,赵平津的车上只放古典乐交响曲,听得人发闷。

以前他不是这样的,车上播放北京人民广播电台的各种交通路

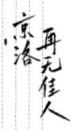

况、广告宣传、情感节目、流行音乐等,西棠坐在他身边,跟着广播里的流行曲大声唱歌,一些流行的新歌唱得跑调跑得没边没际。赵平津一边开车一边求饶:"姑奶奶您别唱了,您能不能放过我?"

有时候广播里是马三立的相声,赵平津听得直乐。

明明两个人以前都是爱热闹的人。

现在都变了。

西棠探过头去看了看:"你能不能听下广播?"

赵平津冷冷地答:"坐着别动,我不听电台。"

西棠试图打破僵局:"太麻烦你了。"

赵平津说:"别说废话。"

西棠不再理他。

车子到达仙居县郊区时,导航将他们导往了一条通往镇子的主路,那条路面坑坑洼洼的道路正赶上了中午的集市,两旁塞满了鸡笼、猪笼以及装满各种农副产品的小货车,赶集的村民们骑着摩托车、电瓶车将道路围得水泄不通。

赵平津只能减速,在一堆人流车流中小心翼翼地穿行。

这一段路走走停停,走了快一个小时,西棠坐在副驾驶位子上,看着这样的道路都觉得崩溃。

赵平津一只手扶住方向盘,腾出一只手来在车子的前柜翻出药瓶子。

西棠看着他单手旋开了瓶盖,轻声问了一句:"怎么了?"

赵平津说:"没事,我昨晚没睡好,头疼。"

西棠也不知道他身体怎么样,上次车祸是什么时候出院的,沈敏联络她的时候,就说他已经上班几天了,当初在医院里他还疼成那样。

她默默地递上了水。

赵平津将她送到了镇上,自己在一家宾馆开了个房间。

西棠看着他不太对劲的脸色:"你没事吧?"

赵平津精神不好,人也蛮横不起来了,声音有点虚弱:"你自己回去吧,我上去睡会儿。"

西棠走到家门口的时候，见小妹在柜台上算账，她妈妈正在门口的桌子旁帮着收拾碗筷，看见西棠，问道："昨天下午你匆匆忙忙地就跑了，怎么回事？"

西棠笑嘻嘻的："我不是跟您说公司临时有事嘛，办完了还有假期，我又回来了。"

她抢着去收拾桌子："妈，我来。"

西棠夜里给赵平津打了个电话，他电话关机了。

宾馆跟她们家只隔了一条街，西棠犹豫着要不要去看看他，想想还是放弃了。

第二天一早，她起来帮妈妈开店，将桌子凳子搬到屋檐下，铺上蓝色桌布，将屋子打扫干净了，然后回到厨房切葱花。

妈妈在厨房里跟掌勺师傅聊天，西棠在一边打下手，小妹在堂外帮忙招呼客人、收拾碗筷。

七点钟开始，客人渐渐多了起来，西棠今天让老妈轻松点，不让她跑堂送餐了，自己忙里忙外跑得脚不沾地，突然小妹进来悄悄在她耳边说了一句："姐，外面有人找你。"

西棠一听，心底一惊，大概也知道是谁了，她赶紧瞪住小妹，说："别声张。"

小妹双眼泛着激动的光："好帅好帅。"

西棠擦了擦手往外走。

赵平津穿了一件白衬衣，坐在檐下的一张桌子旁，他身边是乱糟糟的一群早起买菜赶工的食客，只有他一个人霸占了一张桌子，显然也没人敢上去挤。赵平津仿佛也没察觉，一个人坐了半天，实在无聊，手里拿着手机，却也没有打开，只无所事事地把玩着，他俊朗眉目，干净光鲜，姿态悠闲。

旁边吃面的大婶小媳们都忍不住看他。

他看到西棠走了出来，穿一件墨绿色的围裙，她的头发慢慢长了，人显得特别乖巧，他见到她，忍不住地高兴起来。

西棠手上拿了个点单的牌子，走到他的身边，压低声音说："你来干什么？"

赵平津理所当然地答："吃面。"

西棠将菜单递给他："要什么？"

赵平津随手指了一个。

西棠说："你胃寒，吃不了那个，我给你点吧。"

赵平津说："好。"

西棠低头写单子，听到赵平津说："我初来乍到，你不带我到处转转？"

西棠说："我没空。"

赵平津撇撇嘴："那我就一直在这儿坐着。"

西棠望了他一眼，咬牙切齿地小声说："吃完面到街口那家录像厅的门口等我。"

赵平津笑了笑，神色愉快："去吧，煮面给我吃。"

西棠恨恨地瞪他一眼，扭头就走。

西棠抿住嘴角忍住笑意，一转过头，突然看到妈妈就站在大厅的门后，目光幽寒，不动声色地望着他们。

西棠手在围裙上擦了擦，若无其事地走进厨房去了。

忙完了早餐的高峰期，西棠找了个借口，从家里溜了出来。

赵平津在那里等她。

西棠赶到时，他已经坐进店里，跟老板喝了两巡茶，末了起身告辞。赵平津走出店铺，顺手将几张碟塞进她手里。

西棠纳闷地说："什么？"

赵平津目视前方："老板卖我的。"

西棠低头一看那些碟片，封面上一个特别漂亮的日本女孩子正水汪汪地望着她。

她忍不住推了他一把："喂！你脑筋抽风了吧。"

赵平津还振振有词："谁让你那么久不来，要我一直站门口等啊。"

西棠脸颊都变烫："那现在怎么办？"

赵平津把碟片塞进她的背包里:"你帮我收着,我回去卖给老高,他一准儿喜欢。"

两个人往街道外走,赵平津忽然说:"对面那是哪里?"

西棠看了一眼:"那是中心小学。"

赵平津感兴趣地问:"你小时候是不是在这里读书?"

"嗯。"

"那进去看看。"

他直接往里面走。

西棠跟在他的身后:"喂,你不是要去景点吗?学校有什么好看。"

正好是周日,学校里静悄悄的,西棠在升旗台转了一圈,扒拉开了一方大石头上的一簇厚厚的草,石头的下方还看得到一道刻痕,西棠笑了笑:"欸,还在。"

赵平津凑过去看了看:"哟,小时候被欺负还刻个纪念章?"

西棠蹲在旗杆下,对他抬头笑笑:"你怎么这么清楚?你小时候净欺负人了吧?"

赵平津回想起自己在大院称第一恶霸的童年,顿时有点不好意思:"唉,别这么说。"

西棠望着那块石头出神。还记得那天放学了,小地主跟在西棠的后面,西棠拉着他的手,用石子在这里刻下了一道痕迹,然后跟他说:"你做我弟弟好不?"

西棠到现在还记得六岁的小地主,挂着两行鼻涕,冲着她点了点头,笑得一脸憨实。

两个人坐在操场旁的树下。

偌大的操场上,有几个孩子在篮球场里骑自行车,远远地传来嬉闹和笑声,深夏的风吹拂而过,赵平津双手撑在身后,摊直了腿:"这儿挺清静。"

西棠望着远处新建的塑胶跑道,红绿分明煞是好看,轻轻地说:"环境比以前好了。"

赵平津望着她出神的侧脸:"家里还好吗?"

西棠回过神来:"挺好。"

"生意还过得去?"

"嗯。"

她明显不想跟他多谈家里事。

可是她家里的事情,赵平津却是多少知道一点儿的,他们谈恋爱以后,黄西棠跟他说过,她父亲很早就去世了,母亲独自抚养她长大,她一直挺朴素的,白棉裙子、牛仔裤就能穿一个夏天,也很少花他的钱。大四那一年,因为他的公司发展得太快,他忙得心力交瘁,为了能随时照顾他,她不再兼职打工,林永钏导演还特地提前开给她片酬,她用那部电影的片酬,支付了那一年的学费。

后来赵平津的母亲查清了黄西棠的家世。记得她第一次去他家,经过铁门后的哨岗警卫员的层层盘问,终于进了那方院子,却是连厅门都没得进。他母亲叫她来,却只让她站在他家的屋檐下,让她听着自己冷酷的批评——原话是他从家里保姆的嘴里问出来的,周女士跟黄西棠说,她妈妈没有结过婚,她是一个非婚生的私生女,年纪小小的,还没结婚就跟人同居,赵家不要这样的儿媳妇。

赵平津记得,那是除夕的前几天,屋檐下是一条一条垂下的晶莹冰柱,黄西棠睁大了眼,冻得发白的鼻子,因为羞愤而涨得通红的脸。

他得了消息匆忙赶回来,只来得及看到她一脸茫然地转身逃走,然后西棠在院子里狠狠地推开了他,如一只负伤的小兽般惊惶地冲了出去。

那是黄西棠跟他母亲的第一次见面,也许是因为她彻底明白,他的家庭不喜欢她,后来她开始慢慢变得患得患失,常常因为一点小事就无缘无故地掉眼泪,跟他闹别扭。一开始一次两次赵平津还哄着她,到后来也烦了,语气渐渐不好。终于有一天他开会晚了一点,原本答应好要接她下戏,结果迟到了一个多小时。西棠跟他生气不理他,赵平津忍不住冲着她吼了一句:"你能不能别那么矫情。"

黄西棠睁着眼望着他,她的眼底有一汪泪水,她在他面前哭,他终于觉得烦人。

他们分手前的两个月,周女士在他上班的时候来过他们在嘉园的家里,强硬地干涉他们的生活,要求黄西棠搬出去。据说,黄西棠一开始求过她让他们在一起,但周女士是什么人,最后两人谈崩了。因为她是长辈,更是他母亲,黄西棠之前一直都默默忍下了周女士给她的难堪,一个字也没有跟他转述过。但他母亲后来回家里跟老爷子说,黄西棠拍着桌子指着她跟她说"这是我家,你给我出去。"

周女士抹着眼泪,跟老爷子、老太太告状:"这是什么女孩儿,舟儿买的房子,她还有脸面儿说是她家!什么家庭就养出什么孩子!这么没有教养的人,倘若真让她进了门,那以后还得了!"

那段时间黄西棠沉不住气。后来赵平津想想,他其实不该也一样沉不住气,吵架时说了那么多互相伤害的话。

他终究没能保护好她。

不是不遗憾的。

赵平津开口说:"要是你家里有什么需要帮忙的,跟我说一声。"

整个北京城里,能得了赵家这位公子哥儿这句话的人,估计不会很多,西棠只客客气气地回了一句:"谢谢您。"

两个人之间只剩下了沉默。

赵平津藏在心里良久的那句话,忍了那么多年,现在终于缓缓说了出来:"当初调查你身世的事情,是我妈做得不恰当。"

西棠似乎有些难以置信,愣了好一会儿,仿佛才听清楚了,却只是微笑着摇了摇头,她性子还和从前一样,吃软不吃硬,他们两个之间,只要他肯稍微低一低头,她总是会付出更多更多的包容和爱来待他:"我后来一直都没有问过我妈,是因为我自己想明白了,上一辈的事情我管不了,我只知道我妈妈从没离开我,她是一个尽职尽责的好母亲,我没什么可丢人的。只是以前年轻不懂事,对于家庭出身我很自卑,现在不会了。"

她说得很隐晦,但也很清楚。

黄西棠会自卑——他以为电影学院的女孩子,每一个都骄傲得像只孔雀,何况是才华横溢、充满梦想的黄西棠。

他当时不明白,黄西棠明明那么可爱那么活泼一姑娘,怎么会突然变得那么爱耍小性子,又爱哭,特烦人。现在看起来,不过仅仅是因为那段时间她特别没有安全感。赵平津心底也不好受,他当年也许很爱她,但其实并没有付出足够的耐心去了解她。

赵平津问了一句:"你妈是你亲妈吗?"

西棠翻个白眼:"废话,我俩长得多像。"

赵平津说:"那你爸呢?"

西棠摇摇头:"我也不知道,我妈从来不说。"

赵平津好心建议:"也许你爸还在呢,要不要找?我帮你找找。"

"好啊。"西棠冲他笑笑,"等我死的那天吧,你帮我找找,也许我那天会想见见他。"

赵平津心底触动,却忍不住微微皱了皱眉头,他就没见过性子这么刚烈的女人。在她的面前除了自讨苦吃,又有什么好处。

赵平津说:"西棠,我从来没有看不起你。"

西棠说:"不关你的事,是我的问题。"

她永远不再提他家庭对她的为难和羞辱,也不再提他们分手时说过那些相互伤害的话,仿佛一切都已经事过境迁了。

赵平津忽然问了一句:"那小子还在追你?"

西棠愣了一下:"谁?"

赵平津眯起眼:"姓郑那小子,以前在教室跟你表白的。"

西棠想起来近日纷纷扰扰的绯闻,解释了一句:"我们什么事儿也没有。"

赵平津平静的声音含着三分冷意:"以后那小子再来找你,告诉他——永远没他什么事儿。"

西棠笑了笑。

那一年她大三,刚刚跟赵平津谈上恋爱,郑攸同在排剧的教室跟她表白,捧出了大束鲜艳的玫瑰花。西棠实在太意外,一时口拙:"哎,郑攸同,你别这样——我有男朋友了。"

赵平津那一天刚好来接她下课，见到这一幕气炸了，直接冲进去将黄西棠的手拉住了，他话说得客客气气的，脸上却是京痞子的坏笑："哎，这位同学——对不住您，这姑娘我先预订了，没您什么事儿。"

郑攸同年轻气盛，指着赵平津的鼻子诅咒他们："西棠，你少跟这种京城子弟玩，我跟你说，他们就爱玩弄女孩子，不会有真心的。"

赵平津一把推开了他："哎哎，你骂谁呢？"

郑攸同一撸袖子冲了上来，两个人眼看要打起来。

黄西棠硬把他给拽走了。

没想到郑攸同算命倒挺准。

那是很多年前的事情了。

西棠跟赵平津沿着河边往回走。

路上见着小地主抱着娃娃从街市那边走回来，身边跟着他新媳妇儿。

西棠招招手："小地主！"

小地主媳妇儿远远就瞧见他们俩，走近了看更是一脸的兴奋加好奇："姐姐，这是你男朋友吗？"

西棠介绍赵平津说："这是我朋友，来我们这儿玩玩。"

小地主媳妇儿热情招呼："去了哪儿了，景点门票订了吗？我从我们宾馆合作的旅行社给你们订，便宜点。"

赵平津答了一句："昨天刚到，还没有空去呢。"

那边黄西棠拉住小地主问："事情查出来没有？"

小地主将孩子放到了媳妇儿手上，对着她摇了摇头。

小地主家最大的那家酒店，前一阵子来了一批警察，从房间里抓出了一个毒贩子，说是酒店容留吸毒的，工商局立刻来查封了，勒令他们停业整顿，现在都快两个星期了，案子还没查出个结果。

小地主媳妇儿一听这事儿也着急了："是啊，姐姐，你说，我们这明明是冤枉的，可是谁也不听我们的，说不给开业就是不给开业……我们是老招牌了，在我们店住过的客人没一个不说我们的菜烧得不好，网上的顾客都冲着我们这儿的名声来,如今生意没有了,他们全跑到新的那家去了,这可把我急死了!"

西棠安慰着说:"再等等。"

赵平津一边随意地听着他们闲聊,一边凑过去逗孩子:"几岁了?"

娃娃流着口水,还不会说话,笑嘻嘻地一巴掌拍在赵平津脸上。

小地主媳妇儿的注意力被孩子吸引了过来,跟着笑了:"他喜欢你呢,小宝,来,叫哥哥好。"

赵平津掏出钱夹,取出一沓现钞:"这次来得匆匆忙忙的,没想到会遇到西棠干弟弟干弟妹,也没给宝宝准备礼物,我身上也没多少钱,这给孩子买点玩具。"

"哎哎——这——这怎么好意思哟——"小地主媳妇儿赶紧客气地往外推。

西棠闻声看了过去,那一沓钱不薄不厚,有个一两千,她对着宝宝笑:"小宝,拿着吧,谢谢叔叔,叔叔有的是钱。"

赵平津回头瞪了她一眼。

西棠抿着嘴乐。

小地主媳妇儿笑着说:"哎哎,您太客气了,您是姐姐哪儿来的朋友啊,上家里吃个饭吧?"

赵平津将钱塞进她手中:"我从北京来,西棠一向多谢你们照顾。"

小地主正跟西棠说话呢,一时间话停住了。

小地主望着西棠,神色完全变了——他有野兽一般的直觉,呜呜地叫了一声:"捏捏?"

西棠眼神犹豫了一秒。

只是这一瞬间的犹豫,小地主已经骤然出手,一拳狠狠地砸在赵平津的脸上。

赵平津直觉不好,连忙一闪,却不小心撞了一下身边的小地主媳妇儿的手臂,小地主媳妇儿急忙抬手,紧紧护住了怀里的孩子,那沓钞票顿时飞了出去。

红色的钞票撒了一地。

赵平津被那一拳揍得退了几步,差点摔在地上。

小地主冲了上去,疯蛮地一把拽住了赵平津的手臂,拳头狠狠地砸向他的腹部。

西棠终于回过神来,冲上去拉住了小地主的手,大声地叫:"住手,小地主!不是!他不是!"

小地主红了眼,死死地瞪着赵平津嗷嗷直叫,一个翻身又猛扑上去,嘴里叫嚷着谁也听不清楚的语言。

赵平津左右闪躲,又挨了几下。

小地主媳妇儿完全蒙了,手足无措地站了好一会儿,才要上来劝,娃娃开始大哭起来。

西棠赶紧叫了一声:"带孩子回屋子去,我来劝他!"

赵平津被他掼倒在地上。

西棠怎么也拉不住发狂的小地主。

赵平津躺在地上滚了几下,终于忍不住恼怒地叫:"黄西棠,你跟这小结巴说,他要再不住手,我要还手了!"

小地主扑在他身上一顿乱揍,一直嗷嗷呜呜地叫,说出来的话含混不清:"泥四(你死),泥妈妈说,泥要是四了,她也不活了,医院里要四了,我天天见你姑,是不是他次(欺)负你?泥妈妈天天哭……"

他一身的蛮牛劲儿,西棠拉不动他,眼泪忽然簌簌地往下落,她无法控制地哽咽着,心里却着急得不得了:"不是,不是。"

只是一个小小的缺口,那些往事挟持着洪流决堤而来,她突然控制不住自己的情绪。

西棠转过头捂着脸抽泣,泪水止不住地往下淌。

小地主立刻停住了手,一把推开赵平津,回头擦西棠脸上的眼泪:"捏捏,别姑(哭),别姑。"

赵平津躺在地上,头发、衣服都乱了,隐形眼镜掉了一只,他视力不均匀,眼前有点模糊,他愣了一下:"他说什么,什么死了?"

没有人回答他。

赵平津慢慢地坐起来，看到西棠蹲在地上，脸埋在膝盖上，失声痛哭，哭得整个人都在抽搐，小地主蹲在她的身边，一直在呜呜地跟她说话。

过了很久很久，西棠擦干了泪水，将地上的钱一张一张捡起来，塞到了赵平津的手上："你回宾馆去吧。"

三个人摇摇晃晃地站起来，才看到一整条街的人都走出来看着他们，西棠的妈妈也走了出来，远远地站在自己家屋子前。

西棠看清了她的脸，顿时觉得脊梁一阵发凉，全世界最爱她、宠她的妈妈，当时就那样冷漠地望着她，脸上一点表情也没有。

赵平津在宾馆里住了两天，黄西棠一直没有联络他。

他从她们家的那条街道经过，不知为何，心里有些莫名的怯意，也不敢再借吃面之名进去找她，只能隔着条街远远看了一会儿，小面馆早上仍然照常营业，只是再不见黄西棠的人影，他只好走开了。

临行回城的那天晚上，他又绕到她家门口，想着明天接她回去，总归有点正事要说，便走近了一些。

那间小小的店铺关着门，已经歇业，赵平津站了一会儿，悄悄走到了门口，探了探头发现门只是掩着的，他鼓起勇气正要敲门，却听到里面传来的细碎声响。

整个屋子是长条形的，纵深很深，仿佛一节长长的幽暗的火车车厢，不仔细的话门口根本听不见里面的声响，赵平津贴近门边，心猛地一跳，立刻推门走了进去。

他隐隐约约听到了黄西棠的哭声。

屋子前厅很黑，只有走廊里悬着一盏灯，幽深寂静，他压低了脚步声往里面走，心底焦灼，一时顾不了那么多了。

经过了前厅和厨房，进了一个小小的天井，两株石榴树枝叶茂盛，后院里有两间房，其中一间房门打开着，从窗户看进去，人影在舞动。

西棠的哭声就是从那里传来的，她哭得很大声，很凄凉，很无助。

赵平津快步穿过院子，只觉得从未有过的心慌。

西棠的妈妈恨铁不成钢地看着身前的女儿，声音因为愤怒而绝望："我宁愿你死了！也不要你再出去做丢人的事情！"

西棠也不知道自己哭了多久，只觉得自己哽咽得上气不接下气，喘口气说："妈妈，我错了。"

女人的声音尖锐又沙哑，还夹杂着嘶嘶的喘气声，赵平津在院子的另外一边听得不太真切——"我叫你不要再跟这样的人来往，你就是不听我的话！你当年是怎么回来的！你怎么回来的！在这个院子里躺了整整一年！路都走不了了！这样的教训还不够你明白吗！我今天宁愿打死你，也好过你再那样回来！"

西棠捂住脸尖叫了一声："妈妈，对不起！"

赵平津再也顾不得其他，拔起脚冲过那方小天井，他看清了房间里的场景——黄西棠跪在房间里的地上，她妈妈站在床头，用一把黄色尺子正狠狠地抽她。

赵平津那一瞬间只觉一股热血猛地冲进脑颅，脑中嗡的一声作响，一股尖锐的刺痛猝不及防地在心脏之间穿过。

他跨上台阶时脚下发软，身子狠狠地打晃了一下。

黄西棠的母亲披头散发，发了狂一般地斥叫："我跟你说的什么你记住没？我今天宁愿打死你，也不愿你再出去找他！"

"妈妈！"西棠一张布满泪痕的脸交织着难过和羞愧，人跪在地上挪了两步，一把抱住了她妈妈的腰。这时妈妈的尺子狠狠地抽在她的背上，她只呜呜地哭，肝肠寸断，人却一动不动，头埋在那中年妇人的怀里，抱得更紧了。

赵平津喉咙滚烫，却说不出话，咬了咬牙跟跄两步奔进去，手臂一横挡在了西棠的肩膀上。

那一尺子啪的一声抽在了他的手臂上。

屋子里的两个女人挂着满脸的泪，同时抬眼望住了他。

西棠见到他只觉得害怕慌张："你进来干什么？"

西棠妈妈望见他骤然闯了进来，反倒没有一丝诧异，眼底的泪水褪去，塌陷的眼眶忽然干涸,脸庞变成了一条结冰的河流。

她仿佛预料到,迟早要见这一面。

赵平津声音在发抖:"阿姨,您别打她了。"

西棠妈妈放下了那把尺子,抬手拢了拢散乱的头发,慢慢地坐在床沿,微微扬了扬头,神色高傲不可侵犯:"这是我家里的事情。"

赵平津赶紧道歉:"对不起,我无意冒犯,我是西棠的朋友,您能不能——有话好好说?"

他慢慢说不出话来了。

因为黄西棠的母亲正抬起头,缓慢地,缓慢地,将他从头到脚地打量了一遍,那目光如一束手电似的,从他的额头,到眼角,到身体,到手臂,到脚面——那束目光一寸一寸地仔仔细细地探照过他整个人,她母亲眼里的神色,那种刻骨的愤怒、心伤、哀怨、悲慨、激昂,那个面容娟秀却日渐枯老的妇人最终只是浑身颤抖着,紧紧地握住了自己的双手。

赵平津感觉到整个背仿佛在滚水里烫过,又好像在冰霜里浸着,浑身一阵冷一阵热地交替。

西棠妈妈却慢慢地平静下来,带着一丝认命的绝望,缓缓地开口说话:"既然你进来了,那我就说几句话——西棠虽然从小没有爸爸,可也是我一手带大的孩子,她在我的手掌心上,也是一颗明珠。"

"阿姨,您别这么说,我知道……"赵平津平日里在各种交际场合练出来的世事练达,此时却一点都派不上用场,他觉得有点慌乱,试图缓和一下气氛,他犹豫了几秒,立刻被她妈妈用眼神制止了。

西棠妈妈的声音恢复了平常的声调,神态却显得越来越冷淡:"从小到大她喜欢做的事情,我都支持她。但我对她只有一个要求,就是要做一个诚实正直的人;一个女孩子,若不自尊自爱,不清不白,那只会毁了她的前程;如果她走错了路,那我就得管她。这是我们家里的事情,轮不到外人插手,您请出去吧。"

黄西棠一句话也不敢说,仍然跪在地上,深埋着头,泪水如断了线的珠子一样,簌簌地往下落。

人却没有任何声音。

赵平津的脸色本来就不太好,此刻更是一分一分地苍白下去。

黄西棠垂手放在膝盖上的掌心被打到红肿,只见殷红的血丝丝缕缕地蔓延。

清晨的汽车站。

西棠背着包,手里拎着两个盒子,慢慢地随着人群往外挪。

长途客运汽车站的门前,她的母亲站在人群中,穿一件黑底暗花的绸布衫,个头矮小,头顶的发,已经现了一些白。

妈妈一早起来给她做了早餐,切好了卤味放进了餐盒,又送她到了车站。临别时西棠又要哭,妈妈一夜之间老了许多,眼底的暗黄特别明显,那双温柔慈爱的眼睛望着西棠。女儿含着泪一步三回头地看她,女儿出落得那样美,脾气却是如此像她,她出声叫了女儿:"妹妹。"

西棠立刻回头奔着妈妈而去,她听到妈妈轻声地道:"对不起,妈妈只是要你明白,这样的道路,绝对不能走,我受过这样的苦,所以绝不会让我的女儿再犯傻。"

这是她脾气强硬的母亲,忍了一辈子,第一次跟她说起这个家庭的往事,如此含蓄温和,却如此伤痛刻骨。

西棠含着眼泪点点头。

妈妈看她的眼神,是一种绝望到了尽头的温柔:"这样的苦,会毁了你一辈子的。"

西棠在车站紧紧地抱住了她。

去城里的小巴士走走停停,一路揽客,在镇子的分岔路口又停了下来,一个人上车来。

是个高个子的英俊瘦削男人,穿黑色衬衣、深蓝牛仔裤,从车门处艰难地往车厢里的人群里挤,售票员递给他一个小凳子,大声地吆喝:"往后走,往后走。"

是赵平津。

他的脸色苍白得有点不正常，车上已经没有位子，他挤在过道里，那样有着严重洁癖的人，跟十几个乘客坐在拥挤的过道里，车厢里充斥着各种奇怪的味道，半路开始有人呕吐，还有人脱鞋，呕吐物的酸腐味混着脚臭，臭气熏天。

赵平津上车时，只默默地确认了一眼坐在后排的西棠，没有再说话，只沉默着坐了下去。

客车在杭州的客运车站停了下来，赵平津上去拿她的背包，她摇摇头。

赵平津看了一眼她的手，不轻不重地说了一句："我来拿。"

西棠只好给了他。

他低头看了看她，回家几天她的下巴更尖了，眼睛还是红肿的，一张脸没有化妆，无精打采的。他默默地站在西棠的身侧，手臂略微横了一下，隔空放在她的后背，替她挡住了人潮。

西棠悄悄地望了他一眼，忍不住问了一句："你没事吧，脸色那么差。"声音闷闷的。

赵平津温和地说："没事。"

"你车怎么办？"

"我安排人去开回来。"

回上海的动车是商务车厢，灯光舒适，环境整洁，四周一片安静。

赵平津起身去洗手间待了十多分钟，回来的时候衬衣的袖子沾了点点的水渍，大概是反复洗了好几遍手。他放下座椅旁的桌板，打开了工作手机，戴上他常戴的那副黑框眼镜，然后问了西棠一句："那个小结巴的宾馆，叫什么名字来着？"

西棠纳闷地道："你问这干什么？"

赵平津蹙眉头："说。"

西棠说："福缘酒楼。"

赵平津不再说话。

赵平津叫人给她送了热牛奶和面包，自己却什么也没碰过，一坐下就打开电脑开会。

一个小时很快就过去了。

赵平津事务繁忙,临时空出了两天送她回老家,他没空再在上海停留,需要直接返京。

西棠随他去机场。

贵宾候机厅,赵平津不愿说话,昨夜胸闷和心悸,他这两天也没吃好,方才胃不太舒服。

西棠只静静地坐着,很快广播里传来登机提示。

赵平津收起自己的外套,撑住椅子站起来:"走了,一会儿司机送你。"

"赵平津。"西棠忽然低声叫了他名字。

赵平津低头看她。

西棠低垂眉眼,声音很轻很轻:"十三爷说,如果我不跟你,我就不用在公司拍戏了,是真的吗?"

赵平津想了想,明白她这是在打什么主意,旋即淡淡地回了一句:"你觉得呢?"

声音不轻不重,不带任何情绪,却令人不寒而栗,西棠明白他这种语气的意思了。

西棠咬着唇,勇敢地抬起头看了他一眼:"你结婚之后,我们就不要见面了。"

赵平津怔了几秒,然后慢慢地答了一句:"如果我不愿意呢?"

西棠又低了头,声音依旧很轻:"我妈会把我打死。"

赵平津的眉头一直微微皱着:"你妈妈常常打你?"

西棠说:"没有。"

赵平津犹豫了一下说:"她的精神状态……"

西棠立刻截住了他的话头,尴尬地低声说:"不关她的事情,是我做错了事。"

她的长睫毛微微发抖,眼泪滴在裙子上面,晕出一个一个圆形的印迹。

赵平津默默地看着她伶仃的身影,心里泛着隐隐钝重的疼痛。那时候,西棠还小,他跟她在一起两年多,她明明很爱笑,除了跟他吵架,平时从来不哭。

机场的地勤人员走过来,站在不远处恭敬地说:"赵先生,您可以登机了,请走贵宾通道。"

赵平津起身往通道走,西棠偷偷擦了擦眼泪,陪着他往前走。

赵平津一路沉默着走到登机闸口,他回了头:"我答应你。"

西棠恍恍惚惚地抬起头:"什么?"

赵平津声音很平静,带了点沙哑:"你刚刚说的,我答应你,别难过了。"

赵平津在飞机上发起了高烧,他闭着眼睛蜷缩在座位上,恍惚之间仿佛又听到那间屋子里传来的声音——黄西棠细弱的哭声一直在他耳边萦绕,他听得心一阵一阵地绞痛。乘务长将毯子盖在他的身上,飞机升上天空,他的身体更加难受,刚刚在洗手间里吐了一回,却什么也没吐出来,胆汁在嘴里发苦,胃也一阵一阵地抽搐着疼,他只能默不作声地忍着,晕眩得眼前都是一片模糊。

倪凯伦这一天刚好飞去北京出公差,飞机平稳之后她起身去机舱前面洗手,回来时顺带要了一杯红酒,看到对面过道的一个座位旁,一个年轻的空乘一动不动地守着,她好奇地看了一眼。这才注意到了隔壁的舱位,宽敞的座椅已经被放平,上面有一个躺着的黑色人影,毯子掉下之后,倪凯伦觉得他的背影看起来有点熟悉。

倪凯伦端了酒,饶有兴致地站在一旁看了一会儿。

那个年轻的空乘被吩咐守着他,小姑娘固定飞这一趟航班,赵平津是头等舱的常客,他们整个乘务组的空姐都常常见到他,但谁也不知道客人是什么身份背景,只是估摸着是一位英俊得堪比广告模特的商业精英,常常往返京沪两地,人也不难服务,除了吃东西有些挑剔,并且常常不吃空餐,从不会为难空乘。若是当天在机上看到他,整个机组的姑娘们都会高兴上一整天,却是第一次见着他生病,乘务长嘱咐她不能走近打扰,小姑娘只能在角落里默默地看着。

倪凯伦看了半天,走过去叫了一声:"喂,赵平津?"

赵平津循声抬起头来，眼前一片模糊，一张脸惨白得跟机舱顶上的灯光一样。

倪凯伦一看："哟，赵少爷，这是病了啊。"

赵平津难受得说不出话，只点了点头。

倪凯伦笑得分外愉快："赵少爷，坏事做多了，来报应了吧，您金贵着呢，可得当心点啊。"

她端着酒杯转身要走。

"倪凯伦——"赵平津出声叫住她。

倪凯伦闻声回头。

赵平津撑着身体坐了起来，人有些昏昏沉沉的，说出来的话都在飘："她当年回老家时，发生了什么事儿？"

倪凯伦笑了笑："能有什么事，被你甩了回家了呗。"

赵平津知道从她这儿问不到什么，勉强思考着："下一部戏，安排她来北京拍。"

倪凯伦精明的脑袋立刻转了八圈："那不成，合同上写着呢，不去北京。"

赵平津头痛欲裂，虚弱地喘息着说："我让沈敏重新跟你谈。"

倪凯伦看他的样子，忍不住说了一句："你还是躺会儿吧，高空发病可不是闹着玩儿的。"

赵平津再也说不出话来，点点头重新躺了下去，乘务长悄悄地走了过来，蹲在他的椅子旁边，轻声细语："赵先生，要不要联络地勤，通知您的医生？"

赵平津摇摇头。

乘务长又说："那给沈秘书打个电话？"

赵平津知道自己身体大约撑不住了，勉强地点了点头，然后意识抽离，人慢慢昏睡了过去。

西棠回到上海，去公司试衣服。公司的造型总监李氩推出两排满满的架子；西棠试穿着长裙、短裙、牛仔裤、毛衣，又要配帽子、项链、饰品，发型师过来将她还稍显有些短的头发绑起。西棠喜欢素净的颜色,一件圆领白衬衣,搭配一件浅蓝牛仔裤,用眼神示意李氩说:"这件可以过关?"

李氩坐在试衣间外一张猩红沙发上,跷着腿,端着咖啡摇摇头。

西棠只好拿来一顶帽子,又配了一件姜黄色风衣,叉着腰转过身露出一个甜美的笑容,李氩终于满意地点点头。

又一个小时过去,西棠第一次觉得穿新衣服是件痛苦的事情,强烈抗议要求收工,李氩同意了,示意助理将搭好的衣服打包。公司化妆师欣妮在镜子前帮西棠画眉毛:"西爷,全公司都说,你要大红了。"

西棠笑了:"你也信?"

李氩站起来,一捏兰花指:"有人捧、有人气、有绯闻,齐活儿了,想不红都不行。"

女明星出街穿私服,个个看起来像随手一抓就穿出门了,鬼知道是不是像她一样事先在镜子前试了八百遍。

西棠气喘吁吁,背着大包小包的衣服回到倪凯伦的住所,行程表已经排满,次日就开始了繁忙的工作。首先是参加最近参演的两部剧的宣传活动,这两部剧她都不是主演,但是一露脸,就引起媒体的高度关注,抓着她不断追问跟郑攸同的事儿,她还有了粉丝,在场内稀稀落落地叫了几声她的名字,还送她礼物找她合影。

郑攸同的绯闻到底还是将她炒出来了。

倪凯伦安排公司的宣传给她申请了一个带V的社交账号,自注册以来粉丝就一路飙涨。

西棠自己一次也没用过,公司有宣传人员专门负责打理艺人的账号,宣传从她儿这要过几次照片,西棠没什么自拍照,就将风景照发了一些过去,还有一些剧组同事一起工作的照片。

对于郑攸同对西棠告白的那则消息,宣传人员只好选了一个西棠的工作日回复了。

那天西棠出席了《剑破天惊》的庆功会,深夜,黄西棠的认证账号转发了郑攸同的那则消息,配了一行文字:从校服到戏服,从同窗到同事,一起加油哦。

附带了一个可爱的笑脸。

这公关文写得暧昧迂回，滴水不漏。

那天晚上她的粉丝涨了十万。

那时候，个人的网络社交媒体刚刚开始盛行，也是一切之初最好的年代，贤能草莽一夜之间纷纷投身、奔入江湖，在上面评点江山针砭时弊。娱乐圈的网络营销模式还没有大规模形成，大部分的戏剧评论都是真正的影剧迷在说话。西棠在横店的几年间拍了不少烂戏，可基本都是没有台词的角色，最新的一个角色是《剑破天惊》里的小尼姑，这部戏正好在进行前期的宣传，准备上档播出，随后这部戏的搜索量立即噌噌地往上升，然后有人扒出了最早的《橘子少年》，这引来了一批真正倾慕她的影迷，这些影迷后来一直跟随了她很多年。西棠偶尔也自己登录账户，所有评判她演技的留言，她都认认真真地看了一遍。

倪凯伦自然重新带她，公司要给她安排一个助理，但艺人助理是要打理艺人贴身的生活琐事，还是要看她自己的意思。

这一天西棠在公司，小宁进来敲门。

上一部戏之后，吴贞贞弃用了她，她这一段时间都只能在公司打杂，日子并不好过。

过去她们不过是同事，还常常一块儿在剧组吃盒饭，小宁一进来，脸上带着笑，姿态很软："西棠姐，你带我好不好，我会很努力工作的。"

小宁这人，除了有年轻女孩子都会有的星梦幻想，其他倒也还好，对演艺圈的工作也熟悉，大家毕竟同事一场，西棠点点头说："好。"

当天带了她去录影，小宁端茶送衣十分周到，中途还出去跟她的粉丝聊了一会儿天。当天晚上，西棠跟倪凯伦说："就用她吧。"

西棠回上海隔了不到一个星期，小地主两口子给她打电话，说家里酒店的事情解决了，派出所查清楚了案情。人家还说小地主一家举报有功，派了两个民警敲锣打鼓地过来颁发了一面锦旗，整个仙居镇都听说了这个消息，一时间热热闹闹，他们把大门装修了一番重新开业，还把西棠的剧照挂在了大堂,此举自然招揽了不少客人。

西棠关切地问:"后来你们怎么打点好了关系?"

小地主媳妇儿纳闷地道:"什么也没打点好,说来也是奇怪,前一天去问见都不愿见我们呢,第二天派出所的人就自己找上门来了。"

西棠"嗯"了一声,心慢慢静了下来,她大约也知道是谁了。

西棠用手机编辑消息:"小地主的事情解决了,谢谢你。"

望着手机屏幕犹豫了一会儿,又删了,换成了:"谢谢你的帮忙,事情解决了。"

又删掉了,最终变成了三个字:"谢谢你!"

随即按了发送。

西棠白日里工作,半夜迷糊醒过来,第一件事就先摸手机,依然没有赵平津的回复。

也是,赵平津什么人,他一向眼高于顶,办什么事不过一句话吩咐,怎么有空拨冗回复这种无聊小事。

西棠在黑暗的房间里,望着手机屏幕慢慢地又黑了下去。

倪凯伦带她去酒店签约,公司已经决定,她要接拍那部清末的年代历史大戏。她现在头发长到了肩膀,公司造型师给她专门配了一种生发液,让她涂着促进头发生长,然后又请了老师专门教她唱京戏,还要学大宅门第的步态礼仪。

签完约出来,倪凯伦挽着她的手臂上车,淡淡斜睨了她一眼:"最近没见那人?"

西棠点点头,回来一直忙,好像都差不多一个月了。

倪凯伦登车,漫不经心地说了一句:"你回来的那天我刚好在飞机上碰到他,好像是生病了。"

西棠迟疑了许久,晚上给沈敏打了个电话。

沈敏正在公司的会议室里,京创科技公司办公大楼上面两层高管级别的办公室依旧灯火通明,总工程师和两个副总都在陪着大老板加班,明天公司要参加一个新建民用机场的航空导航系统工程的竞标,整个公司为这个项目已经前前后后忙了一个多月,加上刚好这段时间李明到了南美出差,赵平津前段时间病了一场,病方好了七八分,他就回公司投入了这个工程竞标的准备工作。

电话在沙发边上一直响,赵平津不耐烦地示意他去接,沈敏看了一眼屏幕上的来电显示,赶紧接通了:"西棠?"

赵平津正低头看财务部最终交上来的研发预算表,听到顿时愣住了。

西棠有点不好意思地问:"打扰你,我听凯伦说,他生病了?"

沈敏迅速望了一眼赵平津,也不敢多话,眼下一整个屋子的公司领导都在,他也不知道要不要出去接,只好往窗边走了几步:"嗯,正在公司加班呢。"

西棠问:"他没事了吧?"

沈敏只感觉到身后赵平津的视线一直平平地望过来,他不是没接过赵平津各种女朋友的电话,甚至连郁家那位有名有分儿的,有时候找不着人,都往他这儿打。他担任赵平津的机要秘书多年,这种事情早已应付自如,赵平津如果不想接,找理由或者不找理由委婉或直白地挡了就是,但如今这位偏偏是黄西棠,这么多年过去了,他们那一段轰轰烈烈的往事却仍历历在目,他不清楚现在的赵平津到底想跟黄西棠走到哪一步,只知道赵平津牵肠挂肚地在乎着这个前女友,病着的时候,手机一遍一遍地看,却从来不会和她主动联系。

沈敏紧张得声音都绷紧了,又压得极低:"没事了,你要不要跟他说话?"

那么多人在,总归不敢说他正天天熬着夜呢。

赵平津推开手边的电脑,站了起来。

西棠说:"他没事了就好,我不打扰你们了。"

沈敏赶紧叫:"哎哎,西棠,等会儿——"

黄西棠却把电话挂了。

赵平津脸色一路沉下去,缓缓地重新坐了下去。

沈敏见情况不对，赶紧扔了手机，重新坐回会议桌旁。

会议室的灯光一直亮到了凌晨两点，确认一切无误准备就绪，赵平津挥挥手，让众人下班。

秘书和助理进来收拾文件和咖啡杯、茶杯，沈敏跟着他进了办公室，立在桌前等着他的吩咐。

赵平津脸上浮出一层不正常的苍白，沈敏望了望他的脸色，连续几个晚上都是这样了，一整天的会议和工作下来，他的眼底布满了血丝。赵平津眸中倦色沉沉，缓缓地开口说："你下班吧。"

沈敏不放心地看着他："我打电话叫司机来送您回去？"

赵平津拿过桌面的烟盒："不用，就这么点路，我自己开车吧。"

沈敏无奈地道："我没看好你吃饭休息，回头老爷子又该骂我了。"

赵平津一手夹着烟，一手按了按太阳穴，忍着隐隐约约的头疼："公司事儿多，这几天你们也一样辛苦。我这孙儿都比不过你，多亏了你常常去老爷子跟前陪他喝喝茶。"

沈敏的父亲年轻时是老爷子的警卫员，十年内乱时期下乡去了青海，后来为了支援国家建设，便一直没返城，落户在当地娶妻生子，后来夫妇俩在青海湖出了车祸，当时沈敏尚在襁褓中，送回了北京交由叔叔婶婶抚养，赵老爷子一直资助沈敏读书，逢年过节也会接来家里，外面人都知道赵平津极为信任这位心腹秘书，却很少有人知道他们还有这一层关系，因而沈敏在赵平津跟前，一向能说上点家常话。

赵平津吸了口烟："小敏，别老把自己当外人。"

沈敏笑笑："老爷子爱护，这是我的福气，我不能不知足，您早点回去休息吧。"

沈敏不再打扰他，点点头离开了。

外面的会议室大灯逐一熄灭，行政秘书在走廊跟几位高管道了一声再见，脚步声渐渐散去，一整个巨大的办公楼层，很快只余下了一片黑暗和寂静。

董事局主席的办公室还亮着灯。

赵平津起身走了几步坐到了沙发上，太阳穴一抽一抽地疼，眼前有点昏花,他只觉筋疲力尽;明日还有一场硬仗要打,他知道自己必须得回家休息,靠在沙发上躺了会儿,他扶着沙发扶手站了起来。

电梯下行到地下车库,司机守在电梯口,尽职尽责地走上来:"赵先生?"

看来沈敏还是打了电话。

赵平津点点头,司机打开了车门,他坐进后座,车子驶出国贸商务区,建国门外大街和东三环的街道,国贸桥下的城市依旧灯火繁华,他闭着眼歇了会儿,拿出了手机。

黄西棠快一个月前发给他的消息,只有三个字:谢谢你。

他从上海回来的那一个多星期里,在病房里昏天黑地地睡,有力气看手机,已经是收到她消息一个多星期后了。

他渴念听听她的声音,尤其在特别疲倦的时候,她仿佛是深入骨髓的毒,瓦解着他强硬的意志力,令他整个人脆弱到不堪一击,他只能躲着她,可是又那么想她,想到自己心底都发慌。越是这样,他越知道自己不应该,他跟黄西棠,掐着分秒过日子,早已经是注定要分离的人。

首都国际机场航站楼。

一个班机的旅客在出站口四散,小宁取了行李车,西棠帮忙着,两个人把几个巨大的箱子搬上推车,一前一后往出口处走去,迎面倪凯伦买了咖啡回来,一人递了一杯,然后对小宁说:"先出去看看。"

小宁出去打探军情,很快回来报:"外面有粉丝接机。"

倪凯伦说:"人不多吧?"

小宁说:"昨晚通知了粉丝会,来了十多个吧。"

倪凯伦点点头:"那走旅客通道出吧。"

末了又瞪一眼黄西棠:"笑,记得亲切一点。"

西棠戴上墨镜,排场做足,助理推着行李车,经纪人跟在身后,走出机场的出口。

除了明星,正常人不会大白天在机场戴个墨镜,一行人在出口处一露面,粉丝自带的搜索系统迅速看见了西棠，尖叫立刻涌起："黄西棠！"

"西爷！你好美！"

西棠放慢了脚步，接过一个小男生奋力递过来的大捧花束，笑着朝他们挥手示意。

这时忽然不知道从哪儿呼啦啦地凑过来一帮年轻的妹妹，举着郑攸同的牌子跟着哇哇乱叫，一瞬间女明星与小众粉丝的温馨互动骤然变成了场面混乱的大牌驾到，噪声大到引得四周旅客纷纷张望，一派混乱之中，人群里传出了一个直达云霄的女声尖叫："黄小姐！请帮忙照顾好同哥！"

整个大厅哄的一声笑，西棠也差点跟着噗的一声笑出来。

郑攸同早去了香港，此时此刻估计在哪里一掷千金呢。

小宁挡在她的身前，带着亲切的笑容不断地说话："不好意思喔，小心点，请注意安全喔——"

倪凯伦挽住黄西棠的手走向车道旁的商务车，一大批粉丝跟在她们身后追逐，这位圈内的王牌经纪人面色平静如湖，她等黄西棠走红的这一天，已经等了太久了。

车门关上，隔绝了所有的吵闹，倪凯伦看了一眼西棠，所有的话到嘴边只变成了轻轻一句："宝贝，一切开始了。"

西棠没有答话，那一瞬间，她的眼光飘向窗外，隔着茶色的玻璃窗，看到了傍晚最后一抹橘灰色的晚霞。

二十六岁那年的初秋，隔了整整五年，西棠重新抵达北京开始工作，带了一名助理，正式进入《最后的和硕公主》剧组。

从后来她整个演艺事业发展的道路来看，这几乎算是她人生中最重要的一部戏，在那一年的九月十六日在北京正式开机。

表演——

西棠几乎是用生命热爱这件事情。

她在一个又一个杂乱的化妆间之中流浪，色彩缤纷的粉盒胭脂四处散落，对面一方巨大的镜子，西棠坐在椅子上，看着化妆师的一双巧手细细地在她的脸上操弄、拍打、涂抹、描画、粉白、淡红、湖蓝，黑发如云，挽成高髻，西棠看到镜子里的脸，正在慢慢地改变，渐渐把她的灵魂带进另外一个人的躯体里。

从进电影学院表演系的第一天开始，她经过的剧组和舞台不计其数，每一次当她穿过混乱的后场，走过那一条半明半灭的通道，站在舞台幕布后那一方小小的黑色候场地，她都会微微闭上眼，摒弃身遭的喧哗，四周变成一片黑暗的寂静，她缓缓地呼吸、吐纳、凝神，逐渐忘记自己，进入了另外一个人的世界。

在那一个瞬间，眼前有山岳月影，有剑雨江湖，她听到自己内心的声音，如大海最深处的呼啸。

西棠缓缓地睁开眼，现场导演在耳麦里倒数计时，耳边重新传来舞台配乐，或片场场记打板声，清脆的一声"Action④"后，她提裙转身，一个亮相，对上了搭戏的演员的眼神，瞳孔之中瞬间灯光炽烈，观众的掌声如云一般涌了过来。

爱新觉罗氏隆亲王的大女儿，自幼养在宫内的宗女，隆亲王府第一位也是最后一位和硕大公主，秀丽长眉，高额凤目，婉顺端庄。

她变成了另外一个人，表演开始了。

这是她一生之中最爱的一件事，为了能够做自己热爱的事情，吃多少苦，她都觉得是幸福的。

这部戏的剧本一送过来，西棠就读了整整一个通宵，编剧是业内的大牌，导演是曾导过《背影》和《大唐盛世》的著名导演冯佳肃，西棠进组拍定妆照的第一天，在化妆间试衣服的时候，遇到了美术指导张弘颇先生。

谈笑之间都是鸿儒大师。

她隐隐知道，人生不一样了。

剧组的主摄影棚搭建在怀柔影视城，还将会在城区醇亲王府花园和北京郊区取景拍摄，正式开机的那天，整个剧组齐聚在院子里进行开机仪式。突然间前来采访的记者纷纷骚动，西棠站在导演身后，仿佛突然看到一片亮光，定睛一看人群当中有一位大帅哥，穿灰色阿玛尼风衣，被助理和经纪人拥簇

---

④开拍。

着迎面而来。

印南先跟导演握手,然后转头面对西棠,露出了浅浅笑意,伸出手臂喊道:"西爷,别来无恙乎?"

西棠走上一步,微微仰头微笑着。印南伸出手臂,俯下身拥抱住了她。西棠笑着轻轻地贴了贴他的肩膀:"南哥。"

两人身后的媒体相机咔嚓声响成一片。

印南以前是星艺娱乐的当红男星,后来因为工作重心往北京转移,跳槽去了风华公司,西棠在公司里跟他一道工作过。

在娱乐圈待了那么多年,男明星来来回回如走马灯,印南的资质仍然是她见过的最好的。

他身材高大出挑,长了一张几乎是完美无缺的俊脸,顾盼之间天生就有一股风流倜傥的神态,用倪凯伦的话说,天生就是吃这碗饭的。

印南早期演的多是武侠古装剧,后来转型演电影,睽违几年后重新接了这部电视剧,他喜爱读史论道,西棠以前在横店的公司剧组里偶尔跟他去喝茶。

她从未敢想过这一天会这样快到来,自己会跟印南搭戏,他演她的丈夫,剧中的北平警署总长的公子宋家骅。

印南在中午休息时笑着问她:"什么时候再帮阿渊填首好词?"

印南的女朋友林渊虹,是一位台湾的流行音乐制作人,写的情歌极其哀婉动人,曾给圈内几名天后都做过专辑。整形等待恢复的那一段最难熬的时期,西棠人在上海,却没有任何正式工作,当时印南在公司认识了她,两个人聊得来,西棠于是用林渊虹的曲子填过几首歌词,未料到一介新人入行,竟然首首大红,还荣获过年度金曲。

西棠不好意思笑笑:"没有再写了。"

印南有点惋惜:"西棠,唉,阿渊赞你有天分。"

周末的下午西棠离开剧组,回到了北京城内,她要服侍的人在柏悦府。

这样一部优秀的大制作,大公主这个角色的一生波澜壮阔,她一个新人担纲主演,资源怎么得到的。她自己心里清楚,倪凯伦说得清楚明白:"他要你去北京拍,你就去北京拍,这部戏你带了三分之一的资金进组,我进去的时候,连制片人都恭恭敬敬,带你这么多年,终于扬眉吐气,真是痛快。

"整个圈子的女孩子做这一行,都有十八般法宝讨人欢心。黄西棠我跟你说,收起你那优柔寡断的感情,拿出点敬业精神来。"

西棠知道自己不敬业的心结——她要如何敬业,每次看到他,心里的软弱难过就一阵一阵涌上来;她要收拾好自己的盔甲,坚强起来,就已经用尽全力了。

况且赵平津这人,太难讨好了。

赵平津下班回家。

屋子里灯光亮着,客厅已经被收拾过,地板整洁光亮,厨房隐隐传来粥的香气,却不见人影,赵平津四处望了一圈,原来米色沙发上睡着一个小小人影。

那一刻他心里忽然觉得很安宁。连每日下班时必定带着的隐隐头痛,都减轻了许多。

他往内走了几步,这才看清黄西棠正脸朝内睡在沙发上,一动不动地伏在一个抱枕上,背部随着呼吸一起一伏,像只萌萌的小动物。

她的头发什么时候又变长了,如丝缎般的黑发散在枕上。他记得好像上一次见她,还是一个可怜兮兮的小光头,时间在他们之间仿佛消逝得特别快,就好像她当年离开他,一眨眼竟已是五年了。

赵平津轻轻地搁下了车钥匙,只是微不可闻的一声细微声,立刻惊醒了她。

"你回来了?"西棠从沙发上坐了起来,擦了擦眼睛,然后抬手将散落的头发拨到了耳后,露出姣好的脸庞。

赵平津呆住了,甚至都忘了答她的话,真的是太少见她了,怎么会那一瞬,觉得她美到了极点。

西棠浑然不觉,鼻子嗅了嗅,赶紧站了起来:"粥要煳了。"

两个人在餐厅吃晚饭。

西棠平时住在剧组安排的酒店,赵平津平日里工作繁忙,一般不会特别为难她,允许她偶尔有休息时间,才过这边来。这套房子是公司搬到中央商务区之后,他为了上班方便购入的,他们当初住过的两处房子,一处被赵平津卖掉了,一处被黄西棠卖掉了,互相都做得决绝,那么轻易就抹去了昔日的一切痕迹。

仿佛一切不曾发生过。

吃完晚饭,方朗佲打电话来:"怎么不接电话?我打去你办公室,小敏说你下班了?"

赵平津正跷着腿坐在沙发上,看着黄西棠在茶几边上切水果,拿着电话起身走开了几步:"刚刚开车呢,没注意。"

方朗佲是了解他的,关切地问了一句:"这么早下班,身体不舒服?"

赵平津笑了一下:"你就盼不得我点儿好?"

方朗佲一听这口气,想也知道没事儿:"那出来喝一杯?"

赵平津迟疑了一秒。

方朗佲在那边继续说:"有女孩子一起带出来,青青她们也在,一会儿晚点去跳舞。"

赵平津挂了电话,转头问黄西棠:"要不要出去,跟老二他们去玩儿?"

西棠蹲在茶几边上,动作停顿了一下,仰起脸犹豫着答了一句:"我可以不去吗?"

赵平津听了她的话,脸上平静,看不出什么情绪:"那我出去一会儿,你就在家里吧。"

他开车去了长安街上的娱乐会所——金色的旋转大门,红色的墙壁闪着光,烟雾缭绕纸醉金迷的风月之地。一进大厅,音浪滚烫,灯光迷离,升降舞台上正落下性感的水蛇女郎。经理早已经等在门口,恭恭敬敬朝他鞠躬:"赵先生,晚上好。"

赵平津矜持地微微颔首,经理弓着身给他领路。赵平津走进去,遥遥地看到高积毅在最前面的贵宾卡座上冲他招手。

这是他熟悉的夜生活，街市如昼，流光溢彩。他年轻时候爱玩儿，那时候黄西棠也还小，年轻人的精力无穷无尽，他白天上班，晚上基本上都是跟这群发小在这儿厮混，西棠是他女朋友，小尾巴似的跟着他，她跟他的一大帮子朋友关系都不错。陆晓江就一直赞美她人很不错，那时候他们爱得如胶似漆，黄西棠待他柔情蜜意，为他洗手做羹汤，他们有过一段很是快活的日子，只是后来才发现，夜夜笙歌，也只不过是黄粱一梦。

最后，当他们彻底撕破脸皮的时候，也是在这样醉生梦死的场所，在他那间长安俱乐部的长期包房。那天晚上他喝了不少酒，人也没精神，但在牌桌上一直赢钱，一直赢一直赢，越赢心情越差，脸色一路地沉下去。高积毅那晚坐他的对家，估计也看出来了，他赢下最后一把"杠上花"翻了数倍。这时高积毅哗啦一推牌说不干了，大家纷纷附和吵吵嚷嚷——就是在那时候，黄西棠闯了进来。

当时该在的人一个没落，她就那样当着众人的面羞辱他，将他的自尊碾碎践踏到了脚底，赵平津活生生地被她气到发了狂，不知最后一刻是理智回笼还是终究舍不得，手偏了道儿，当时一屋子的人全都傻了。

幸好方朗佲挺身而出，跪在地上用手帕按住她汩汩流血的伤口，一群人围上来手忙脚乱地将她抬了出去。

那一晚之后他立刻出国，在美国散了几个月的心，回来之后，一切归于平静，陆晓江更有一年多消失在他眼前，从此再没有人在他面前提过"黄西棠"这三个字。

这么几年过去了，没想到再见到她时，他还是发了疯，又与她搅在了一起。

他若是再带着黄西棠出去，只怕他会成为所有人的笑柄。

赵平津坐下去，方朗佲拍了拍他的肩膀，陆晓江也在，对面座位上还有几位半熟脸儿，都是从小在大院里来回打过几架的哥们儿，如今也是北京城里有头有脸的人物了。赵平津打了声招呼，几轮酒精下肚，就着劲歌热舞，大家渐渐放松，笑容放大，高积毅搂着的一个嫩模发出一阵阵娇吟浪笑，青青靠在方朗名的怀中喝酒,陆晓江的身边也陪着一个浓妆的长发女孩子。赵平津觉得没劲儿。

高积毅用眼神瞥了瞥,沙发里的一个女孩子慢慢地挪到了赵平津身边:"哥哥,我陪你喝酒好不好?"

陌生的身体上带着的香水味熏得他一阵反胃,还未等她靠近,他横横扫过一眼,阴寒冰冷,那女孩立刻吓得停住了动作。

几杯酒下肚,赵平津要走。

高积毅惊讶地道:"这么快就走,你什么意思?"

赵平津径自拿包。

高积毅跟在他身后嚷嚷:"唉,舟子,这就走啊,家里又没媳妇儿,你回去干吗?"

赵平津冲他摆摆手,也没有发脾气,没说话就走了。

高积毅喝了口酒,纳闷地问方朗名:"瞧那样儿,好像家里有蛋等着他回去孵似的,老二,他最近好像心情挺好。有什么事儿了?"

穿过一楼古典园林式的酒店大堂,进入中央主楼的专属电梯,几秒后电梯叮的一声到达五十二层,赵平津跨出电梯,朝家门走去,一想到家里灯光亮着,有个田螺姑娘在屋里,这个感觉令他脚步都轻松了些许。

他扭开门,走进客厅。

黄西棠洗了头发,披着头发赤着脚正站在浴室的洗衣机旁,客厅里的电视开着,放的是中央电视台的音乐频道。

已经是十一月份,夜晚有些凉。

赵平津站在客厅里:"进来,把鞋子穿上。"

西棠从浴室里探出头来:"我忘记带拖鞋了。"

赵平津俯身从鞋柜给她找鞋子:"你不会自己找找?"

西棠进来穿鞋子:"不好玩吗,这么早回了?"

赵平津没好气地答:"这是我家,你巴不得我不回来?"

西棠吐了吐舌头,缩进浴室里去了。

赵平津心情终于恢复愉悦,脱了外套坐到沙发上。

西棠从阳台晾了衣服回来，拉好了窗帘，看到赵平津坐在沙发上，身上穿着一件灰色的细条纹衬衣，身体放松地倚在沙发靠背上，右手搁在沙发扶手上，修长如玉的手指微微弯曲，正在有一下没一下地打着拍子，电视荧幕上播放着音乐会，一个女高音歌唱家圆润磅礴的声音在唱："风烟滚滚唱英雄，四面青山侧耳听，侧耳听——"

那一刻他神色平静，带着点儿轻松的愉悦。

西棠悄悄地看那张脸，皮肤白皙，瘦削俊美，鼻梁笔直；从侧面偷偷看他，下颌的线条冷硬如寒铁，放松下来时整个脸庞如玉般的光泽却又将他的神色柔化了几分；他整个人带着的一种濯濯尊贵的傲气，那是再好的涵养和修养都掩盖不住的傲气。

西棠心底浮起悲哀，不知道为什么，这辈子就只能是这样了，无论睁着眼看过多少寒夜漫漫血光泼天，终究抵挡不过百看不腻的这张脸。

赵平津回头找她。

西棠赶紧别过目光，若无其事地走了过来，盘着腿坐在沙发上，自己这些年年岁渐长，慢慢开始变得柔软宽容。她也是后来才慢慢懂得他，慢慢地开始觉得人难得有份赤子之心。赵平津是在北京大院里长大的，即便后来上过国外最好的大学，待过国外最好的城市，他偏偏就一直觉得祖国最好，爱吃的食物永远是中餐，喜欢的城市永远是北京。

她知道这些歌曲，赵平津也知道这些歌曲，但两个人不同的是，西棠是在电视里和课堂上接受了国家的洗礼和培养，而赵平津是从孩提时代开始就在祖辈的教导之中耳濡目染，西棠学会了理解和尊重他，那是他童年的记忆，更是他的家庭引以为傲的烙印。

以前西棠不是这么觉得的，她小时候喜欢港台流行音乐，读中学时同桌借给了她一盒《回来》的卡带，她因为那盒绿色封面的卡带从此喜欢上了张信哲，后来读大学时候喜欢西洋流行乐，赵平津偶尔也听摇滚，送给她音乐会的门票，也陪她去过一两次，但最后对她的喜好都只会撇着嘴，评论一句"靡靡之音"。

西棠因着说不清道不明的自卑和自尊，对他那个阶层带着一种天然的反叛精神。有一次，本来两个人高高兴兴地去看那场一秒就会出现一个大明星的超级大电影，结果出来后两个人在深夜的影院外就剧情历史争论不休，怎奈赵平津嘴皮子太好，逻辑清晰旁征博引头头是道，那天他也真就中了邪般硬要跟西棠理论起来。西棠气得鼻子都歪了，说他臭不要脸，故意歪曲历史真相，后来说着说着说不过他，撒腿愤怒地跑了半条街。赵平津见把人惹恼了，只好无奈去追她，两个人吵架吵到把在路边买的鸡蛋灌饼都摔了。

如今多年之后，在一个北京的清凉秋夜，黄西棠看着她深爱过的男人已过了而立之年，打着拍子在沙发上听歌，内心只剩下了一片荒凉的平静。

赵平津望了她一眼："挺多年不住北京了，当心一下气候。"

西棠点点头："嗯，挺干燥的。"

赵平津一整天工作下来，人明显地疲倦了，声音也低了几分："空气不好，早晚少出去。"

然后他仰着头靠在沙发上，抬手轻轻地按眉心。

西棠起身："喝了酒回来？我给你热杯牛奶吧。"

赵平津洗了澡出来，一杯热牛奶放在茶几上，他喝了半杯，向书房走去。

西棠正在房间里收拾衣服，看到他经过说："早点睡吧。"

有人督促，生活比较有规律。

赵平津转身，把牛奶喝完，进房间睡了。

Chapter 5
爱情靠不住,一定要工作

"如果有一天我疯了,你要拉住我。"
"拉不住。"
"求你了。"
她的经纪人第一千零一次给她下训示:
"爱情靠不住,一定要工作。"

赵平津一觉睡到大天亮，早晨起来，阳光明媚，透过丝丝缕缕的雾色，一个人影在阳台上打电话。

黄西棠站在晨雾中，穿了一件松身的长袖白裙子，双手撑在阳台上，风吹起她的头发和衣服，她声音低低的，风一吹就飘散在了空中："妈咪，我没话可说啊。"

这套房子的阳台可以俯瞰一整条长安南街，赵平津一次都没出去看过。

黄西棠的声音高高低低地传来："我满腔都是心酸苦楚，能忍着不出声就不错了，我都多少岁了，你还要我上去扮纯情小女孩儿？"

倪凯伦正要赶早班机出差，睡眠不足，脾气暴躁："谁要听你半生的苦楚，你亲切一点跟粉丝互动，公司给你的形象定位是甜美可亲。"

西棠嘲笑了一句："唉，这么不新鲜啊，横店从马山前排到八一村都是这种类型。"

倪凯伦的怒气透过手机传过来："你少给我挤对人，已经不由得你任性了，事关重大，一般情况下你自己做主，涉及公司利益时写好给我审核再发，要正面，要积极，要有趣，分享一些拍戏的感受之类的。"

西棠低声地笑了一下："粉丝们不要太天真，在戏中爱得死去活来的人，可能在现实中下了戏连句话都没说过。"

倪凯伦深深吸气，不跟她计较："别胡闹。"

西棠差点笑出声来："唉，最真实的感受，还不许写？"

倪凯伦转念又想起来："郑攸同都回复了你几次了，你不搭理人家，人家粉丝都有意见了。"

西棠沉默了一下："我跟他是老同学了，不在乎这些浮在表面上的话。"

倪凯伦叮嘱："那你就回复一些能在表面的话。"

西棠翻了个白眼："那我说了让宣传回，谁知道？"

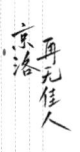

倪凯伦忍了一个早上，终于恶狠狠地大叫了一声："反了天了！"

成功斗倒倪凯伦，西棠忍不住哈哈大笑："咦，我刚刚就想说，你普通话什么时候这么好了？"

西棠换了只手拿电话，转了一个身，余光看到一个人影站在窗户后。

赵平津站在客厅，离窗户三尺远，头发乱塌塌的，穿了一件黑色的绒衫，他一直都是那般瘦，站在落地窗外望着她，犹如一道沉默的影子，目光里有她读不懂的千山万壑。

她神情微微一愣，笑容褪去："好了，挂了，赵大爷起来了。"

倪凯伦继续大吼："我说的你记住了没有！"

西棠轻轻地说了一句："拜拜，亲爱的。"

赵平津看着一大早展颜微笑的脸，而在他面前慢慢地变成了宁静，他伸手扒了扒头发，低沉清冷的嗓门儿带着浓重的鼻音："进来，赵大爷饿了，煮早餐。"

西棠掀开电饭锅，给赵平津盛粥，她早上吃全麦面包和低脂牛奶，加一点点蔬菜沙拉。

赵平津慢条斯理地喝粥："一大早跟谁通电话？"

西棠一边剥鸡蛋一边答："倪凯伦，骂我不更新微博。"

赵平津抬眼看看她："你还有微博？"

西棠自己吃饱了，将一个白嫩嫩的鸡蛋推到赵平津的面前："工作需要。"

赵平津不爱吃水煮蛋，看了直皱眉头。

西棠看着他说："吃了它，粥别喝太饱，当心胃疼。"

赵平津只好拿起那只鸡蛋。

西棠进厨房拿出了一个保温杯："二十分钟后，你喝一杯蔬菜水果汁，温的。"

赵平津笑了笑："行啊，越来越贤惠啊。"

西棠笑得比他更客气："不敢怠慢，您一个月花三十万呢。"

赵平津脸上的笑容一瞬间不见了："是挺贵的。"

西棠没再搭话，走出了厨房。

吃完早餐,赵平津出来问:"要不要出去?"

西棠说:"去哪儿?"

赵平津想了想说:"周末,出去转转?"

西棠问:"你想出去吗?"

赵平津诚实地答:"我周末一般加班,不加班就睡觉。"

想是平时工作太累。

西棠第一次演女主角,戏份格外重,每天深夜回到酒店洗了澡,就躺在床上,都是看着看着剧本就睡着了,难得有一天有空闲,她狠了狠心:"那我先背剧本。"

赵平津也不勉强:"随你。"

九点钟赵平津的手机准时响起来,听他接电话的称呼是他外祖母打过来的,问他吃了早餐没有,又问昨天为何不回家吃晚饭。原来是他母亲不在家去了外地,又问他为何不去祖父母处,担心他的工作太忙没照顾好自己身体……

西棠在客厅,听到他坐在饭厅一句一句地应答外祖母,非常有耐心。

他是一个一直被长辈的爱盛容包围着长大的孩子,哪怕现在已经过了三十岁,依旧是赵、周两家最宝贵的孩子,从小到大被宠溺的男人,人生的一切都是顺意的,西棠最初认识他的时候,赵平津年轻,更有着骄纵狷狂、嚣张跋扈的性子。

西棠知道,他的家庭和出身,是一条她永远无法跨越的鸿沟。

赵平津走了出来,看到她坐在地板上,对着剧本发呆。

"怎么了?"

西棠抬头微微笑了一下,笑容有点软弱,又埋头专心背剧本。

赵平津在沙发上坐了一会儿,拿起她搁在茶几上的手机,东按西按拍了几张照片。

西棠正专注地背剧本,完全没有发觉。

赵平津听她念念叨叨的,忍不住出声纠正她:"那老北京话念:迎帘儿好。"

"迎帘好儿。"

"迎帘儿好。"

"你别管我！"

赵平津笑得开怀。

西棠瞪着他翻了个白眼，继续背。

赵平津坐在沙发上，茶几上搁着西棠随身携带的化妆包，赵平津翻开来，里面东西零零碎碎一大堆。他一样一样摊出来看，眉笔、腮红、眼影、睫毛液、保湿喷雾……赵平津看得饶有兴致，西棠也不理会他，女人的东西，还看得那么兴致勃勃，脑筋有毛病。

一个小时过后，西棠起身收拾东西，一看，傻眼。

赵平津将她的所有瓶瓶罐罐，甚至连眼线笔都不放过，通通，全部——都用记号笔在上面画了一只猪。

一只小眼睛、圆鼻孔、胖滚滚的——猪。

这个无聊幼稚的人！

中午两人在外面吃了午饭。

西棠的手机叮的一声传来消息，是倪凯伦：照片不错，赵同志拍的？

西棠不解：什么照片？

倪凯伦又回了一条：你的微博。

西棠登录去看。

她的账号今早上发了一张照片，她坐在棕色的地板上，手里捏着厚厚的剧本正埋头苦读，清晨的阳光透过落地窗洒进来，洒在她的白色衣服上，光线柔和，肤如凝脂，她的脸很专注，有一种沉静动人的美。

照片就附了一行简单的字：早上起来背剧本。

西棠望了一眼坐在对面的赵平津，罪魁祸首正悠然自得地切牛排："你别瞎倒腾我的微博。"

赵平津将一份切好的牛排推给她，好心好意地问："美不美？"

西棠可不害臊："美。"

赵平津抬眼漫不经心地望了她一眼，嘴角一抹笑："也是，花那么大力气整的，能不美？"

西棠撇撇嘴："关你什么事儿？"

赵平津凝望着她的脸："谁告诉你要去整容的？"

西棠挺直脊梁答："我自己。"

赵平津闲闲地答："这种馊主意，倪凯伦绝对不会错过吧。"

西棠顿时无言，这倒不能否认。

赵平津忽然问："为什么一直不肯再来北京？"

"现在不是来了吗？"西棠若无其事地浇黑椒汁。

"我可是花了大价钱的。"

"倪凯伦从你儿这骗了多少钱？"

"你不用管。"

"你财务都是交由她打理？"

西棠只好默认，她哪有什么财务，欠了公司一屁股债。

赵平津又问："她值得信任？"

西棠认真地点了点头："性命可托。"

赵平津状若不经意地问了一句："你当时离开北京，是不是有人欺负你？"

看来他还是听到了早上她跟倪凯伦讲的电话。

西棠神色未改，淡淡地笑了笑："除了你，还有谁欺负我？"

赵平津神色莫测，人倒很平静："我想也是。"

午餐吃到一半，李明打电话过来，公司有份合同临时要审。

赵平津不耐烦地道："你能不能别大周末的找我？"

李明振振有词："是你的公司还是我的公司？赚钱了归你还是归我？"

赵平津懒懒地答："是我的，你着什么急？"

李明纳闷地道："哎，奇了怪了，你周末不加班了？"

赵平津抬腕看了看表："我回去做吧，半个小时之后。"

143

吃完饭回到家,赵平津直接进书房看文件。

西棠进厨房收拾了吃过早餐没洗的杯子,透过窗玻璃眺望到远处的新央视大楼,大楼在阳光之中显出一种灰蒙蒙的颜色,在这个寸土寸金的稀缺地段,整屋家私设计精到,浅棕色胡桃木家具奢豪优雅,厨具也都是德国顶级牌子。

赵平津这些年愈发低调,他背后的隐形财富,基本是难以估算的。

西棠按下遥控器,客厅的窗帘缓缓合上,她进房间午休。

她闭着眼躺在床上,房门没有关严实,隐隐约约听到赵平津在书房低声地打电话,键盘敲击的声音,然后是椅子滑动的声音,不一会儿他走到客厅,传来饮水机咕噜咕噜的声音……

有一间阳光明媚的屋子,有他在她的身边,彼此安好,做些琐琐碎碎的事情,这是她梦寐以求的生活。

只可惜,永远也没有机会了。

西棠一觉醒来,已经是下午四点多,屋子里一片安静。

不知道他什么时候忙完休息的。

她今晚有夜戏,得回去了。

西棠起来,轻手轻脚地收拾了东西,赵平津还在房里睡觉,她悄悄地往他房门口走去。

赵平津刚睡下不过半个小时,不知道是他睡眠浅还是人特别警觉,他立刻醒了,手打横压着额头迷迷糊糊地问:"怎么了?"

西棠柔声说:"不好意思吵醒你,我回去工作了。"

赵平津手撑着床沿要起来:"我送你过去吧。"

他一坐起来,人立刻难受地闭了闭眼。

西棠也知道他睡不够起来容易头晕,赶紧摇了摇头:"你别起来,不用了。"

赵平津人倚在床沿,默不作声地望了她一会儿:"过来。"

西棠走了进去,站到他的床边。

赵平津抬手捏住她的脸,将她整个人扯到他的面前,然后亲了亲她的脸颊。

西棠心一抖,仿佛一大罐热蜜糖浇灌下来,烫得她手脚发软。

赵平津低沉的声音带了一点点的笑意:"司机送你,去吧。"

十月初的一个周一,赵平津让她过来。

上个周末她本该来柏悦府,但西棠那两天戏排得很满,就没有回城区,赵平津倒也没有说什么,只是刚好今天西棠下戏早,刚坐到休息室,就接到了赵平津秘书的电话。

那一天是寒露,下着细细的秋雨,赵平津在楼下等她。

赵平津看着她从出租车上走下来。

黄西棠脸上有妆,穿了件立领式藏青色暗花旗袍,外面披一件深灰大衣,顾盼之间清丽风流,途经的男士纷纷侧目。

她越来越美,真是难以置信。

黄西棠一张脸是冷漠的,丝毫没有注意到周围的景色,只是抬头一见到他,露出微微笑容:"外面下雨呢,干吗出来?"

赵平津略略颔首:"我刚好下班回来。"

西棠有点不好意思:"本来预计五点前能拍完,结果NG了两个镜头。"

赵平津说:"没事儿,不过——今晚你做饭。"

西棠一听,想了想:"吃火锅好不好?"

赵平津看了看她的神色,身旁的人儿饿了不知道几天,说到火锅简直带了点儿雀跃,他故作大发慈悲地点了点头。

她很高兴,乐得原地蹦了一下。

两个人去超市买菜。

赵平津的车从车库出去的时候,门卫特地打了声招呼:"赵先生,您要出去?"

门卡嘀的一声,赵平津把车窗降了下来,客气地点了点头。

他们在超市逛了好一会儿,途中赵平津接了个老高的电话,约他吃饭,赵平津推了。

两个人提着两个大袋子回到家里，打开门的一霎，灯光突然大亮，伴随着男男女女的口哨和尖叫："Surprise⑤！"

一屋子站满了人。

最为精彩绝伦的是一个打包好的礼物，它正正堵在了门前。一个穿着吊带粉裙的女孩，青春娇嫩的脸，头上戴着一对兔耳朵，赵平津一推开门，她立刻挤到了赵平津的胸前，羞答答地说："赵先生，生日快乐。"

她整个身体往前贴，露出大片雪白的春光，胸前象征性地绑了一个巨大的蝴蝶结。

赵平津先回头看了一眼身后的黄西棠。

黄西棠站在他的身后，门忽然从里面被打开的时候，她有些害怕，右手一把抓住了他外套的袖口。

赵平津回头望她一眼，她忽然醒悟，小心地放开了手。

赵平津抬眸看了一眼吊带裙女孩的白肉红花，愣是站着没动，也没说话。

西棠有点不知所措，僵着脸站在门外。

火热的气氛从门打开那一瞬间立刻降到了冰冷。

众人面面相觑，不知如何是好，下一秒高积毅走了出来，丧气地摆摆手："出去出去。"

那女孩子睁着无辜的眼。

沈敏是一群闹哄哄的人之中神色最平静的，他主动走上来推开了门："小姐，我送你下楼去。"

西棠跟着悄悄往后退。

赵平津一把拉住黄西棠的手，这才发现她在害怕，手心里都是汗，宛如惊弓之鸟。

赵平津压低声音说了一句："别给我丢人。"

黄西棠抬头望了他一眼，睫毛微微地抖了一下，眼睛里都是惶恐和不安。

赵平津心底一疼，转头一看这满屋子看热闹的，脸瞬间拉下来，干脆直接翻脸叫走人。

一看他要发脾气，欧阳青青一个快步走到门边，紧紧地挽着西棠的手臂，

⑤惊喜。

将她拉住往屋子里走:"所以我早就说这些男人嘛,就是无聊,西棠,别理会他们无聊的把戏。"

方朗佲站在客厅里,对她露出温和的笑容:"西棠,好久不见。"

西棠轻轻地说了一声:"Hi[6]。"

陆晓江站在一旁,怔怔地盯着她。西棠的目光轻轻扫过去,在人群中突然看到他,两个人目光交会了一秒,西棠迅速别过了脸。陆晓江脸色僵硬而惊诧,嘴唇动了动,还是忍住了。

赵平津慢慢地走了进来,屋子里还有一些他不认识的人,正不知情地喧闹和鼓噪,稍稍缓解了些许的尴尬。

"这是正牌女友,哎呀,漂亮。"

"失策失策。"

"舟子,你小子藏着这么漂亮的女朋友!"

"瞧着有点眼熟,电视上见过吧?"

赵平津的生日,这么多年一般都是这样安排的——提前一天跟朋友过。西棠做了他三年的女朋友,有资格陪他过的,也不过是朋友的这个聚会。而他正式的生日那天的贺生,一定会留给家人,姥姥姥爷会从上海过来,他有时候也回上海过。

西棠回到北京来工作之后,其实也很少见赵平津,有时候一个月都见不了一次。他工作、应酬繁忙,还要把时间留给两家的长辈。闲日里厮混有发小,也许还有另外的女伴,她不过是他缤纷多彩的蛋糕上的一颗罐头樱桃。

用得着"樱桃"的时候装饰一下门面,不用的时候,丢掉就是了。

赵平津走进来:"交出来。"

高积毅赶紧摇头:"什么?"

赵平津冷冷地说:"门卡。"

高积毅笑嘻嘻地:"你帮我还给周老师啊。"

方朗佲走过来,拍了拍他的肩膀:"已经订了位子了,出去吃饭吧。"

赵平津有点迟疑,站着没动。

方朗佲低声说:"青青会照顾她的。"

---

[6]你好。

赵平津想了想，又看了一眼这满屋子的人，终于点了点头。

一群人分了数台车，浩浩荡荡地出去吃饭。

赵平津走在最后，西棠跟在他身边，小声地说："我是不是打扰你们了，我还是不去了——"

赵平津一按手上的车钥匙，车子嘀的一声，车灯闪了闪，他看也没看黄西棠一眼，冷声道："上车。"

西棠坐进副驾驶座，身体笔直，双手交叠在膝上，握得紧紧的。

赵平津转头望了她一眼，嘲讽地笑了笑："我都不怕丢人，你怕什么？"

她灵魂出窍，完全没听到他的话。

赵平津皱皱眉头："喂，黄西棠。"

西棠回过头："啊，你说什么？"

赵平津望着她，嘴角的那一抹嘲讽隐去，变成有意无意的探究："吃个饭而已，你紧张什么？"

西棠摇了摇头："没什么。"

在餐厅的包厢，沈敏上来安排座位，特地把她放在欧阳青青的旁边。

赵平津也不介绍黄西棠，他们这个圈子，大家都知道，每个人来来去去有无数女朋友，没过几天又会换一个新脸孔。所以名字谁也记不住，而正式的结婚对象，基本都是在京城里有名有姓的，大家彼此都心知肚明。

赵平津坐在主位，看了一眼桌上的碗筷，直接吩咐服务员："拿个勺子来，银的，长柄，小点儿的。"

服务员应声去了。

青青坐在西棠身边，一直微笑着主动跟她聊天："来北京多久了？"

西棠轻声细语："一个多月了。"

青青笑着打趣说："怪不得舟舟这段时间不出来玩了，天天下班就回家，原来如此。"

西棠有点赧然："我平时也都是在剧组。"

青青关心地说："这几年，一直在拍戏吗？"

西棠点了点头："嗯，在横店。"

青青跟西棠同一届，她读的是中央美院，毕业后进了文化部门工作，在故宫博物院当文物修复师。西棠跟他们夫妇的关系挺好，她跟赵平津分手之后，欧阳青青还邀请她参加他们的婚礼。

方朗佲对她有救命之恩，那时西棠大病初愈，婚宴她去了，但赵平津没有来，青青提前跟她说过的，他在国外。

方朗佲和青青那一场婚礼，场面盛大隆重，寒冬季节，从欧洲空运来的白玫瑰铺满了整个婚宴现场。西棠坐在满面笑容的宾客之中，抬眼望过去，只觉得那一簇一簇热烈绽放的玫瑰都在燃烧，烈火烹油般的，一寸一寸地化成黑色灰烬。

那段时间，她在医院躺了半个多月，每一天都在心底悄悄地渴盼着听到一星半点儿赵平津的消息，哪怕是托人带来的一个问候都好。欧阳青青来探望过黄西棠，可是一字没有提过他。沈敏来医院支付她的治疗费用，可是连她的病房都没进来过。后来她出院回家休养，回了他们在嘉园一起住过的那间屋子，一看即知：他应该是回来过，收走了他的证件资料和笔记本电脑，其他的私人物品一概不要，昂贵的西服、大衣、衬衣、鞋子、剃须刀、手表、牙刷，一切都被完完整整地遗弃了。

她终于明白，他已经彻底地放弃了她。

西棠后来的人生中，那一个夜晚是被禁锢的记忆。

不过她始终觉得，即使命运引诱着她踏进了一片无边无际的黑暗丛林，但她对那些曾经给她点亮灯的人，亦永远心怀感激。

一顿饭吃到一半。

西棠起身去洗手间。

她在洗手间里故意逗留得久了些，那间富丽堂皇的包厢里，她知道里面的人，个个非富即贵，哪一个站出去都是京城有头有脸的人物。他们谈的话题，看起来散漫无边，实则话里头交换着讯息，动辄就是关乎命脉的重大决策，要不然就是聊世界各地的消遣娱乐，而她不属于那个世界，只觉得压抑窒息。

西棠细细地洗干净手,又补了妆,才慢慢地走了出来。

洗手间门口站着一个人。

陆晓江还是老样子,斯文白净的脸,戴了副白金半框眼镜,看样子专门在等她。

西棠只好微笑。

陆晓江望着她,语气是关心的:"西棠,这几年过得好不好?"

西棠客客气气地说:"挺好的。"

陆晓江说:"你受伤了之后,我后来……打过电话给那位倪小姐,她说,你回老家了,让我再也不要找你。"

西棠笑了笑,那的确是倪凯伦的作风:"嗯,是,在家里待了一段时间。"

"你……"他眼底情绪复杂,欲言又止。

西棠想了想说:"我听说你准备结婚了,恭喜你。"

陆晓江回过神来:"哎,是,谢谢你。"

"西棠,你……"陆晓江吞吞吐吐了半天,忽然又猛地摇了摇头,说,"你在北京有什么需要帮忙的,一定要告诉我。"

西棠笑了笑:"谢谢你了。"

陆晓江有些急切:"我这不是客套话——"

他从口袋里掏出名片,塞到西棠的手里:"我知道你不一定需要,但要记得,有事情我一定也非常愿意帮你。"

西棠有点不明白他了,他跟赵平津如今若还是朋友,应该早早跟她划清界限,他怎么还会主动找上门来。

"黄西棠。"低沉磁性的嗓音,带着隐隐的不悦。

两个人回头。

赵平津站在走廊的尽头,看着他们俩拉拉扯扯,一张英俊明净的脸庞寒霜密布:"回来吃饭。"

西棠转身要走。

陆晓江压低了声音说:"你要注意保护自己。"

西棠回到包厢里去，一顿饭吃得七七八八了，赵平津胃不好，平日里的饭局一般没人敢劝他喝酒，若是有不知情的，也会被沈敏早早挡了去，席面上众人都已酒酣耳热，只有他还是清清冷冷的样子。

高积毅跟赵平津在一旁吸着雪茄，欧阳青青对着她招手，黄西棠坐回了位子上。

"黄小姐——"

对面有人唤她。

西棠抬头保持微笑。

叫她的是一位穿着白西装的男青年，方才听他们隐约谈起他的名字，好像是市里哪位领导的公子，他笑嘻嘻地盯着西棠："黄小姐最近是不是演了那部武侠剧，电视上在播的，你演了那个小尼姑？"

《剑破天惊》最近在星台热映，没想到还能遇到认出她的人，西棠只好笑着点点头。

青青笑着凑过来说："怎么，小谷你还看过西棠的片子？"

谷公子兴致勃勃地道："我侄子特别喜欢那部电视剧，下个星期六是我侄子生日，你能不能过来，穿个戏服表演一下什么的，给大家助助兴？"

青青脸上的笑容顿时挂不住了。

陆晓江在一旁急了："哎，谷县霖，西棠是我们的朋友。"

谷公子扫了一眼陆晓江的神色，陆晓江虽说是跟赵平津他们一个大院长大的，但他的家庭条件只能算一般；早些年他父亲还出过一桩事，后来人是保住了，但调去了外地任职，至今没有调回来。所以在这个圈子里，他说话一般没多大的分量，但今年年初他突然跟钱家定了亲，这就不得不重新掂量背景极深的钱家的重量了。

谷县霖冲着陆晓江客客气气地笑了笑："晓江，既然大家都是朋友，黄小姐要多少钱？直接开个价儿。"

陆晓江直接站了起来，冲着他叫嚷了一声："你尊重一下人行不行？"

包厢里顿时静止了，正在交谈的众人纷纷看了过来。

"她不去。"一把低沉威严的嗓音清清楚楚地传了出来。

场面立刻被控制住了。

赵平津不知道何时站在了黄西棠的身后,抬手扶着她的椅子:"工作的事情不要问她,联络她的经纪人。"

众人的眼光在这几位身上来回巡视,好奇、探究、不屑。

谷公子气咻咻地嘟囔:"哎哎哎,各位哥哥,不就一小女明星,我这是抬举她,你们至于吗,主演的份儿都算不上……"

赵平津沉下脸:"谷县霖。"

声音立刻停了。

高积毅拍了拍他的肩膀,脸上带着幸灾乐祸的笑意,安慰了一句:"县霖,这位不行。"

车子行驶在东三环,长长的车河一片闪烁。

吃了饭,又去俱乐部打了牌,凌晨两点,一群人各自散去,依旧是该找乐子的找乐子,该回家的回家。

赵平津带西棠回家,他开着车,淡淡地开口问了一句:"你为什么不拒绝他?"

西棠默默地注视着外面的耀眼灯火:"我想拒绝,但怕场面尴尬。"

赵平津手搭在方向盘上,白皙修长的手指,骨节分明,温润如玉:"黄西棠也会怕?"

西棠怔怔地盯着他看了好一会儿,才恋恋不舍地移开目光,平和地笑笑:"其实也不算什么大事儿,我们公司心卉姐都去过,扮清朝皇后给一煤老板贺寿,从寿宴下来后,黑着脸在半岛酒店买了十个包。"

赵平津的声音充满警告的意味:"你也去过?"

西棠谦虚地道:"这不还没红嘛。"

赵平津问:"这种工作,是不是归倪凯伦管?"

西棠答:"嗯。"

赵平津目视前方,松了口气:"那就行。"

西棠望了他一眼:"你要干什么?"

赵平津手在方向盘上一滑，车子在通惠河北路绿灯处加速右转，而后说："不用你管。"

西棠才不管他，跟倪凯伦斗，他可讨不到一点好处。

赵平津平静地笑笑，声音里平静莫测："老四倒是为你出头。"

西棠只好笑笑，她不敢答话。

赵平津不悦地看了一眼她的笑意："怎么，一日夫妻百日恩？"

西棠恳求似的轻轻一句："好了。"

赵平津终于不再说话。

两个人回到家里，赵平津脱了外套，动手扯领带，他很累，今晚一直窝着一股无名怒火，耐性全无，素雅的丝质领带被他用力一扯，直接缠成了死结。

西棠走了过去："我来吧。"

赵平津看着她走到了他的跟前，微微仰起了脸，脸庞细腻的肌肤有淡淡的香气，纤细的手在他衬衣的领子下灵巧地移动，他一动不动地站在原地，身体僵硬，感觉到热气慢慢地升腾起来。

黄西棠的手指有一点点温热，偶尔轻轻地擦过他的脖子，让他心一紧。解开了那个双交叉领结后，她将领带从他衬衣的领子上拉了下来，微微笑了笑，转身要走开。

就在那一刻，赵平津忽然抬手，一把捧住她的脸，深深地吻了下去。

西棠瞬间一口气没吸进去，只感觉到他脸上的些许胡茬子摩擦过她的脸，带来一种电流般的微微麻酥，然后他火热的唇直接压住了她的双唇。

赵平津缓缓地低下头，缠住了她的唇齿，然后双手按住她的背，将她整个人都紧紧抱住了。

他坚实的手臂用力地缠住她，西棠只感觉到她几乎被他提了起来，紧紧地贴在了他的胸口。

她的眼眶里滚出热泪，只好闭上眼，小心翼翼地抬手，轻轻地抚摸他脖子后的头发。

这一温柔的爱抚令赵平津几乎失控。

赵平津狂热地吸吮着她的唇，两个人都尝到了血腥的味道，却瞬间更加激狂。西棠交缠在他的身上，感觉到他身体炙热的温度。赵平津沉醉地吸吮着她的脖子，她身上有熟悉的甜甜的水果香气。两个人倒在客厅的沙发上，他十分有耐心，一点一点地爱抚她，手指把玩着她衣服上的盘扣。西棠终于动手，沿着他的衬衣纹路，轻轻地抚摸他的脊背。

彼此都是那般焦渴，拥抱着、交缠着如干涸了一千年的河床，在地球毁灭之际忽然被山峰流下的雪水缓缓地浸润而过。

赵平津一颗一颗地解开了她身上旗袍的那一排缎子盘扣，旋即露出一大片胜雪肌肤，看得人心醉神迷。他扯下她的内衣，就是在那一刻，他看到了她肩上的那个伤口。

在右肩的锁骨处，手术留下来的，一个刺目的十字形伤疤。

他瞬间如遭雷击，骤然停止住了动作。

西棠那一刹忽然感觉到，交缠着的……到最后一刻，他放弃了。

赵平津将头埋在她的肩上，一动不动，也不说话。

西棠有点担心："赵平津，你不是真的……不行了吧。"

赵平津猝然起身，捞起了沙发上的外套，一言不发，踉跄两步，直接扭开了门，他上到六十五层的酒吧喝酒去了。

喝了不到两杯，一个女孩子就凑了过来，穿粉色的吊带裙子，涂着亮色的眼影："先生，一个人吗？"

赵平津转头看了她一眼，这些女孩子都一个样。在西棠走了以后，他见过一个又一个，都是一个样，没有用，没有一个人是黄西棠。

女孩说："我叫邦妮，是传媒大学的学生。"

赵平津无所谓地答了一句："既然是学生，为什么不回学校去？"

女孩睁着无辜的眼："太晚了，已经没有公交车了。"

赵平津掏出几张钞票："打车回去。"

女孩贴近了一些，温柔的声音："你有不开心的事情吗？"

"没有。"赵平津将杯子不轻不重地放在了吧台上，冷冷地望着她，"不要招惹我们这样的人，你不会有好下场的。"

女孩子讪讪而去。

那一夜赵平津没有回来。

西棠早上起来，回去剧组拍戏。

第二天倪凯伦来酒店，带来大沓的合同文书。

西棠下了戏，在酒店里一份一份地签字，签到手酸："这么多工作？"

倪凯伦小声地道："吴贞贞要结婚了，公司要捧你做一线。"

西棠一惊："怎么突然结婚！"

助理小宁在外面探头进来看了一眼。

倪凯伦嘘了一声："京城富商，对方要求极高，终于肯点头结婚了。吴贞贞真是豁出去了，说是婚后不再拍戏。"

西棠点点头，求仁得仁，幸福就好。

倪凯伦说："喜帖据说就这两天发过来，公司女同事就我跟你和心卉有份。"

西棠在剧里金家的大宅门儿，从庭院里眺望出去，看北京明晃晃的初冬，天空是难得的透明的蓝，红色的雕花屋檐斗拱，绿色的琉璃瓦上停了一只雀儿。

吴贞贞的喜帖已经送到，烫金字体带着热乎乎的喜庆，又一个成功上岸的女明星，不知是福是祸，但总归是一个新的开始。

赵平津从他过生日那晚到现在，一直是消失状态。

西棠给他打过两次电话，他都没有接。

后来，赵平津索性把手机关了，她为自己感到羞愧。

这几日天气好，明晃晃的太阳，剧组拍摄进度很快，大家日夜不停地赶工，有望在春节前完成前期拍摄。

印南在他的化妆室里抽烟，见到她经过招呼道："西爷，进来，这草儿要不要来点？"

西棠笑笑，走了进去。

印南最近才进组，他前期的戏份不多，有几场是大公主要唱京剧的大戏，统筹安排到了后期拍摄。所以，在一群熬夜加班、连续干了一个多月活儿的疲惫不堪的脸孔里，骤然见着一张那么神采奕奕的脸庞，西棠都觉得心里一动。印南今天穿了一件戏里的银灰色西装马甲，脸上有妆，丰神俊朗的一张绝世脸庞，腿架在沙发上正吞云吐雾。

拍摄间隙，剧组里的几个演员凑在印南的屋子里，大家聊天喝茶吸烟，西棠坐了下去，有人给她递上了一根烟。

西棠瘫倒在沙发里，也不说话，剧组里多的是怪人，她的手指在手机相册上滑动。

然后顿在了一张照片上。

西棠吸一口烟。

烟雾缭绕，刺得眼睛有点发疼，有那么一瞬间，她以为他还爱她。

真是傻，倪凯伦说得没错，她早该醒醒了。

西棠开始变瘦。

戏里大公主随着家眷迁往天津，在火车上认识了进步青年程勉雨。程勉雨留洋归来，青年才俊，对大公主竟一见倾心，两人在天津密会多次。大公主原定有一门亲，是北平警署宋署长的三公子，宋家来信儿催着成亲，而后程勉雨在一夜之间突然消失，大公主从此以后竟像是失了魂儿似的，被父兄陪同着回北京完婚，魂儿却留在了天津。

导演冯佳肃对西棠这一段时间的表演非常满意，尤其是那一段戏——大公主自天津返京，在兵荒马乱的火车站，经过她第一次与程先生相见的地方，大公主脚步慢了，抬起眼，怔怔地望向那一节灰色车厢，她的脸庞美丽而凄怆，大眼睛定定地望着镜头，只剩下了一片虚空……那一刻坐在监视器后的冯佳肃都被震住了，甚至忘了喊cut，对于这个第一次担纲主演的新人，竟有些刮目相看起来。

周四的傍晚倪凯伦抵京，处理吴贞贞喜宴的公关事宜。

倪凯伦一看见她就说："瘦了。"

西棠若无其事："有点入戏了。"

倪凯伦安慰地摸了摸她的脸："这是好事儿，我上个星期给你带的燕窝呢，让小宁给你每天炖一杯。"

小宁接过倪凯伦送来的珠宝，有点兴奋地说："西棠姐，我要不要去？"

西棠说："要降温了，你要去？"

小宁期待着："我进得去吗？"

西棠说："进不去。"

小宁嘟着嘴："倪小姐让我在外面等。"

周五的后半夜，北京迎来了入冬以来的一次大风降温天气，气温直接降了十多度，灰尘漫天，呛得人睁不开眼。第二天，剧组将庭院的戏改移到了花厅，统筹调整了时间表，改拍棚内戏。

从寒露到霜降，整整走过了一个节气。

西棠傍晚下了戏，带着小宁回到了市区，进了倪凯伦入住的酒店房间。她在回城区的路上在车上睡了一会儿，醒来时手机里有一个未接来电。

西棠打开一看，是赵平津打过来的，扫了一眼就放下了手机，回到酒店房间后卸妆洗澡，一会儿化妆师敲门进来，小宁在外面低声交谈，问礼服需不需要再熨一遍。

今晚是吴贞贞的婚礼。

西棠穿了礼服出来，她最近瘦，可以尽情穿纱裙，一袭裸色裹胸亮片装饰礼服，小宁小心翼翼地替她戴上那条借来的昂贵钻石项链，然后看了一眼镜子，由衷地说了一声："西棠姐，真美！"

西棠只觉得肩头上冷飕飕的，赶紧抓起遥控器将房间里的暖气调高了几度，披上外套，开始弄妆面。

她带着助理、化妆师下楼来时，倪凯伦在大堂里等她。

西棠见到她有点奇怪："哎，你不在现场？"

倪凯伦点点头："来接你过去。"

西棠冲着她笑："这么荣幸？"

倪凯伦拎着包："谁还有空理家庭妇女，现在你是公司的摇钱树。"

西棠悄悄对她翻了个白眼："要不要那么直白？"

两人笑嘻嘻地挽着手走出酒店。

刚走到大堂的门口，迎面一个人走来，高挑俊朗的男人，穿着灰色长大衣，露出雪白的衬衣领子，暗红丝质提花领带，金尊玉贵的一张寒冬脸。

倪凯伦吓了一跳，掐住西棠的胳膊："他来干什么？"

赵平津走进来，看了西棠一眼，愣了两秒，然后皱皱眉："外面冷，把大衣穿上。"

小宁把外套给她披上。

赵平津客气地对倪凯伦点点头："倪小姐。"

倪凯伦皮笑肉不笑："赵先生有何贵干？"

赵平津跟西棠说话："怎么不接我电话？"

西棠觉得意外："你怎么知道我在这儿？"

赵平津不耐烦地说："我凭什么不知道你在这儿？你们拍摄进度一拖再拖，导演只顾着烧钱，我收到资方代理人的报告，说你们的财务状况一塌糊涂。"

西棠暗自翻白眼，这关她什么事儿？他这些年投给女明星拍戏的钱，难道都还想着要赚回来？真是臭不要脸的资本家。

赵平津走近她，略微低下头，露出一抹浅笑："心底准儿正在骂我呢。"

西棠仰起头，看到他白皙明净的英俊脸庞，眼底有淡淡青色的阴影，她冲着他展颜一笑："怎么会，我天天拍戏都念叨着您的好儿呢，恨不得您长命百岁的，多给我们投钱。"

论起嬉皮笑脸，黄西棠如今也是磨炼出来了，赵平津果然蹙了蹙眉："别拿应付别的男人那一套来应付我。"

赵平津对倪凯伦说："我接她过去吧。"

倪凯伦问："赵先生也喝贞贞的喜酒？"

赵平津点点头："公司跟男方有生意往来。"

倪凯伦笑眯眯地："什么时候轮到你办喜事儿啊？"

赵平津脸色瞬间变得很难看。

西棠瞪了倪凯伦一眼。

倪凯伦举手:"好好好,你这小白眼狼儿,我是多余的,迟早有你找我哭的时候。"

她利落转身,高跟鞋噔噔噔走远。

赵平津的车就停在外面,西棠只好上了他的车。

赵平津将车子驶离大堂前的泊车道,转上大路,若无其事地闲聊:"你的戏拍得怎么样了?"

"挺好的。"

"我这段时间忙。"

西棠心底无声而讥讽地笑笑,忙着陪未婚妻吗。

她脸上却依旧挂着甜甜的微笑:"嗯,我也挺忙的,戏份进入最重的时候了。"

"你穿这样挺美。"

"哎,谢谢您。"

两个人一路聊到了酒店外,吴贞贞大婚,发了狠似的,几乎请了娱乐圈的半壁江山。也难怪,男方是京城内的知名商业人士,一个有名一个有利,加上专业的公关公司的运作,连着几天话题被炒得热火朝天,今晚便是压轴大戏;酒店早早划出了大片空地,铺上了红毯,媒体乌压压的人头,还有闻风赶来的各路粉丝,堪称今年年尾最盛大的一个婚礼了。

车子一排一排地等在酒店外,等着婚宴主办方安排入场。

倪凯伦比他们早到,也不用经过媒体区,早早停妥了车走过来,她朝车内望了一眼:"你助理没来?"

西棠说:"她也进不去,让人在外面等?"

倪凯伦冷着脸:"你总有一天会被自己的心慈手软害死。"

倪凯伦上上下下替她检视一番,随后没好气地扫了一眼赵平津,说:"你要上镜?别害明天西棠的镜头全被删了。"

赵平津平和地答:"不会。"

她不再理会他们,转身离去:"随你。"

西棠将外套一脱，礼宾的服务员推开了车门。

赵平津走上前来，手上替她挽着大衣，彬彬有礼地伸出手，西棠伸手搭在他的手臂，两人款款走上了红毯。

媒体区的灯光立即闪烁成一片。

倪凯伦早早退到了一旁，站在媒体区的隔离带旁，默默地看着那一对光彩照人的人儿相携着缓缓走过酒店廊前的通道。

围观的粉丝中有人大声喊西棠的名字。

西棠顺着声音，转头轻轻微笑，今天她的笑容格外好。

倪凯伦暗暗地皱眉头，她纵然不喜欢赵平津，可也不得不承认，这个男人拥有一副举世无双的好皮囊，矜持倨傲的气势更是远胜任何男明星。西棠站在他的身边，穿了高跟鞋也不过刚到他的耳垂，黄西棠那个硬骨头的女人，素日里油盐不进、打摔不烂的，可不知为何一站在赵平津的身边，人就立刻显得花枝袅袅。她的一袭裸粉纱裙衬着赵平津的浅灰大衣，在这寒风天的北京，竟穿出了暖暖柔柔的气息，两人的神色却偏都是冷清的，真是美到了极点。

倪凯伦暗自担心，黄西棠一沾惹上赵平津，就不会有什么好结局。

西棠放慢脚步，不断地应着声音调整方向，面含微笑，优雅挥手。

赵平津一直绅士地扶着她的手臂，嘴角是一抹若有似无的笑："行啊，大明星，派头不小啊。"

西棠小声地说："你能拉一拉我的手吗，我冻僵了，快走不动了。"

赵平津用点力气，将她悄悄地拎了起来，压低声音："活该冻死你。"

两个人走进酒店的电梯，赵平津将大衣递给她。

西棠不想穿："哎，一会儿有暖气了。"

赵平津不容拒绝："穿。"

踏出电梯，服务生躬身引着他们往宴会大厅走，西棠一边提裙子，一边还在试图放弃外套："哎，你看有哪个女明星穿那么多的？"

赵平津嫌弃地道："你真以为自己多大腕儿？"

迎面陆晓江走来，高高兴兴地："哎，三哥，你们也来？"

赵平津一瞧见到他，不耐烦地应了他一句："又有你份儿了？"

陆晓江笑笑:"钱爷爷也收了喜帖,我代为出席,华总在北京人脉挺广。"

他转头看了一眼西棠,西棠正要脱掉衣服,赵平津不让,手按在她的肩上。陆晓江推推眼镜,一脸的诚挚:"西棠,穿着吧,穿着也挺好看的。"

西棠立刻停住了动作:"真的喔。"

转眼看到宴会厅里倪凯伦冲她招手,她当机立断将大衣穿好,整了整衣服,跟他们摆摆手,奔着倪凯伦去了。

剩下赵平津脸色铁青地站在原地,定定地看着陆晓江。

陆晓江还杵在门口,乐呵呵地望着他:"三哥,你坐几席?"

赵平津压低声音怒吼了一声:"靠边儿去!"

西棠跟公司同事坐一席,左边是倪凯伦,右边是林心卉,座中还有汪总以及几个公司高层,西棠一一打过招呼。

婚宴自然极为盛大,花团锦簇,有笑有泪,新郎将昂贵的钻戒套进吴贞贞手指的时候,大家捧场热烈鼓掌。

林心卉淡淡笑着:"哎,这是有诚心了。"

她有点羡慕,她已经年近四十,还未觅得有缘人。

礼仪完成,新娘换装的间隙,吴贞贞的女助手来到西棠这边,说:"西棠,贞贞请你过去。"

西棠走进新娘化妆间。

发型师正在给吴贞贞重新梳头,西棠走上前去:"恭喜。"

吴贞贞面若桃花,珠宝闪烁,人却显得有点忧郁:"谢谢。"

西棠只好继续夸赞:"婚宴办得极好。"

吴贞贞望着镜子:"一会儿要不要接捧花?我往你那儿扔。"

西棠微笑:"还是不用了,你扔给心卉姐吧。"

吴贞贞试探一句:"这么看得开?"

西棠依旧带着微笑:"还没有那个缘分。"

吴贞贞说:"西棠,我不拍戏之后,你负责把章芷茵踩倒。"

看看,女明星也不是那么好嫁的,退出江湖,犹有余恨。

西棠笑了:"我尽力。"

吴贞贞有意无意地拨弄着手上的一枚红宝石戒指,沉默了一会儿,忽然淡淡地开口:"我跟了赵平津两个多月,每次都是应酬完,由他助理送我上酒店房间,实际上,我连他住哪间房都不清楚。"

西棠脸上的笑容微微一滞。

吴贞贞继续说话:"说白了,他们其实也不过是图一个光鲜的应酬女伴而已,赵先生待女人很大方,钱、珠宝、片子投资一样不少,用他的话来说,他用我们来装饰门面,这是应该的。但也就仅限于此了。他在别处我不知道,至少据我所知,伍小姐也从未议论过他一句是非。"

西棠心里五味杂陈,羞耻、迷茫、惆怅,还有一丝说不清道不明的淡淡的喜悦。

吴贞贞长长地吐出一口气:"我之前不愿意告诉你,现在我嫁了,就当积点善德。"

西棠真正佩服那位替吴贞贞修改妆发的化妆师,从头到尾,她的眉毛都没动过。

她回想了一下自己的处境,微微叹了口气:"贞贞,我也不过是另外一个门面而已。"

吴贞贞完全不信:"真的吗?"

西棠无辜地点点头。

吴贞贞终于说:"西棠,别跟我兜圈子,我给你指条路,找机会翻一下他的皮夹。"

西棠推开椅子,凑上去轻轻地贴了贴她的脸:"祝你幸福。"

她起身回酒宴。

宴席吃到两个小时,应邀来的歌手在台上表演,宾客们离开了桌子四处走动,开始交际应酬。

西棠被邀请上去跟新人拍照,如今社交媒体发达,圈内的明星互相拍照成瘾。以前西棠从来没有份儿凑这个热闹,如今风向变了,吴贞贞要退隐,公司要力捧她接班,她这段时间专心在剧组拍戏,也不是很清楚公司给她做了多少公关宣传,只配合着握手,微笑,照片拍了一张又一张。

陆晓江坐在席面上,远远看向婚礼台上的一堆女明星:"这样看,她长得有点像扬扬。"

陆晓江的未婚妻是钱家的孙女,比他们小了好几岁,也不是一个大院儿长大的,从小没什么交集。倒是现在钱家老爷子退下来之后,住的房子就在国盛胡同的隔街,跟赵平津爷爷奶奶家的院子一侧是挨着的,两家逢年过节也互相送点吃食什么的。钱老爷子有一个义子,在职能部门任要职,因此钱家门庭一向热闹。他俩当初是在美国订的婚,那姑娘赵平津没见过,大概见过也不记得了。据陆晓江自己吹嘘,女方貌美才高,在美国华盛顿的圣路易斯大学研究所工作。

赵平津警惕地看了陆晓江一眼:"你是照着黄西棠的样儿来找的媳妇?"

陆晓江赶紧猛地摇头:"不是不是。"

陆晓江一向怵他,这强烈的否认便显得有几分心虚,赵平津蛮横地答:"那你一定是看错了。"

赵平津招招手,跟服务生说了一句话。

一会儿西棠走过来。

赵平津起身说:"走了。"

西棠点点头:"我跟凯伦说一声。"

她回到桌子旁取衣服,跟倪凯伦打了声招呼,又转回到赵平津的身边。

赵平津挽着黄西棠的手,陆晓江也跟着走,走到宴会厅的大门,迎面一个老先生走来,身后跟着一位西装秘书。

赵平津脚步一顿,放开了黄西棠的手。

他走上前一步,恭敬地打了声招呼:"郁伯伯。"

那位老先生露出了慈爱的笑容:"舟儿,你也在。"

赵平津说:"是的,参加华总的婚礼。"

老先生答:"是,我今天晚上招待几位领导,没有空出席,现在过来打声招呼。"

赵平津陪着老先生往里边走，经过西棠跟陆晓江的身边时，老人敏锐的目光一扫而过，不动声色地看了一眼黄西棠。

陆晓江立即伸手，挽住她的手臂，低声说："跟我走。"

西棠跟着陆晓江往外走，陆晓江压低声音跟她解释："那是郁小瑛的父亲，舟舟的准岳父。"

西棠脸色有点发白。

两个人一路无话，乘坐电梯下到车库，陆晓江拉开了车门说道："我送你回去吧。"

陆晓江的车子驶出了凯宾斯基，刚开上亮马桥，赵平津的车子就追了上来。

陆晓江看了一眼后视镜："他在后面，我停车吧。"

西棠说："别理他，我们走。"

陆晓江直接踩油门加速，瞬间将后面的那辆车甩开了。

一分钟后，赵平津打电话进来，声音里有压不住的怒火："陆晓江，停车。"

陆晓江战战兢兢地说："哎，三哥，你忙完了……"

赵平津一脚踩下油门，压着声音吼了一声："停车！"

陆晓江看了看前方的路况，手上方向盘一转，踩下了刹车。

西棠身体猛地前倾，又被安全带勒住了，车子停在了绿化带的辅路上。

赵平津下车，大力甩上车门，拉开了陆晓江的车门，看着黄西棠，英俊白皙的脸庞阴云密布，压抑着怒火的声音，显得森然低沉："下车，我们回家。"

西棠只能下车。

金碧辉煌的电梯里只有两个人。

西棠低着头沉默着。

"这么不高兴？"赵平津是淡淡的嘲讽的语调。

"没有。"西棠木着脸平静地答。

赵平津望了一眼电梯金色镜面里的人儿，嘴角浮出一抹笑："怎么，这么恨我破坏你跟陆晓江的好事儿？"

西棠大步跨出电梯，不再理会身后的人。

赵平津扭开大门，站在客厅里，望着依旧一言不发的黄西棠："你以前怎么不早说你喜欢陆晓江啊，我好退位让贤嘛。"

西棠忽然抬头，冰凉凉的嗓子如水浸过一般："赵平津，他不就是顺路搭了我一程吗，你何必扯那么多破事儿。你自己忙着应酬老丈人，还不许我搭一下车？"

赵平津眼睑微微地跳了一下，嘴角的笑容却加深了一些："怎么，我应酬未来岳父，你还不高兴了？"

西棠转身就走："关我什么事儿？"

赵平津冷冷地道："那你一路摆什么脸色？我一个月给你那么多钱，让你摆脸色给我看？"

西棠站在了房间门前："千金买笑，赵先生一向如此阔绰。"

赵平津眉头轻轻一挑："怎么着，觉得自己受到了侮辱？"

西棠淡淡一笑："不会，我们这样的人，只认钱，不认侮辱。"

赵平津微微拧起了眉头，朝着她慢慢地走去，清朗的面容露出了不动声色的阴寒："我看的确如此，黄小姐在横店打交道的，是一个又一个污糟男人，亏你还干得兴高采烈。"

西棠一颗心一点点地沉下去，面色却愈发平静如水："我被谁骂关你什么事儿，你跟那些男人，又有什么分别？"

赵平津气得脸一点一点地发白，他抬手按住墙壁，一把扯下了她身上的大衣："在你眼里，我跟所有要睡你的男人，都一个样儿？"

西棠倔强地昂起头："没错。"

赵平津粗暴地按住了她的头，将她往他的房间里推，声音带着莫名的恨意："事到如今连陆晓江都醒悟了，只有我还这般愚不可及，说吧，陆晓江当年给了你多少钱？"

西棠的头发都要被他扯断，头皮一阵剧痛传来，她今晚的忍耐到了极限，奋力地一把推开他要往外跑:"你放开我!"

赵平津一把拽住了她的手臂,将她死死地往墙上摁,眼都红了,愤然说道:"你永远都养不熟是不是,无论我怎么待你,你都是这么无情无义是不是?"

西棠双手用力地掰开他的钳制,伸脚狠狠地踢他的膝盖。赵平津吃痛,手肘压住她的肩膀,抬手狠狠地一撕,昂贵的礼服嗤的一声破裂,西棠低头一看,露出了半边白皙的肩膀,她赶紧用手去捂住。

赵平津怒极反笑:"躲什么?你做这一行不是驾轻就熟?"

西棠咬着牙对他拳打脚踢,用尽了全身的力气想要挣脱他。赵平津丝毫不为所动,整个力量压在她的身上,手掐住她的脖子。西棠发了疯似的挣扎,牙齿深深地咬在赵平津的脖子上,赵平津痛得一激灵,手下发狠地将她掐住,西棠无法呼吸,脸色憋得青紫,却死死忍住一声不吭。

赵平津一张冷酷的脸庞结满了寒冰,就那么一动不动地看着她,那一刻,他是真的想她消失,如果她消失,他就解脱了,不用这么执迷不悟,不用这么饮鸩止渴,哪怕他会痛苦一辈子,也胜过被她这般慢慢折磨。

空气仿佛凝固了,贴在墙上的人儿如纸片一般,慢慢地停止了挣扎。

西棠眼前渐渐出现了幻觉,七彩的,旋转的,身体变得很轻,仿佛慢慢地飘起来。

她闭上了眼,耳边一边寂静。

忽然一声细响。

西棠脖子上的那串钻石项链忽然断裂,闪亮的珠子纷纷散落,擦过赵平津的手背,滑过西棠的身体,一路滚到地毯上。

她洁白的脖子已见血痕。

赵平津愣了一秒,蓦地松开了手。

西棠呛咳一声,手肘撑住了墙壁,颤抖着身体,大口地吸进空气。

赵平津压抑到了极点,眼底是无边无际的黑暗:"你最好不要惹怒我,不然在这个四九城里头,多的是无声无息就消失的人。"

西棠想起巧儿,一阵一阵的悲愤交加,她昂着头,压不住滚滚恨意:"我知道，前车之鉴，没齿难忘。"

赵平津神色鄙夷："谁都不无辜，图谋不成，就寻死觅活。"

如坠冰窟。

那一刻，西棠只恨自己的心肠不是石头做的，竟然还会觉得痛："赵先生又好到哪里去？一边包着光鲜廉价的小明星，一边迎娶门当户对的未婚妻，你以为你又是什么道德高尚的君子？"

赵平津冷淡地说："我从来不自认我是什么君子，再说了，你跟我时不是早就知道，我迟早要结婚？"

西棠觉得冷，浑身都在轻轻哆嗦："你结婚不结婚关我什么事儿？"

赵平津转过身讥讽道："你明白就好，你要钱，我就给你钱，来北京也是你自愿的。我警告你，这个圈子就是那么点儿大，来来回回总会见着熟识的人，你少跟我来劲，我从不惯着女人，别动不动摆出一副神圣不可侵犯的贞洁样儿。"

做人低贱至此，关键一切都还是自找的。西棠忽然觉得酸楚，怎么忍也忍不住，哽咽着答了一句："既然你要结婚了，为什么还要来招惹我？"

她忽然侧过脸，大大的眼中，盈满了泪水。

赵平津忽然觉得心慌，他一脚踢开了椅子，烦躁地扯了领带，说："出去。"

西棠头发散乱，徒劳地扯住撕烂的半边裙子，跑出了他的房间。

早晨起来，赵平津走出房间，屋子里静悄悄的，客厅窗帘开了一半，屋子里没有人。

他看了一眼，黄西棠的房间门是半开的，厨房也空无一人。

走到客厅，赵平津见落地窗是紧闭着的，一个人影却站在阳台，身体单薄纤细，只穿了一件素绸缎的白色衬衫，披了件宽大的红色流苏外套，正倚着阳台抽烟。

早晨的雾霾很大。

她的影子也显得灰蒙蒙的，好像在风里飘飘荡荡似的。

赵平津站了好一会儿，眼前才慢慢清楚起来，又看了好一会儿，黄西棠仍旧站在那儿，一动不动。

只有右手夹着烟，不时地移到唇边，青色的烟雾淡淡地升起。

黄西棠低头熄灭烟的瞬间，看到了他站在玻璃窗里面，她看了他一眼，立刻别过头去。

她手上捏着烟盒，顽固地背对着他，依旧一动不动地站在阳台。

隔着一道玻璃窗，她在千山万水之外。

她的手机一向随意地搁在沙发上。

赵平津缓缓地坐进沙发，打开了她的手机相机，看到镜头里一个红色的影子，清丽的侧脸，肌肤雪白，黑发在风中飞舞。

她的身后，是正在苏醒的北京心脏城区，一整片雾蒙蒙的高楼大厦，钢筋水泥浇筑而成的茂盛石头森林。

黄西棠来到北京之后，赵平津就常常有这种感觉，他俩虽然住在一起，但他却觉得她跟他的世界隔得很遥远。

她在他的身边，看似乖顺低从，却是一副随时准备撤离的姿态。

让人恼火，却又无可奈何。

相机镜头里忽然出现了一些雪白的花点，赵平津定了定神，移开手机看了一下，原来竟是窗外下起了雪粒子。

雪下得有点急，从窗户里望出去，洋洋洒洒棉絮一般地在空中飘浮。

赵平津重新举起手机，按下了相机的拍摄按钮。

今年冬天北京的第一场雪，撒盐一般地飘洒，落在她的黑发上。

黄西棠依旧站在那儿，轻轻地动手擦了擦鼻尖的雪花，丝毫没有要进来的意思。

赵平津低头看了一眼拍下的照片，正要关掉手机屏幕，忽然想起刚刚扫过她的相册时，有张照片有点眼熟。

他又打开了她手机的相册。

赵平津一瞬间有点发愣，黄西棠怎么会有这张照片？

放大了仔细看，那是一张她跟倪凯伦的聊天截图，截图上是倪凯伦给她发了一张照片，照片里的人却是他——是他的背影，手臂上亲密地挽着一个女人,他看着背景里的商场,想起来是他过生日那段时间,郁小瑛从洛杉矶回来,在北京待了十多天。

那段时间,郁小瑛天天缠着他陪她逛街……倪凯伦大概是在商场里碰着了他。

倪凯伦打了一行大大的字:趁早醒醒。

不知道她自己看这张照片看了多久,只是她在见到他时,一字未提。

他慢慢地搁下了她的手机。

晨雾细雪中的黄西棠依然站在阳台上,他慢慢意识到,也许她知道他永远不会出去,所以她才会待在外面,那里大风呼啸,自由自在,是她唯一能够独处的地方。

西棠吸完烟,走了进来,看了一眼手机,又看了一眼在厨房煮早餐的赵平津。

她什么话也没有说。

下午,赵平津再翻看她手机的相册。

果然。

黄西棠把那张照片删了。

他心里有点难受。

四点多,倪凯伦来接她去电视台录节目,西棠换了一件大高领毛衣,收拾好了东西,走出房间。

赵平津闻声从书房出来,他应该是在工作,手上还夹着笔,穿了一件深灰衬衣,硬挺的衬衣领子上方,脖子上暗红色的齿痕分外醒目,他脸色显得有点苍白,指了指茶几上的那张银行卡:"坏掉的衣服和首饰,自己去买。"

西棠自嘲地笑一笑,低着头从桌面拿起那张金卡,塞进了包里:"谢谢赵先生。"

那一刹,感觉到赵平津在身后轻轻地松了一口气。

西棠又无声笑笑。

她知道识大体很重要,他们这样的人,跟女明星在一块儿就图个舒服,最害怕遇到纠缠不清的女伴。

倪凯伦坐在驾驶座上，一见到她推开车门，瞄了一眼："吵架了？"

西棠面无表情："有什么可吵的。"

倪凯伦颇有兴趣："昨晚婚宴上不还是好好的吗，今早微博发的照片，这痴缠暧昧的感情状态，多么专业的公关文案都写不出来啊。"

西棠有气无力地应了一句："无聊。"

"评论很热闹。"

"不看。"

倪凯伦一边开车一边说话："他还真挺会拍你，发的照片都很美，连公司宣传都跟我打听这个摄影师是谁。"

西棠撇撇嘴："那你发钱给他吧。"

倪凯伦谆谆教导："别赌气，你跟他，不就是冲着钱来的，这么一想，豁然开朗。"

西棠没睡好，早上看了一眼镜子，脸皮儿特别白，就更显得眼底下黑眼圈明显。她戴了一副超大的墨镜，遮住了几乎半张脸，她侧过脸冲着倪凯伦皮笑肉不笑地道："你跟他说出的话那是一模一样，你俩真应该谈恋爱。"

倪凯伦呼天抢地般"哎哟"了一声："那我可谢谢您了，除了长得好看点，我可看不出姓赵的有什么好。"

西棠转过头，默默埋首不语。

倪凯伦开着车，转过头去看了她一眼。

西棠忽然有点感慨："妈咪，十九岁，我第一次见你，在以前北京的公司，是赵平津送我过去的。"

倪凯伦当然记得第一次见她的样子，这些年来，面试过这么多新人，可再也没有遇到过一个人——让她像第一次见黄西棠时那般过目难忘。哪怕那时黄西棠只是一块璞玉，都已经美得让人移不开眼睛了，那时候西棠身后跟着男朋友，一对俊俏人儿齐齐走进公司来，大家都以为是在拍电影。

倪凯伦道："记得，一尊大佛坐我办公室沙发里，好像我会把你卖了似的。"

西棠笑了笑说:"签了约回来,赵平津跟我说:'你这经纪人长得还挺漂亮。'我还跟他吃了半天的醋呢。"

倪凯伦也忍不住一乐,心头浮起了往事,她闲闲地说:"你知道我当时看见你俩,我想什么?"

这些年来,倪凯伦倒是从来没有跟她聊过这个,西棠说:"什么?"

倪凯伦直截了当:"迟早得分手。"

西棠转过头瞪她一眼。

倪凯伦声音一贯平淡:"你一走进来,我就知道你会红,小女孩儿成了女明星,眼界、财富和社会关系都很快会发生剧烈的变化,如果男友是穷小子,会因为男女地位不对等而产生矛盾,迟早散伙;如果男友是公子哥儿,那更麻烦,女明星日夜工作居无定所,一进组拍戏就是两三个月,甚至不能公开恋情,心高气傲的英俊男朋友,你注定留不住。"

西棠看着车外,车流在高架桥上缓慢地移动,这么多年前,倪凯伦就已勘破了他们的命数。

"如果有一天我疯了,你要拉住我。"

"拉不住。"

"求你了。"

她的经纪人第一千零一次给她下训示:"爱情靠不住,一定要工作。"

「也许他们是天生注定的情人。」

Chapter 6
西棠之后,京洛再无佳人

北京下了整整一夜大雪。

早上起来整个世界白雪皑皑，雕梁画栋外的王府花园一片洁白，石板路上结了一层薄冰，院子外的车顶留着一层白，院子里的树枝被雪挂压弯了。几个演员助理在院子里玩闹，把树枝用力一摇晃，便纷纷洒下碎雪来。

此时，《最后的和硕公主》进入拍摄后期，剧组移师到了西城区的醇亲王府实地取景。下午四点多，银安殿临时搭建起的摄影棚里，演员散开休息了，道具组在搬运器材。

西棠在剧组化妆间里跟印南对词，助理小宁进来说："西棠姐，外面有人找你。"

西棠抬起头："谁？"

小宁报上名字："一位叫欧阳的小姐。"

西棠站了起来，低声说一句："南哥……"

印南冲着她摆摆手："去吧，台词背得比我还熟。"

西棠对他微微笑了笑，身上还穿着戏服，提了裙摆走出去，看到欧阳青青微笑着站在门外，手上提着两个盒子。

西棠带着她往剧组西翼楼的休息室走："青青，进来。"

青青一边走一边问："不妨碍你工作吧？"

西棠笑着说："不会，上一场刚刚拍完，现在是转场，这里都是文物，道具组和美工在重新布置摄影棚，要久一点儿。"

两个人走到休息间里，这是剧组临时辟出的一间屋子，一切桌椅摆设均不能触碰，演员只能在地上放一张折叠椅，化妆品和道具服都摊在打开的大箱子里，屋里一团乱。

西棠找到小宁给她备好的一大壶红枣茶，给青青倒了一杯，特别不好意思地说："我们这儿工作环境太乱。"

青青捧着杯子暖手："没关系。"又指了指点心盒子，"瞧我都忘记了，舟舟给你的，今天他司机挨家送了几份，送到我们家时，本来司机要继续往你这儿送，我说下午我正好过来，就免了他跑这一趟了。"

西棠愣了一下，笑容有点勉强："是什么？"

青青仍然微笑着："芙蓉糕。他家保姆祖上是老旗人，做的点心比京城哪家老字号铺子都地道，她每隔一阵子就做一些，本来有好几样呢，他独给你挑了这一样儿，大概是知道你爱吃吧。"

西棠心底微微触动，面上却依旧平静无波，只笑笑说："谢谢了。"

青青爽快地回："谢他。"

西棠的笑容有点僵硬，愣了几秒提议说："我们去花园里走走吧。"

青青笑着说："我看行，京城里虽有好几个王府花园，可就数这个最漂亮。"

两个人在湖边的长廊上慢慢地走，南路的游赏区山石环水，冬天树叶已落光，只剩下光秃秃的枝丫，上面挂着雪碴子。

西棠寒暄着说："怎么有空过来？"

青青笑着答："我是跟同事过来的，刚刚工作做完了，就想说顺道过来看看你。"

青青一向挺关心她的："我以为你还在怀柔，没想到已经回城里了，怎么回来了也不见你出来？"

自从吴贞贞婚宴回来的那一次吵架，已快过去半个月，赵平津再也没找她。

西棠恢复了笑容："我这儿比较忙，这个场地超级贵，大家进来后，工作几乎都没停过。"

青青抬头看西南角山峰上的阁楼，倒也没怀疑她的话："嗯，我们新年要在宋庆龄故居办个展览。"

西棠估算了一下，这个王府要封闭起来用作电视剧拍摄地，申请下来非常不容易。他们只能拍三天，主演都基本一天就只休息两个小时，摄制组更是白天黑夜轮流不断地拍摄。等过了明天，这个宅子就要重新开放，让给游客游览了。

青青热情地说："到时候你如果想来看，我给你留着票。"

西棠想了想，委婉地答了一句："不知道到时候还在不在北京。"

青青回头望了她一眼，拉着她在游廊边上的长椅上坐了下来。

青青拉着她的手，一直没有放开："西棠，我一直当你是朋友，你又回北京来，说实在，我挺高兴的。"

西棠的嘴角始终挂着一点点温柔的笑意："青青，我很感谢你对我的这份善意。"

青青心直口快地说："即使舟舟不带你出来，我们还是可以见面的。"

西棠看着她，眼神是温和的，却轻轻地摇摇头："青青，你知道的，如果没有赵平津，我们是没有什么机会再见面了。"

青青望了一眼她的眼睛，里面的冷静让人害怕。

青青半真半假地开玩笑道："怎么会，西棠你成了大明星，不会不理我了吧？"

西棠也笑了："不会。"

青青立即说："那就好，得空我约你出来。"

西棠依然在笑，却仍是摇了摇头，轻声细语中带着一股溪水的清净："青青，我们的世界，不太一样。"

青青趴在栏杆上，一张纯净的圆脸儿，她一毕业就结婚了，这么些年过去了，她的容貌似乎仍停留在二十出头的样子，西棠都不禁有点羡慕她。青青继续跟她絮絮说话："我家里就我一个女孩儿，小时候整个大院里都是野猴儿一样的男孩子，我一直没什么女性朋友，当时你离开北京，也没有告诉我一声，我还问过你同学呢。"

西棠有点歉意："嗯，当时忙忙乱乱的，没来得及跟你说一声。"

青青试探着问了一句："当时舟舟已经出国了，你为什么不留在北京继续拍戏？"

西棠轻轻地说了一句："嗯，我妈生病了，我得回去。"

青青关切地问道："阿姨现在身体没事了吧？"

西棠客气地对她笑了笑："没事了，挺好。"

欧阳青青自然也是玲珑剔透的人，西棠不愿深谈的意思已经很明显了。

青青转而笑着说:"最近不见你来吃饭,舟舟每次都自己来,匆匆忙忙的,话都说不上两句。"

提起赵平津来西棠不知如何是好,只好囫囵地答了一句:"他估计挺忙的吧。"

青青点了点头:"他们公司近期在争取一个全球竞标的能源项目吧,风险好像挺大的,前期准备的注入资金太大,连朗佫都说,舟子这次有点冒进了。上个周末晓江未婚妻回国来,带出来跟大家正式见面,他快十点才过来的,匆匆扒了半碗饭就走了。"

赵平津的事儿她插不上嘴,西棠只好微笑着问道:"陆晓江的未婚妻怎么样?"

"人挺好的。"

"西棠——"青青终于问了一句,"你对舟舟,还有感情吗?"

西棠愣了一秒,嘴角仍有笑,沉默了好一会儿,才轻轻地说了一句:"我跟他之间,选择权从不在我。"

青青的母亲跟周女士是校友,常常有空一块儿在王府半岛喝茶,她自然是知道赵家在筹备婚事的。

他们之间的事情,也的确不是她能够过问的。

青青终于不再追问:"我看到你们剧组的新闻了,你演的是大公主?"

西棠谈这个显得轻松多了:"嗯。"

青青有点唏嘘:"原著小说我看过啊,大公主最后结局挺悲惨。"

西棠小声地跟她透露:"编剧重新写了,结局是好的。"

青青瞄了她一眼,笑了:"真好,那我就放心了。

赵平津下班时已经近八点,方朗佫托人给他从福建带了几盒好茶,他去方家坐会儿。

方朗佫不是长子,上头还有一个哥哥,子承父业在沈阳工作。他清华毕业后进了新华社,后出来做独立摄影师,方家对这个小儿子溺爱成分居多,他一直活得比较自在,两口子结婚后从家里搬出来,住在天鹅湾的一套两层复式小楼里。

保姆将赵平津领了进来。

方朗佲正在工作室里，闻声走了出来："来了啊，正好，吃了饭再走。"

赵平津低头换鞋："不用，我从朝阳门那边过来的，一会儿还得回公司开会。"

方朗佲冲着楼上喊："青青，舟子来了！"

青青在楼上应了一声："哎！"

脚步声噔噔响起，青青从楼上跑下来。

方朗佲在一楼客厅着急地说："慢点儿！慢点儿！"

赵平津斜睨了方朗佲一眼："这是有了？"

方朗佲摸了摸头："还不知道啊，上个月奋斗过了，这万一我儿子正在成形呢？"

赵平津累到懒得说话，只无奈地举头望天表示了自己的心情。

青青挪了挪沙发上的抱枕："你们先坐，舟舟，我让阿姨多添一个菜，一会儿家里吃饭。"

赵平津坐进沙发里，捏了捏鼻梁："不用了，我这就走了。"

青青也没再坚持，坐在他身边问说："品冬姐生了吗？"

赵平津的堂姐赵品冬，他大伯的独生女儿，大学毕业后去了美国，嫁了一个华裔美国人，早两年已经办了移民。

赵平津漫不经心地答："没呢，快了，月底吧。"

青青笑着说："去年春节见过她一次，转眼就又快一年了。"

赵平津声音有点沙哑："有什么快，我这一年到头忙得不见日月，青青，你今天见过她了？"

青青在一边笑着看看他："西棠？嗯。"

方朗佲给赵平津递了一杯茶，补充说："青青说她在后海那儿拍戏呢，你不去看看她？"

赵平津接过茶，愣了一秒，说了一句："我挺忙，算了。"

青青说："你托我问的事儿，我问了。"

赵平津用眼神示意她继续。

青青耸耸肩说:"她说她妈妈生病了,她要回去照顾。"

赵平津神色淡淡的,没有说话。

方朗佲松了口气:"听起来很合理啊。你上次不是查过吗?"

赵平津神色有点郁郁:"嗯,她出院之后在北京休养了一阵子,还去了你俩的婚礼,后来就回老家了。"

青青忍不住追问:"那西棠跟我说的是真的了?"

赵平津不咸不淡地回了句:"她妈妈是生过病,她确实是在老家待过一段时间。"

赵平津差人查过,当时黄西棠跟他分手之后,就跟他这边的人切断了一切联系,她离开北京时是悄无声息的,没有任何知情人,倪凯伦替她处理了她当时所有的工作事宜。他还查过她母亲生病的事情,可不管是她的名字还是她母亲的名字,在仙居甚至杭州各大医院都没有病历记录,看起来似乎唯一知情的只有小地主,负责调查的人找了个女孩子假装黄西棠的同班同学去住他的酒店,他媳妇儿一无所知,那小结巴嘴严实得很,只介绍人去她家吃面。

青青冲着赵平津眨了眨眼:"我还问了句你没交代的,你想听吗?"

赵平津举着茶杯的手停顿了一下:"什么?"

"我问了她你俩的事儿——"青青停顿了一下,望了一眼依旧不动声色的赵平津,又望了望身旁给她递眼色暗示委婉点儿的方朗佲,她搁了杯子,一字不动地将原话转告了,"她说,你跟她之间,选择权从不在她。"

赵平津感觉心灵微微一颤,显然是听明白了,他皱了皱眉头,脸色有点苍白。

方朗佲看了他一眼,赶紧打圆场,笑着插了一句:"我倒觉得西棠现在挺好的,性格比以前安静多了。"

青青拉了拉丈夫的手臂:"你懂什么,那是她跟我们在一块儿,能不安静吗?你没发现,她基本不跟我们打交道,话也不说,能躲则躲?"

方朗佲纳闷地说:"这我倒没注意,为什么?"

青青有点难过:"西棠说,我们跟她是不同世界的人,"

方朗佲望了一眼倚在沙发上的赵平津："嗨，这结论下得，真是，你妈当年没少给人上老虎凳辣椒水吧？"

赵平津淡淡地瞥了一眼方朗佲，到底没理会他的调侃，沉默着，脸上晦暗不明。

青青忍不住问了一句："舟舟，你到底想把人家怎么样？"

赵平津懒懒地说了一句："我能把她怎么样？"

青青可不放过他："你结婚后，她怎么办？"

赵平津回了句："她该干吗干吗去。"

青青站起来，不高兴地瞪了他一眼："男人要是翻脸起来，还真是心狠手辣。"

赵平津木着一张脸，没有应她的话。

青青转身上楼去了。

剩下两个男人在客厅。

方朗佲赶紧给赵平津添茶水，歉然道："唉，你别怪她，青青一直很喜欢西棠。"

赵平津手里握着那盏青花茶杯，慢慢地转了一圈，闲闲地道："青青心眼好，见谁不喜欢？"

方朗佲不以为然："不会，谁好谁不好，她还不懂？这些年你们的女朋友，见谁她这么真心喜欢过？"

赵平津怔了一秒，然后漫不经心地说了一句："我早该知道，她就是太招人喜欢了，留着是个祸害。"

方朗佲心底一寒，竟没敢接话。

客厅里重新陷入了安静。

赵平津掏出烟盒："我能抽一支不？"

方朗佲看他脸上难掩的疲惫，说："抽吧，一会儿青青下来，挨骂的肯定是我。"

打火机叮的一声，香烟的青雾淡淡地弥漫开来。

方朗佲转移了话题:"你大伯还没出院?"

赵平津拿过烟灰缸搁在手边,依旧懒懒地靠在沙发上:"没呢,还要做个全面检查,他乐得撂挑子,说要在医院里清静几天。我姐快生了,也没敢告诉她。"

方朗佲在一旁慢悠悠地喝茶:"你自己公司那个项目呢?"

赵平津深深地吸一口烟,压住烦闷的情绪:"还在做。"

方朗佲想起来赶紧告诉他:"上回吃饭那会儿,老高也问起这事儿,说是这一块上头压得挺紧的,你还是得当心点。"

赵平津点点头:"知道。起了头了,就没有半途撒手的道理。"

方朗佲笑笑道:"还好西棠在北京,不需要你去上海了。"

赵平津弹了弹烟灰:"最近北京事儿多,上海那边这阵还好,我一个月回去一趟跟家族基金的人开个会。"

方朗佲说了句:"一个人顾三边儿,你也真够可以的。"

赵平津眼前烟雾缭绕,刺激得眼睛有点发疼。

一支烟抽了一半,他动手摁灭了。

方朗佲说:"我上个周末回家里吃饭,听我哥说,你爸最近的动作有点大呀。"

赵平津不置可否:"他的事儿我管不着。"

方朗佲试探着说了句:"局势多变,站队也不是太明智。"

赵平津倒不忌讳谈这个:"他是正常工作而已,这没法子避嫌,要说站队也还不算吧。"

方朗佲见他不介意,索性放开了说:"以后到你这一代,专心经商了,不如明哲保身的好。"

赵平津眉头微微蹙着:"哪有那么容易,你看当年我没听家里的安排,我家老爷子嘴里没说什么,但心里终究落了遗憾,毕竟叱咤风云一辈子,留恋一些,也是难免的。"

方朗佲点点头:"这也是。"

赵平津从烟盒重新掏了支烟,想想又忍住了,皱着眉头跟方朗佲说:"中原集团内部各种派系根深蒂固的，一整个董事会办公室，正事儿不办，精力都用来内耗了。"

方朗佲有点奇怪："郁家不帮你？"

赵平津阴沉着脸："帮什么，一日没在结婚证上签字，郁家那位老爷子一日就是隔山观虎斗。之前我一直在工程部，还没体会出来，今天开会决策呢，吵得沸反盈天的。他老人家从头到尾一言不发，最后拍了拍我肩膀，说了句'年轻人，慢慢锻炼'。"

方朗佲笑了："这话儿，意味深长啊。"

赵平津不满地说："我大伯班底下的人，一样很难差遣，那些老家伙不见利益绝不松口，我现在就是往死里干活儿的份。"

方朗佲只好劝了一句："这种老牌公司，难免，等你大伯出了院，慢慢来吧。"

赵平津心里也清楚，也就是跟二哥说说苦处，心里舒坦点儿，出了这门便当一切都没发生过，他点点头说："知道。"

方朗佲说："前段时间刚说你滋润了点儿，最近就又跟打了霜的蔫茄子似的。"

赵平津抬手深深捏了捏眉心。

方朗佲安慰了一句："结婚吧，兴许结婚了就好了。"

赵平津眉眼之间寡淡无欢："我结婚后也不见得会比现在轻松一点。"

方朗佲说："郁家那位也不错吧，大家闺秀。"

赵平津没有接话。

方朗佲说："你也别怪我问，这么多年前前后后都过去了，我见你交的那些女朋友，没一个不怕你怕得要死，唯独黄西棠不怕你，从以前到现在，虽说她的性子是变了许多，但人倒是一直都贴心的，有点小棉袄的样儿。"

赵平津不自觉地轻笑了一下，他人一累，眼角的浅浅细纹便显了出来，那笑容一瞬而隐去，他的声音越发低微下去："你没见她现在，脾气比我还硬，我也拿她没办法。"

方朗佲叹口气："唉，我看着你们现在，有时候偶尔会想起你们从前在一块儿的场景，真觉得挺可惜的。"

赵平津沉默许久，长长地叹了口气："西棠之后，京洛再无佳人。"

"这么悲观？"

"你不懂。"赵平津闭了闭眼倚在沙发上，"我有时候真羡慕你和青青。"

方朗佲思索了好一会儿，斟酌着问了一句："就真的没一点法子继续下去了？"

"你懂我的，她跟晓江那一段，我永远过不去。"

"唉。"

"实在喜欢，结了婚也不妨留着她在身边。"

赵平津摇摇头："黄西棠不是那样的人。"

方朗佲提点着说："你这样，对郁家也不公平，郁家老爷子也不是善人，你当点心。"

赵平津说："结婚后，西棠和我会分开。"

方朗佲虽然不意外，但还是觉得心底莫名地一惊跳，随即问道："这是，婚期定了？"

赵平津将打火机和烟盒塞进了外套口袋："估计快了，沈敏跟我报了，周老师已经找他去问过话了，西棠在北京跟了我这么久，他们早晚得知道。"

他脸色愈发苍白，眉间的郁色更重。

方朗佲眼角看到保姆在厅外徘徊有一阵子了。

赵平津站起来穿外套："你俩吃晚饭吧，我回公司去了。"

周四傍晚临近下班。

京创大楼赵平津的办公室，女秘书进来报告："您父亲的秘书来电话，让您下班回家。"

赵平津接过文件，应了一声："将今晚的应酬推了。"

一会儿沈敏进来汇报工作，赵平津说："小敏，晚上跟我回老爷子那儿吃饭去。"

沈敏愣了一下："消息传到老爷子耳边去了？"

赵平津眉目冷静:"传了也没事儿,别慌,我公司的事儿他不插手。"

下了班沈敏开车,两个人回国盛胡同里,门口的哨岗多了几层,南京来的一个哨兵查了沈敏的证件,沈敏安静地配合,赵平津在后座没有说话,显然是他父亲回来了。

两人进了四合院,这些年来,他父母难得齐齐整整地在家。

一进了院门,赵平津看到父亲在客厅里陪着老爷子喝茶。赵平津的父亲五十开外,鬓角有些霜白,神色威严,身着深绿冬常服,肩章闪烁。父亲的气度是遗传老爷子的,有一股凛然之气。

赵平津的气质有些像他父亲。

两个人分别跟长辈打了招呼,赵平津说:"我看看奶奶去。"

沈敏跟着他进了屋里。

赵平津进了屋坐在老祖母身边:"奶奶。"

他祖母神色迟缓,行动不便,身旁基本离不开护士了。老太太坐在沙发上,一见到他就露出笑容:"舟儿,怎么这么久不来看奶奶?"

赵平津拉着她的手:"我上周才回来过呢,您忘记了?"

祖母看了眼他身旁的沈敏:"晓江儿,你怎么也不来家里玩了?"

赵平津说:"奶奶,他是小敏,不是晓江。"

老太太脸上露出迷茫之色。

赵平津耐心地说:"奶奶,小沈您记得吧,小敏是他的儿子。"

老太太恍然地道:"哦,小沈都有儿子了啊……"

老太太给沈敏抓了一把花生糖,拉着他坐到了身边:"孩子,你爸爸好吗?"

沈敏低着头,安静地答:"好,老太太,他问您好。"

赵平津温和地说:"奶奶,天儿冷了,您睡得好不好?"

沈敏坐在一边,听着他们祖孙俩叙家常,每次这种时候,沈敏都会佩服赵平津的耐心。赵平津小时候父母工作都忙,他是跟在两边的老人身边长大的,对老人的感情很深,这种一模一样的对话,重复了几年,他永远和颜悦色地对待长辈。

保姆来老太太房里催吃饭了。

饭桌上周女士说:"舟儿,婚期定了。"

赵平津端着碗,愣了一秒,情绪是平静的,只点了点头。

周女士眉梢有喜色:"礼服的尺寸你得飞一趟意大利,瑛子上周已经去了,没有你这样当新郎官的啊,结婚礼服都要人家姑娘自己去挑。"

赵平津不说话。

周女士瞥了他一眼:"舟儿,你有什么意思没?"

赵平津闲闲地回了句:"您办事儿都不问我,我能有什么意思?"

周女士碰了碰丈夫的手臂:"你看看你儿子!"

他父亲这几年一直外驻南京工作,周女士留在南京的时间便也多,在他的婚姻大事上,他父亲一直很少发表意见,在这个家庭里,典型的男主外女主内,但对独生儿子的婚姻大事,他也含蓄得太过了。

老爷子发话了:"婚姻大事,父母之命,照办吧。"

赵平津沉默了一会儿,只答了一个字:"好。"

老爷子瞟了一眼赵平津:"舟儿,你公司里头的事……"

赵平津抬头看了一眼,轻松地笑了笑,回了老爷子:"爷爷,那多大点事儿。"

老爷子点点头,不甚在意,这点风浪对赵家丝毫不算什么,他转过头换了个人继续刚才的话题:"小敏,你也得抓紧了,终身大事,不能耽搁。"

沈敏坐在末席,端端正正地应了一声:"好。"

吃完饭,周女士将赵平津单独叫进了房间里。

周女士站在房间里头,她保养得法,五十多的人了也不太见皱纹,即使是在家里,也穿着整齐的丝绒套装。赵平津心疼他妈,老太太糊涂得早了些,赵品冬早早脱离了这圈子的权力中心,他大伯全力栽培他,于是大伯母也就不管事了。赵平津自己也知道,从他爷爷到他爸再到他,这个家的男人都是从来不着家的,周女士进进出出地操持着一大家子,费了不少心。

周女士跟儿子也不兜圈子:"最近外头有些传言。"

赵平津面色平静如水，等着她说下去。

周女士颇为不悦："舟儿，你听妈妈的话，你该成家立业了，不要再跟小女明星整天搅浑在一块儿。"

赵平津挑挑眉："您哪儿听来的这话儿？"

周女士为人是专横了点儿，但一向宠儿子是宠到了天边儿的。赵平津这些年明显地成熟了不少，如今他同意结婚，她也不会管得太过了，她甚至都不愿提那个名字："我还替你瞒着老爷子呢。老爷子一向讲究纪律作风，当心他教训你。"

赵平津敛了敛神色，答了一句："我知道事情分寸。"

周女士唤了一声："舟儿。"

赵平津一把搂住他妈："行了行了，我有说过我不结婚吗？"

周女士笑了笑，脸色缓和了："那行，那就这么定了，你跟瑛子联系，你们两口子的宾客你们自己定，其他不用你们管。姥姥姥爷下个星期来北京，我们两家一块儿商量着办。"

赵平津在发愣。

周女士说："舟儿？"

赵平津说："行行行，我没意见。"

母子两个一块儿走出房间来，老保姆正从楼下上来："舟哥儿，晚饭怎么不多吃点？脸色不太好，人也瘦了。"

周女士在走廊里回头瞧了瞧儿子，叮咛了一句："工作别太忙了，下去陪你爷爷坐会儿。"

晚上十点多，沈敏开车，两个人离开了国盛胡同。

赵平津上了车就一直沉默着。

多年来养成的默契，只要他不想说话，沈敏绝不会多问，只安安静静地开车。

车子经过安定门西大街时有些堵，车窗外五光十色的霓虹闪烁，车河的灯晕成一个一个红色的点，北京璀璨的夜色，一直往人眼睛里晃。

车子入二环到进东三环,从恒景街驶入柏悦府的车库,沈敏顺利入库,停稳车子,放下手刹,看了一眼后视镜。

赵平津一动不动地坐在后座。

沈敏觉得有点不对劲,于是动手解开安全带,正要出声询问,就听到赵平津有些低哑的声音传来:"小敏,给我拿药。"

沈敏心一惊跳,赶紧转过身往后看去。

赵平津脸色发白,声音有点发颤。

赵家的家训严格,行坐起居都是平稳有度的。

沈敏低下头去找他的药包。

赵平津喘了口气:"上面。"

他留了瓶药在随手可及的最上面一层格子,沈敏递过去,赵平津旋开瓶子,倒出几颗在手心,直接吞了下去。

沈敏直觉地问:"您胃疼?"

赵平津皱着眉头没有说话。

沈敏从驾驶座旁拿起他的保温杯,晃了晃,杯子是空的。

他立刻推开车门:"我给您拿杯温水。"

沈敏从车库往一楼跑,一边跑一边暗自责备自己,他还是太大意了,前段时间,公司上上下下为最近那个能源竞标案子忙得人仰马翻的。赵平津面上看不出什么,但沈敏知道,他承担的压力是最大的,压力大最直接的反应,就是他胃口特别不好。他的女秘书悄悄找他汇报过,说她最近中午订的饭,赵总几乎没碰过。

赵平津这几年身体还可以,家里老人每天都关心他的衣食住行,他也从来不会亏待自己,基本累了就休息一阵子。沈敏也就没太在意,认为竞标结束了自然就好了,没想到赵平津是胃病复发,他天天跟在赵平津身后工作,赵平津竟然连他都瞒过去了。

沈敏从一楼接了一杯水回来,拉开后座的门,躬身站在车后座前。应该是忍痛忍到了极致,赵平津脸上一片煞白,他微微蜷起了身体,紧紧咬着唇,手掌压住了胃部。

沈敏替他合上车门，返回了驾驶座，调高车内温度后关切地说："您休息会儿。"

赵平津终于闭上眼，靠在椅背上，手更重地按住了胃。

沈敏心底着急，但也只能一动不动地坐着，等了半晌，疼痛缓过去了，赵平津沙哑着嗓子筋疲力尽地说："小敏，你回去吧，我上楼歇会儿。"

沈敏不敢松懈，低声地说："我今晚打电话给医生，安排您明天做检查。"

赵平津皱着眉头："过几天我休个假吧，现在不行。"

沈敏也不敢坚持，最近公司情况复杂，他是不会走的。

沈敏不放心地说："我送您上楼去吧。"

下午四点多，灰色的墙上有淡淡的阳光，路上的积雪慢慢地融化掉了，街道浸得湿润，大树的枝丫映出稀疏的暗淡影子。

这个点，路上行人不多，偶尔有路人，戴着厚厚的围巾手套，骑着自行车而过。

小宁扶着西棠的胳膊，在路边慢慢地走。

西棠全身都是虚软的，拖着双腿一步一步地往前走，她穿了一件宽大的蓝色棉裤的戏服，外面裹了一件黑色羽绒服，围着围巾，戴着墨镜。

她的眼睛全肿了。

《最后的和硕公主》拍摄进入了高潮部分，隆亲王府经历时代变迁，大公主的几位哥哥把家产变卖一空，家是彻底败了，她最小的一位哥哥在老宅子的那棵柳树上，用一根绳子结束了自己的生命，她回家哭丧。由于入戏太深，戏都演完了，黄西棠整个人还哭到不能自控，导演只好让助理搀扶着她去外面走走。

这个星期剧组移师到了长庆梨园，在那里拍倒数第二场大戏，道具组和灯光组忙活了好几天，才把美轮美奂的复杂舞台基本搭建好，副导提前招募了一大批群演做场内的观众，还找了一批戏曲学院的学生在台上排练。

几位主演休息半天。

终于要拍到最重要的北平名媛义演。

《最后的和硕公主》拍摄进展顺利，目前已经定档北京卫视明年上半年播出，各种渠道的宣传已经铺展开来，宣传的重点放在了导演冯佳肃和男主演印南的身上。由于这两位一贯秉持精品路线，优良制作的口碑树立起来了，因为是明年最受期待的一部剧，所以近期开放探班时，记者越来越多，粉丝在外场围了一圈又一圈。

黄西棠的名字跟印南连在一起，频频登上娱乐版的头条，随着她名气渐渐浮起来，赞助的厂商忽然多了起来。倪凯伦也就锦上添花，时不时给她带来一些品牌的衣服、手镯、丝巾、太阳眼镜，叮嘱她今天要戴这个，明天要戴那个。

北京的各种颁奖典礼、时尚盛典、广告活动太多，印南这么低调的人，都应邀出席了两三个商业活动，有一个还偕黄西棠一道去。

两个人是多年老友了，大概是哪一个笑容和眼神稍微热络了一点，被记者捕捉到了，他们俩的绯闻就立刻被炒了起来。

听说郑攸同的粉丝气炸了，千军万马排着队来微博骂她。

小宁天天在剧组里刷手机，每天跟她报告几句，玩得不亦乐乎。

西棠慢慢地缓过来，松开了小宁的手，自己走了两步，转过一个街角，雍和宫的朱红色砖墙和黄色琉璃瓦已经远远在望。

仿佛还看得到殿宇上升着袅袅的烟雾。

黄西棠停住了脚步，慢慢地张望，墙下贩卖香火的小摊贩还是那么多。黄西棠清楚地记得，过了昭泰门的牌楼，有一条长长的方砖砌成的绿荫甬道，高大的银杏树遮天蔽日，秋天银杏叶子变黄的时候，非常非常美。

赵平津带她去看的。

她在这条街道的附近住过很长一段时间，那曾经是她生命中最幸福的时候。

她不能再想了。

赵平津依旧无声无息，似乎已经过了很久了，自从上一次从吴贞贞的婚宴上回来时，两个人撕破脸皮打了一架，赵平津便再也没有联系过她。

这是自然的，谁倘若惹恼了他，他自然弃之不理。

晚上执行导演来找黄西棠，说是冯导在机房里重看片子，发现有一场戏不连戏，前半段她戴了耳环，后半段没戴，导演说有几个特写镜头明天还要重拍。

西棠开始找那副耳环，那一副小粒的珍珠耳环是她为数不多的私物，她印象中自己有一阵子没戴过了，翻遍了行李箱和化妆包，喊了助理进来，连带酒店房间的角落都找了一遍，找不着。

西棠坐在酒店的床上，从头仔细想了一遍，那段时间去了好几趟柏悦府，大约是落在赵平津那里了。

西棠鼓起勇气给他打电话，但他手机关机。

没办法只好找沈敏。

沈敏说今天他休息。

西棠说明了来意，沈敏笑了一下："他给了你屋子的门卡，自然是准你随意出入的，你就回去找找吧。"

西棠只好喏喏地应了一句"好"。

正要挂掉电话，沈敏在那头忽然喊了声："西棠？"

"嗯？"

沈敏明显有话，但沉默了一下，还是没有说："没事，你去找找吧。"

西棠打车去了建国门。

从酒店一楼的大堂进了电梯，出电梯后整个走廊非常安静，一个人也看不见。西棠开了赵平津房间的门，站在玄关悄悄地往客厅张望了一眼，下午四点多，窗帘一贯拉得严严实实，他的房门关着，整个屋子都静悄悄的。

今天是工作日，一般这个点，赵平津不会在家。

西棠放下心来，脱了鞋走进自己住过的那个房间，在房里和浴室都找了一遍，还是没有。她于是出去客厅，把茶几翻了一遍，开始翻沙发垫子。

她趴在沙发上，使劲地往沙发垫子里伸手摸东西，忽然感觉后背一阵阴风吹来，屋子里忽然多了个人影。

西棠吓了一大跳。

往后一看，赵平津扶着房门站在他的房间门口，穿了深蓝色的细格子睡裤，一件灰色的短袖T恤，头发乱糟糟的。

赵平津一见她就没好脸色："怎么，见着我跟见着鬼似的？"

西棠坐起来，猛地拍胸口压惊："我以为你不在家。"

赵平津走到沙发上坐下来，看了她一眼："找什么？"声音沙哑。

西棠说："一副耳环，连戏要用，在剧组酒店里怎么也找不着了。"

他微微皱皱眉："眼睛怎么了？"

西棠愣了一下，才反应过来，摸了摸红肿的眼，有点不好意思："哦，拍戏哭的。"

赵平津点点头，不再说话，他伸手拿烟，想了想放弃了，转而拿杯子，半杯水已经凉透，他皱了皱眉，没打算自己去倒。

西棠继续在沙发上摸索，看了看他，纳闷地说："你怎么大白天还在家里睡觉？"

赵平津没好气地答："你管我？"

西棠问了一句："不是说很忙吗，你那个竞标结束了？"

赵平津顿时抬头，森森地看了她一眼，眼底有黑色阴霾，没有说话。

西棠忽然觉得有点害怕，小声地解释了一句："青青跟我说，你最近在做一个……"

赵平津终于抽出烟来，面色仍然冰寒，飘飘然地说了一句："丢了。"

黄西棠愣了好几秒。

赵平津沉默了一会儿，缓缓地说："我以为这单子拿下来，就顺利将公司移交给李明，我也不用再一直两头上班了，没想到……"

他声音依旧平静，但西棠知道他不是不失落的。

西棠以前就听过高积毅他们调侃他，京创科技上市时，整个公司全部市值加起来不过几个亿。而他上班的单位随便一个重点项目动辄就上百亿的，京创根本就不算什么，他偏偏就疼爱得紧。西棠明白他，那是他自己一手构建起来的梦想，一个男人二十多岁时最旺盛的体力和精力，他全部奉献给了自己创立的这家公司，花了多少辛苦和心血在里面，恐怕连西棠都未必能体会，所以疼爱那是自然的。

赵平津嗓子哑得更厉害了。

西棠起身给他倒了一杯水。

西棠走近他身边时,凭着直觉伸手探他的额头,滚烫一片:"你发烧了,你知不知道?"

赵平津坐在沙发上一动不动:"我又不傻,能不知道?"

西棠隔着衣服都能感觉到他整个人烧得浑身滚烫,发烧烧成这样儿了,还能坐得这么四平八稳,真不知哪里练出来的钢铁纪律。

怪不得大白天他在家里睡觉。

西棠看了他一眼,转过身继续倒腾沙发垫子:"穿得这么少,袜子也不穿,你回床上躺着去吧。"

赵平津没理她,抬眸看了她一眼,话都没说。

西棠说:"喂,赵平津?"

赵平津说:"不想动。"

西棠走到他的跟前,拉起他的手臂:"回床上去躺着。"

赵平津脚下是虚的,被她这么一拖起来,差点一头朝地上栽下去,他一手扶住沙发,瞪着她吼了一声:"你想摔死我啊!"

看来这回真是熬出病来了,骂人的气势不减,但声音听起来沙哑虚弱,完全没有一点力气,西棠不跟他计较:"好好好,你慢点儿。"

赵平津站起来却没有动,他方才昏昏沉沉之中听到客厅有响声,勉强起床走了出来,坐在沙发上便再也不愿意动。现在一站起来,他的眼前就是一阵黑。

西棠只好扶住了他的胳膊。

赵平津撑着她的胳膊,走进房间躺回床上,眼前人影绰绰的,额上渗出一头的虚汗。

西棠给他擦干了鬓角的汗。

西棠回头进浴室里换了干净毛巾,看了一眼他卧房外的起居室,换下的衬衣、西裤胡乱地扔在起居室的地毯上。他一向有洁癖，衣服换下来都会收拾好，应该是回来时人已经难受到不行了，才会这样扔在地上。

西棠给他收拾整齐了，走进房间里问他："今天吃过东西没有？"

赵平津躺在床上摇摇头，面上终于显出了一点儿难受。

西棠说："我给你煮点粥，你先吃点退烧药，实在不行晚点去医院。"

赵平津昏昏沉沉的，却还记得回了一句："我不去医院。"

西棠给他敷上退烧巾。

她熬好了粥端到了他的床边。

他吃了几口，就皱着眉头不肯吃了。

西棠也不勉强他，搁下碗站在他的床头，检查了一遍他的药瓶子，床头柜上只有胃药和止痛药。

西棠仔细地看他的药瓶："最近一直胃痛？"

赵平津立刻否认："没有。"

"痉挛过吗？"西棠问。

"没有。"他继续嘴硬。

那就是有，大概次数还不少，西棠暗自皱眉。

她不放心地问了一句："三餐按时吃了吗？"

赵平津重新躺回床上："太忙。"

西棠给他掖了掖被子，好让他躺得舒服点儿："疼了多久了？"

赵平津睁开眼睛看了黄西棠一眼，觉得她的脸也是昏花的，便回答："两个多星期。"

只听见西棠的声音说："工作忙起来就不吃饭，沈敏怎么当你秘书的？"

他难受地闭起了眼睛："不怪他。"

西棠清淡淡地回了一句："也是，谁敢惹你。"

赵平津又把眼睛睁开了："你能不能说点好话儿？"

西棠事不关己地说："你该回家去，家里有医生、保姆。"

赵平津一听她这话就不高兴，手撑着床坐了起来，口气特别冲："我不要你管！"

西棠还是那副特别平静的语气:"我没打算管你。"

赵平津阴沉着脸,忽然冷冷地说了一句:"出去。"

西棠愣了一下。

赵平津生气地说:"你东西不在我家,出去。"

西棠仰起脖子:"出去就出去。"

赵平津没好气地答:"赶紧的。"

西棠一甩手就走,走到房间门口,脚步停住了,她回过头来冲着床上的赵平津笑了笑:"你别病得起不来了,要不要我给你打120?"

赵平津气得一张脸惨白如纸,嘴唇发青颤抖着吼了一句:"黄西棠,你滚蛋。"

西棠举起手退出他的房间。

她人还没走到客厅,就听到身后的卧房里传来声响。原来是赵平津跌跌跄跄地下了床,水杯都打翻了,人趴在卫生间里吐。

他跪在卫生间的瓷砖上,喘着气,一只手撑着地,一只手压着胃。

虽说开了暖气,可卫生间的地上还是很凉的。

西棠走了进去:"你忍一下行不行,你胃哪里受得了你这样吐?"

赵平津勉强忍住了呕吐,闭着嘴巴不再理她。西棠要扶起他,被他甩开了,他一只手扶着墙壁摇摇晃晃地站了起来。

他今天就没吃过东西,刚才吃了粥,让久不进食的胃部受到食物的刺激,便剧烈地疼痛起来。

西棠看到他倒回床上,胡乱地拉过被子把自己裹紧了,蜷缩起身体,手死死按着胃,疼得一头汗,睫毛都濡湿了,却一声不吭。

赵平津只觉得眼前一阵一阵的黑雾袭来,意识从身体里缓缓抽离,却在下一刻被腹部的尖锐疼痛刺醒,他只好死死地咬着牙,忍受着一次又一次漫无止境的反复折磨。

赵平津已经很久没这么难受过了,简直恨不得疼到尽头,直接昏过去就一了百了了。

西棠坐到了他的床上，终于伸过手将他抱在怀里。

赵平津推了推她："走开！"

西棠扳住他的肩膀，摸到衣服下瘦削的肩胛骨，她心疼地用手指按了按，柔声说："好了，好了，别闹了行不行？"

赵平津头埋在床褥里，声音虚弱得几乎听不见了："我不要你管。"

西棠把被子给他重新盖好："我乐意管，你别说话了。"

赵平津蒙在被子里，惨兮兮地回了一句："我病得只剩半条命，你还气我。"

西棠心里一阵酸楚袭来。

她想低下头亲他，却又在下一刻忍住了，已经太久太久，没有这样亲昵地和他相处过，心中涌起一股惨淡凄楚。

西棠声音放低了，带了点不自觉的温柔："我错了行不行？"

赵平津依稀感觉到头顶的发梢落下了一个轻轻的吻，然后身体被黄西棠柔软却坚定的手臂抱住了；她稍微往床里边挪了挪，好让他更舒服地靠在她的怀里。她的身体有温暖甜腻的气息，熟悉的水果香气，软软的掌心抚摸着他的脸，继而伸进被子里贴在他的上腹部，轻轻地替他按摩着一阵一阵痉挛刺痛的胃部。

赵平津躺在她的怀里，只觉得顿时浑身都舒服了许多，折磨人的疼痛开始慢慢地减缓，他终于放松下来，慢慢睡了过去。

终于等到他沉沉地睡去，西棠起身走出他的房间，拉开窗帘看了一眼外面，天已经黑了，国贸区的璀璨灯火开始亮起来。

西棠站到厨房里小声地打电话，她跟剧组请明天早上的假。

明天早上七点多的戏，她肯定来不及回去了。

黄西棠在厨房里转了一圈，将剩下的粥喝了，又重新给他熬了一小锅更软稠一点的小米粥；在客厅翻出了退烧药，端着水回到房间，赵平津却已经醒了，躺在被子里眼巴巴望着门口，大概是烧糊涂了，迷迷糊糊说了句："你别走。"

西棠顺从地答了一句："好。"

赵平津喝了一点粥，又吃了药，擦干了身上的汗，重新测了一遍体温，躺在床上休息。

他将她拉到身边，眷恋地靠在她的怀里，一言不发地闭上了眼睛。

他再次睡着了，脸上没有痛楚。

半夜西棠醒了过来，赵平津在她的身侧，依然睡得深沉。

西棠起身检查了一下，他的热度降下去了，终于放下心来，她重新躺回床上，看着他熟睡的容颜。

她悄悄地伸手，摸了摸他英俊的脸。

如梦境一般。

西棠看着他，不知道自己什么时候又睡了过去。

赵平津在天明时分醒了过来，他一向睡得不多，睡眠也浅，基本生物钟一到点就会醒过来。不眠不休了将近一个月，他终于一觉睡到了天亮。

窗帘拉得严严实实的，卧房里一片昏暗，他感觉身体很暖和，浑身上下挺舒坦的。

手臂动了一下，才发现怀里枕着一个小人儿，一张小脸孔，白皮肤，浓睫毛，眼睑下有灰色眼圈。

他伸手推了推她："喂。"

小人儿一动不动。

继续睡。

赵平津叫了一声："喂，黄西棠。"

西棠将头埋进被子里继续睡。

赵平津低下头，故意捉弄似的亲她的脸，黄西棠躲了一下，赵平津笑了笑，觉得有趣，捧住她的脸，亲了亲她湿润的唇。下一刻，黄西棠在梦中忽然伸出舌头，闭着眼舔了舔他的唇角，还露出一点甜甜的笑容。赵平津被那笑容激得旖念晃荡，手撑在床上，俯过身加深了那个吻。

一切忽然就失控了。

赵平津很清楚，自己已经过了青春期那种欲求旺盛的年纪，他也不缺女人，本不想碰她，一来是因为知道已无法给她婚姻，二来是因为知道自己不敢碰她。黄西棠的身体是一枚巨大的印记，完整地封存着那些他们相爱的记忆，那些他们夙夜交缠的床笫之欢，柔肠入骨的浓情蜜意，神魂颠倒的沉沦爱欲。

在男女情事上，虽然赵平津不愿意承认，但他确实算是比较晚熟的人。认识黄西棠之前，他一直都有女朋友，但处起来没多大意思，每一个都怕他，顺从他，屈意承欢的份儿居多。所以从情窦初开的年纪一直到二十多岁，赵平津一直不理解高积毅谈起女人时的兴致勃勃，他觉得女性都索然无味。直到遇到了黄西棠，她新鲜、活辣，少女的模样如一颗新鲜饱满的杏子，带了点儿酸涩的苦味，却常常在不经意间流露出迷人的万种风情，他完全地被她治住了。

也许他们是天生注定的情人。

一生中，若论起情事，她是他有过的最好的女人。

他不确定自己是否有勇气再触碰这份记忆。

但此时此刻，他的口腔里都是她甜杏一般的气息，身上被一股燥热折磨着，他的手掌贴在她的肩上，抚摸她的锁骨，她的身体紧紧地贴在他的胸口。

西棠终于清醒了，迷茫地看着他："干什么呢？"

赵平津不让她说话，一只手捂住了她的嘴，唇已经顺着她的脖子密密地吻了下去，西棠伸手抵住他的肩，扭着腰挣扎了一下，却瞬间撩起了他更深的欲望。

赵平津猛地一把抱起她，黄西棠搂住他的脖子尖叫一声，却又在下一刻笑出声来。赵平津亲了亲她的脸颊，两个人换了个舒服的位置。

火山熔岩一般的热流在两个人的身体里流淌，西棠的身体在他的手臂里，辗转如明媚柔软的溪流。

餍足过后，赵平津久久地抱着她不放。

他摸了摸她右侧肩膀，那里贴着两块厚厚的药膏。

赵平津手横在她的背上，轻轻地问了一句："手疼？"

西棠脸上是累到了极点的满足，嘴角有点儿恍惚的轻笑："嗯，不要紧，这几天在拍京戏呢。"

赵平津却比她清醒得多:"你当初就不该那样气我,说那样的话,哪个男人受得了。"

西棠后来回想起来,也一直觉得自己年轻时候其实处事欠妥,她略带歉疚地轻轻应了一声:"嗯。"

赵平津反倒愣了一下,闷声闷气地说:"我不是要说这个,我是——"

话说了一半,他忽然停住了。

他的掌心贴上她肩上的伤疤,轻轻地抚摸,一下,又一下。

沉默了许久。

赵平津低低地说了一句:"我不该害你遭这罪。"

西棠安慰地吻了吻他的耳朵:"没事儿了,我现在挺好的。"

他声音有点哽咽:"我舍不得。"

赵平津把头埋在她的胸口,不愿移动。

西棠抱着他,感觉像抱着一个孩子。

下午司机接西棠返回剧组。

赵平津要跟西棠一块儿走,西棠有点担心他的身体,便问道:"不再多休息一天?"

赵平津已经恢复了精神,早上剃了胡子,干净的下巴泛出些许青色,黑色西服、白色衬衣配上暗红斜条纹领带,俊朗的眉宇之间有凛然端正的寒意,不笑的时候嘴唇的线条很冷峻,仿佛冰封河底的尖锐岩石,窗外的雪色映得他的脸色有点苍白,但这丝毫无损他的英俊。

赵平津听了她的话,若无其事地答:"没事儿。"

将她送到了剧组,赵平津淡淡地说:"我再给你电话。"

西棠拎包要下车,手扶在车门上,回头说了一句:"回家去休息几天吧,你身体不容易养好,不要大意,当心溃疡复发。"

赵平津点点头,难得温情地应了一句:"知道了。"

西棠说:"我走了。"

"等会儿。"赵平津喊住了她,"亲一下我。"

西棠回头，在他脸上轻轻地吻了一下。

第二天下午，赵平津的司机过来了。

西棠正好在片场，接了电话走出去。没承想，大腹便便的她把赵平津的司机吓了一跳，他匆匆忙忙地跑下车来："黄、黄小姐……"

西棠正在拍怀上宋家骅第二个孩子的戏，看了看自己微隆的腹部，赶紧用力拍了拍肚子："假的，拍戏。"

司机刘哥是个老实人，回过神来忍不住哈哈笑。

头天早上出门时，赵平津说会交代秘书让保洁人员工作时找一找她的耳环，西棠微笑着说："可是找到了？"

刘司机挠挠头说："没有。"

西棠有点意外，她虽然不是非常心细的人，可是平日自己的东西都放得还是有条理的，酒店里没有，原本以为一定会落在赵平津那里了呢。估计只能是掉在片场了。

刘司机返身从车里拎出来好几个奢侈品牌的袋子："黄小姐，给您的。"

西棠翻开一看，一个袋子里一个珠宝盒子，打开来一看都是珍珠耳环，小小的圆润的珠子，散发着幽幽的光泽。

款式都差不多，大小略微有差异。

西棠看了看，连她自己都分不清跟原来那副的差别。

难为赵平津，见过她戴那副耳环不过一两次，居然凭记忆力买遍了基本相同的样式。

黄西棠心底惊动，面上却不动声色，抬头望着刘司机，脸上依然是轻轻和蔼的笑。

刘司机一说话，呵气起了一团白雾："秘书早上出去买的。"

西棠问："赵先生这两天回家住了吗？"

刘司机老老实实地答："回了一天，周女士去上海了，他就回柏悦府了。"

西棠冲他摆摆手说："你等会儿。"

她往片场的休息室跑，一会儿拎出一个保温壶："这个请您帮忙拿给赵先生吧。"

刘司机接了过去，笑得特别开心："哎，好的，黄小姐，外头冷，你赶紧进屋吧。"

西棠这几天下了戏都直接回剧组住的酒店。

印南跟导演走过走廊，冯导嗅了嗅说："嗯，皮蛋瘦肉粥，香。"

印南上来敲门，喊道："西棠，在干吗呢，香味儿都传到走廊里来了啊。"

西棠探出头来，笑嘻嘻地说："冯导、南哥，我煮粥呢。"

冯导摇摇头说："现在女明星的养生，真是花功夫。"

下午六点多，刘司机准时来了，西棠在拍戏，助理小宁把粥给送出去的。

赵平津开完会，晚上在办公室里喝粥。

李明下了班，闲逛到他的办公室里来，沈敏在里边喝茶。

李明跷着腿坐在沙发上，看着赵平津坐在茶几旁喝粥，叹了一声："唉，羡慕啊，羡慕啊。"

赵平津不理他。

李明凑上去夸张地闻了闻："哎，舟舟，明天你能不能让棠棠小人儿多煮一点，让我跟小敏也沾沾光？"

李明捅了捅沈敏的胳膊肘："小敏，你说是不是？"

沈敏没敢搭话。

赵平津头也不抬地答："让你秘书给你买去。"

周五的傍晚，赵平津来剧组接她。

西棠匆匆忙忙地奔出来。

剧组其他工作人员还在里面拍摄，但她今天的戏份拍完了。西棠敬业，一般收工后如果还有时间，她会继续留在剧组里跟演对手戏的演员搭一下戏。但今天没办法，接了赵平津的电话，她得提前走，导演安排了一个文替上场。

赵平津看着她从片场跑出来，穿了一条牛仔裤、一件短款的黑色羽绒服，头发没空整理，粗粗绑了一根辫子。

她永远是那么美。

赵平津看着她系好安全带，才启动车子："为了报答你煮的粥，带你吃饭去。"

西棠愣了一下,问了一句:"跟谁吃饭?"

赵平津听这话有点耳熟:"怎么了?"

西棠小声问了一句:"有没有我不认识的?"

赵平津终于想起来,好几次,说出去吃饭,她都会问一下。黄西棠以前从不扭捏,从什么时候开始问这个了。

赵平津说:"你管有谁,你不是一向不待见我那些哥们儿,坐下去吃你的饭,谁你也不用管。"

西棠轻声细语地说:"倪凯伦让我别出席不可靠的饭局。"

赵平津冷笑一声:"敢情我们还不够格跟你吃饭了来着?"

西棠没说话。

下车后,赵平津停住脚步等了等她,然后拉住了她的手。

西棠感觉到自己的手被他的手掌温暖地包裹住,心脏开始撞击胸口,跳得很快,她有点不知所措。

赵平津却一脸理所当然,目视前方,牵着她的手大步往里面走。

两个人走进酒店的包厢里,方朗佫和欧阳青青已经在里面了,见到他们进来:"哎,舟子、西棠,来了啊。"

青青对着方朗佫挤挤眼,他们回北京来,还是第一次见赵平津牵着黄西棠的手。

赵平津装作没看见他俩挤眉弄眼的,坐到沙发上后才松开她的手。

青青拉着西棠过去聊天,看了看她的脸:"熬夜多了吧,一会儿点份花胶人参鸡汤,补补气。"

方朗佫跟赵平津坐在沙发上喝茶。

这时陆晓江开门走了进来,腼腆的脸上带着笑意:"我没迟到吧?"

方朗佫笑着说:"你小子今天居然不是最后一个,老高还没来。"

赵平津一看见他就没好脸色:"你来那么早干吗,你们那破银行今天不加班了?"

陆晓江赔着笑脸:"没有没有。"

等了半天高积毅终于来了:"唉,对不住啊,哥们儿这次迟到了,接了个姑娘。"

高积毅的身后探出一个头,是一个年轻的姑娘,带着笑脸打招呼:"嗨,你们好。"

高积毅领了人进来:"小陶,随便坐。"

小姑娘一进来,人却立刻定住了:"黄……黄老师?"

黄西棠也怔住了一秒。

小姑娘瞬间有点激动:"我今早还跟您拍戏呢,在长庆梨园,我是戏曲学院的。"

黄西棠明白了,一台大戏,那么多搭戏的演员,她肯定记不住。于是,她就站了起来,客客气气地说:"你好,早上太匆忙了,不好意思,你叫什么名字?"

小姑娘赶紧答:"我叫陶苒苒。"

青青在一旁看得好笑,对坐在西棠身边的赵平津说:"西棠这名气是越来越大了,舟舟,你快要配不上人家了。"

赵平津没脸没皮的,闲闲地应了一句:"那是,我巴不得她养我。"

陶苒苒对着西棠说:"没想到这儿碰着您!今早上的戏我看了,您演得真好!我都看哭了!我们几个同学都说,您演戏真是好极了!"

西棠有点害羞,只好微笑着道谢。

赵平津见她实在难以招架这番热情了,对着高积毅瞥了一眼:"你还让人吃饭吗?"

高积毅在一旁也愣住,没想到黄西棠在小一辈眼中的评价居然这么高了,这时回过神来:"原来大家都是朋友,吃饭吧吃饭吧。"

陶苒苒坐在高积毅旁边,压抑住了兴奋,眼角的余光却在不断地悄悄看着黄西棠。

西棠只好装作若无其事,埋头喝汤。

陶苒苒无心吃饭,鼓起勇气问:"黄老师,我可以跟你拍张照吗?"

西棠说:"当然,你还是叫我西棠吧。"

陶苒苒立刻说:"好的,西棠姐,现在可以吗?"

西棠只好站了起来。

陶苒苒拉了高积毅给他们拍照,小姑娘换了好几个姿势,等到拍完再坐下来,西棠的汤都凉了。

赵平津正跟方朗佲聊天,根本不看黄西棠,手上却重新盛了一碗热的汤递过来。

西棠继续低头吃饭。

陶苒苒好奇地看了他们俩一眼。

陶苒苒一边吃饭一边听着大家聊天儿,突然咬着耳朵悄悄跟高积毅说了几句话。

高积毅附在她耳边答了。

陶苒苒笑着跟西棠说:"西棠姐,高哥说,你是舟舟哥哥的女朋友?"

西棠迟疑了几秒,谨慎地摇了摇头。

赵平津抬头,目光森森,望了高积毅一眼。

高积毅自然明白了他的警告,不紧不慢地开口,却说了一句不着重点的话:"没点规矩,舟舟哥哥也是你叫的?"

陶苒苒吐了吐舌头,笑脸天真无辜:"我不能叫吗,对不起噢。赵哥哥,你为什么叫舟舟?"

赵平津冷着脸没有理会她。

西棠向着青青那边悄悄挪了挪,离他十寸远。

小姑娘转头问西棠:"西棠姐,你知不知道他为什么叫舟舟?"

西棠想了一下,谨慎地摇摇头。

赵平津望了她一眼,目光幽怨。

饭局进行到一半,陶苒苒去上洗手间,赵平津忍无可忍地对高积毅说:"叫她走人。"

高积毅看了他一眼:"不过是个小姑娘,你跟她计较那么多干什么?"

赵平津不满地道:"我们自己人吃饭,你拉个外人进来干什么?莫名其妙。"

这话高积毅不乐意听了,他斜斜地扫视了一眼桌面,语气中有明显的不屑:"怎么了,就许你玩儿,我还不能带个蜜儿吃饭吗?再说了,这里除了青青,谁是外人,这还说不准呢!"

席间突然一片沉默。

方朗佲倒抽了一口气。

赵平津的脸色瞬间就沉了下去,怒意压在眉间,话语中已带了十分的不满:"老高,你这话什么意思?"

青青悄悄伸手,握住了西棠的手,她的手倒是很稳,只是有点凉。

方朗佲眼看情况不对,赶紧给高积毅使眼色:"好了,老高,别说了。"

高积毅却没当回事儿:"朗佲,你别冲我,你言语言语,你说我说的是不是这个理儿?"

赵平津不再说话,手压在桌面上,啪的一声搁下了筷子。

方朗佲赶紧伸手拽住他:"舟舟,你冷静点!"

这时青青嘘了一声:"好了。"

陶苒苒补了妆出来了。

赵平津黑着脸,直接起身出去抽了支烟,冷静了半天才回来。这时,包厢里终于恢复了宁静,西棠在跟青青聊天,方朗佲在问陆晓江投资的事情。

赵平津站到了西棠身后,看了一眼屋里,不见高积毅与陶苒苒,就问道:"走了?"

方朗佲说:"老高去送她了。"

赵平津取过桌面碟子上的热毛巾擦手,慢条斯理地擦。擦着擦着,他突然伸手,将手上的毛巾狠狠一掼,厚厚的湿毛巾砰的一声砸在桌面上,发出一声巨响,带翻了几个高脚杯,红酒泼了一桌子,杯子连着碗碟都碎了,哗啦啦地砸在桌面上,把正在沙发上聊着天的几个人吓了一跳。

方朗佲扫了一眼过去,对陆晓江笑了笑说:"得,我就知道他得发一发这邪火。"

赵平津俯下身拉起西棠的手:"走,回家。"

那边方朗佫赶紧上来拉青青:"我们也走了。哎,晓江,你叫人来签个单啊。"

陆晓江答了一句:"好。"

高积毅将陶苒苒送走了,正好回到包厢来,看到众人在穿大衣:"这就散了?我还不如跟小姑娘玩儿去呢。"

电梯往下走。

方朗佫忽然想起来,试图缓和下气氛:"哎,舟子,你车上是不是备着球杆?"

赵平津脸色依然难看,但还是应了一声:"嗯,怎么了?"

方朗佫说:"赶紧儿的,借我,明儿青青她爷爷奶奶过来看她,老爷子就爱好打两杆。我也不知道怎么招待,就陪他去练练手。你知道,我不爱这玩意儿,我的那球袋都丢车库里蒙了好几层灰了。"

赵平津点了点头:"那你一会儿自己拿吧。"

高积毅丝毫不在意刚才的事儿,插嘴调侃道:"老二,舟舟那杆好,美国原版的,招待亲家翁倍儿有面子啊。"

一行人下到地下停车场,高积毅摆摆手上车先走了,赵平津在北京日常开的那台黑色奥迪就停在旁边,他打开车子的后备厢,拎出了球袋。

方朗佫接过:"谢了啊。"

他跟青青上车走了。

赵平津按下遥控键。

西棠定定地看着赵平津的汽车尾厢,最深处有一个透明储物箱,里面塞满了各种杂物,最上面有一个棕色的小玩具熊,被盖子压扁了脸。

尾厢车门正缓缓地下落。

西棠忽然大叫了一声:"等一下!"

她往储物箱扑过去。

"黄西棠!"赵平津吓出了一身汗,冲过去抬手死死将尾厢车门往上扛住了，迅速按住了遥控器，他气得声音都变了,"你疯了吗！"

西棠完全没听见，她已经爬进了里面。

黄西棠身材娇小，赵平津这车大，后面空间也大，她跪在里面，拉住了那个盒子，着急地掰了半天，怎么也打不开。

赵平津一言不发，静静地看着这一切，又仔细地瞧瞧她的神色，嘴角慢慢翘了起来，露出一抹不怀好意的浅笑。

西棠着急地问："这是不是我的那只小熊？"

赵平津站在车外，手抱在胸前，好整以暇地笑着："是又怎么样？"

西棠急切地说："你打开来好不好？"

她着急得要哭了。

赵平津走近了两步，伸手轻轻一掀旁边的扣子，嗒的一声开了。

西棠打开盖子，拉出那只玩具熊，放在眼前仔细地看了半晌，然后紧紧地抱住了它。

西棠准备往外钻出来。

赵平津说："站住。"

西棠脸上还挂着与玩具熊重逢的喜悦，有些迷惘地望了他一眼。

赵平津一张严肃的脸："放回去。"

西棠紧紧地抱住了："这是我的小熊。"

赵平津冷静地陈述："这破玩意儿是我的，你是从我车里拿出来的，黄小姐。"

西棠倔强地摇头："这是我的。"

赵平津说："你有什么证据？"

西棠张了张嘴，想了半天，只憋出了两个字："我的。"

"放回去。"赵平津命令。

"我不。"她死抗到底。

"你想要它？"赵平津是引诱的语气。

"嗯。"西棠拼命点头。

"叫声舟舟哥。"

"舟舟哥。"

"说点儿好听的。"

"我……"西棠一时被为难住了，眼眶微红，眼泪都要流出来了。

赵平津叹了口气："从小到大都是那么笨。"

西棠跪在箱子前面，扒拉开里面的东西，找到她大学的课本，还有自己写的人物小传，毕业大戏的道具，她的戏服，一整沓的照片，各种票根票据……里面全是她的东西，这些东西搁在嘉园他们那个家里，后来是倪凯伦给她收拾的房子，她当时心知这辈子再也不能回北京城了。那一次在上手术台前，她跟倪凯伦说了一句："一切交给你处理……"按照倪凯伦后来跟她描述的，屋子里值钱的东西全部清出来卖掉了，不值钱的直接扔了。当时房子在房屋中介公司挂牌，一个星期后就卖掉了。

本来，黄西棠一直以为，这些东西已经永远地从这个世界上消失了。

她受到震惊，喃喃地说："你怎么保留着这些……"

赵平津站在车门旁，冷冷清清一张脸，白皙瘦削，冷漠无情："你以为世上谁都像你这般狼心狗肺，出来吧，回家。"

Chapter 7
我知道,他要结婚了

车子驶出建国门外大街,西棠靠在车后座,赵平津的车里有他的气息,她闭上眼深深地吸了一口气,她知道,他和她,是见一次少一次了。

卧房里很温暖。

西棠穿着袜子，趴在地毯上，喜滋滋地一样一样从箱子里掏出她的破烂宝贝。

方才在地下车库里，西棠要把箱子搬上楼来，赵平津不想理她："改天。"

西棠不依："我自己搬。"

赵平津想拖她走。

西棠就是不肯挪步，站在车屁股后，一动不动。

赵平津无奈地打开了尾厢，给她搬上了楼。

进了屋子，他脱了西装外套就躺到了床上，咬着唇不说话。

西棠这才发现他胃不舒服。

给他换了舒适的衣服，吃了药喝了温水，将胃焐暖了，赵平津亲了亲她额头，舒服地躺回了床上。

西棠坐在床前的地毯上，回头殷殷地望他，她给他在黑色的衬衣外穿了件深灰的粗线毛衣开衫，衬得他眉眼沉静，脸色白皙。他要是身体不舒服，就显得特别乖。

西棠问："没事儿了吧？"

赵平津答："嗯，难受了一会儿，没事了。"

他看着她把箱子里的东西一件一件地掏出来，仿佛看到了一地的灰，忍不住皱起眉头："你别把我房间弄脏了。"

西棠说："那我去隔壁玩？"

赵平津想了想说："别，还是在这儿吧。"

西棠翻出一大沓票据，都是五六年前的，有些票据已经泛黄了，她收集了所有跟赵平津一起外出时使用的车票、登机牌和景点门票，以及他给她买东西的发票。西棠匆匆地翻了一遍，感觉眼眶有点湿润，赶紧放到一边；箱子里的书本里夹着几袋照片，她翻了出来，是他们表演本科班的演出合影，照片上她跟钟巧儿紧紧地抱在一起大笑，两个人的妆化得一塌糊涂。

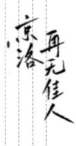

记忆鲜活，而人已不在。

她看得笑了，又偷偷地擦掉眼角的泪。

赵平津躺在床上，远远地看着她又哭又笑。他暗忖，那笑肯定不是为了他；那她哭，又是为了谁呢。

这个箱子他没有打开过。

当时，赵平津还在国外，之前沈敏跟他简短报告过一声，说黄西棠已经出院了，医药费也已经结清，人现在在家里休养。突然有一天，嘉园的保安给他发消息，问他们家是不是遭贼了——门口一大堆垃圾。他让沈敏开车过去，只说工人正往外清东西。

沈敏用一个储物箱装下了这些东西，等他回来后转交给了他，赵平津想直接扔了，而揭开盖子的一刹那，却看到箱子的最上面，放着一个被压扁了的棕色小熊。

那是黄西棠最喜欢的一个玩偶，每次睡觉时必须得放在枕头边上，她说她母亲在她小时候回过一次上海，回来时给她带了这个玩具熊。母亲还告诉她，小熊是她最好的朋友，她母亲后来一心一意抚养她，再也没有离开过那个小县城。

他皱着眉头将这个箱子丢进了车子尾厢的最深处。

好几年过去了，他主要的座驾几乎一年换一次，那个箱子始终在他后车厢里，没有打开过，也没有扔掉。

黄西棠问他："我能不能把我的小熊带回剧组？"

赵平津闲闲地答："不能。"

黄西棠委屈地撇撇嘴，也不敢反抗。

赵平津问："当年那屋子，是你自己收拾的东西？"

西棠愣了一下："是。"

赵平津定定地望着她，沉着脸冷酷地说了一句："撒谎。"

西棠没敢再嘴硬，他们住的那套房子，是倪凯伦给收拾的东西，时间紧急，倪凯伦就给她收了点随身衣物，其余的东西，值钱的全拿去卖了，不值钱的全扔了。

一样没留。

是她扔掉了她生命中最宝贵的东西，她内疚，无话可说。

赵平津看着她忽然的沉默，不自觉地放低了声音："好了，收起来我让人消过毒你再玩儿，那么多年的东西了，别摸了，脏死了。"

西棠爬上床躺在他怀里，两个人安安静静的——她读剧本，赵平津看书。

不一会儿，西棠窝在他怀里睡着了。

赵平津知道她工作不容易，进组拍戏是很辛苦的事情，尤其是大型电视连续剧，基本都是赶工赶到没日没夜，天寒地冻的还需要常常出外景，更何况她偶尔有休息的时间，都在他这儿耗完了。

他轻轻抱起她，让她躺在了他的身边，替她盖好被子。

早上赵平津醒来，胳膊轻轻动了动，西棠也跟着醒了。

西棠看了一眼时间，才七点多，她轻轻问了句："睡好了吗？"

赵平津点点头。

西棠爬起来，她睡饱了，清清爽爽的，精气神儿十足。

反倒是赵平津，这段时间一直觉得累，醒了只觉得头晕，只肯慵懒地歪在床上。

西棠轻轻打开了一盏夜灯。

昏暗的灯光衬得卧房里暖融融的。

赵平津裹着被子躺在床上，看着她赤脚爬起来，枕头被她在睡梦中踢掉了一个，她捡起来放在一旁的织锦扶手椅上，然后坐在床边穿上一件粉色睡袍，低着头系带子，黑色的发丝有些凌乱，却非常俏皮可爱。她轻轻地将他的毛衣外套放在床边，进了衣帽间，给他挂好了今天上班要穿的衬衣、西装。她踩在地毯上，柔软得没有一丝声息，两个人谁也没有说话，静静地享受着尘世之中一个平凡、静谧的早晨。

西棠走到床边，亲了亲他的脸颊。

赵平津眼睫低垂，嘴角露出了一点点笑意。

西棠出去做早餐了。

赵平津觉得眼前有些晕眩，重新闭上了眼，听到黄西棠在厨房走动，哼哼唧唧地唱着一首儿歌："池塘的水满了雨也停了，池塘的水满了雨也停了……"

人生竟然会有这样恬淡、幸福的时刻，赵平津躺了一会儿，感觉到自己鼻腔发酸，眼角刺痛，只好抬起手，用力按了按太阳穴，忍住了隐隐要涌出的泪水。

西棠做好早餐进来。赵平津洗漱完了，继续躺在床上，床头的移动书桌展开，他的笔记本电脑开着，他戴着眼镜在看文件。

西棠凑过去看了一眼，邮箱里有长长的一列红色加急的工作邮件。

西棠说："吃早餐了。"

赵平津不愿意动："外面冷，不想出去。"

这个屋子铺有最好的地暖设备，每个房间都控制在一个舒适的温度。虽然卧房跟客厅明明就一个温度，可赵平津却犯懒不肯起床，西棠抬头看了一眼卧房，宽敞的卧房内窗帘紧闭，一盏昏黄的壁灯映照在棕色的木地板上，被褥散发着丝丝暖意；春宵帐暖，一刻千金，让人恨不得扑上去睡到地老天荒。

这一刻的温情，她不是没感受到，只是她没有资格再任性了。

黄西棠静静地走过去，给他穿上衬衣，一颗一颗地给他扣衬衣的扣子。赵平津只顾着衣来伸手，眼睛依旧停留在电脑屏幕上。西棠给他穿好了衣服，赵平津将脚伸出来搁到了她的腿上，西棠给他套上袜子："大爷，起床了。"

吃完早餐，赵平津在卧房的更衣室里打领带，走出来跟她说了一句："我明天要去欧洲，一个星期左右吧。"

西棠在梳妆台边擦口红，听到他的话，随口问了一句："出差？"

西棠知道赵平津一向不爱出国，除非是工作或偶尔度假，不然他宁可在北京待着。

赵平津愣了一秒，敷衍地点了点头。

西棠返回了剧组。

《最后的和硕公主》的拍摄逐渐接近尾声，所有的人都铆足了劲在赶工，

211

C组的昨日已经杀青，立即派了人过来支援；A组的棚内戏正拍得如火如荼，过几天还有一次大队人马的转场，要去宋庄马场和潮白河畔，拍一场重头外景戏。

西棠中午正在棚里吃盒饭，助理小宁进来说："西棠姐，刚刚有个来自敦煌画室的电话，说是上两个月你打电话找廖先生，之前他去新疆写生了，昨天刚回来。"

西棠闻言手一抖，勺子里的西兰花都掉了，她搁下盒饭找纸巾，再抬起头来，语气明显地镇定了："对方有没有留电话？"

"有，在这儿。"小宁递上了一张字条。

西棠接过，小心地塞进了自己的包里。

小宁好奇地问："廖先生是谁？"

西棠将掉下的菜用纸巾裹住扔了，又擦干净了桌面，说："是我一个大学同学。"

西棠翻开日程表，仔细地看了一遍自己的拍戏时间，然后拿笔画了一个圈："我明天下午出去一下。"

第二天晚上西棠回到酒店，接到倪凯伦的电话，倪凯伦劈头就骂："自己跑出去，不带助理，你挺能耐啊。"

西棠说了实话："我去找廖书儒。"

倪凯伦愣了一下："这人是谁？"

西棠淡淡地说："钟巧儿的大学男朋友。"

"这姑娘的男朋友多了吧。"倪凯伦不客气地笑了，或许想到这么说对死者不敬，她停住了，清了清嗓子，"你找他干吗？"

"吃个饭。我们总还有一顿饭的交情吧。"

倪凯伦是知道钟巧儿的。

钟巧儿待西棠好。西棠当年孤身一人来北京读书，恰好两人分到了同一个宿舍，一个宿舍四个漂亮女孩子，另外两个家境特别好，钟巧儿跟她同病相怜，很快就熟悉了。钟巧儿是北京姑娘，常常带着她满北京城到处跑。钟巧儿门路广，经常介绍西棠去打工兼职，她自己早早入了社会，在京城子弟中艳帜飘扬，有一种北京大姐的豪爽。她平时爱出去玩儿，西棠在学校给她做功课打掩护。钟巧儿有好的机会就带她出去，有什么事儿还护着她。认识赵平津之前的两年多快三年里，西棠能在北京坚韧不拔、有滋有味地活下来，全得感谢钟巧儿倾囊传授的生存之道。

倪凯伦也没多说什么，叮嘱了一句："以后当心点，什么时候有保姆车、司机了，再由着你折腾。"

西棠不经意地问："儒儒想找一个人。如果要找一个人，怎么找最快？"

倪凯伦直截了当地说："除了公安，就是手机卡和银行卡，这世界哪儿不得花钱？"

西棠不再深问，只闲聊着说："我赚了多少了？"

倪凯伦说："你也知道当时为了回来拍戏，你跟公司签的那合同是什么样子，抽成之后基本没给你留多少了。"

西棠叹一口气。

"还是想给你妈在上海买房子？"

"想啊。"

倪凯伦没敢让她抱太大希望："这部戏上了再看看吧，戏有口碑人却不红的情况也是常有，都是看运气的。"

西棠低低地应了一声："知道。"

倪凯伦说："要想来钱快，多接点广告。"

西棠不为所动："品质太差的，还是算了。"

倪凯伦撇撇嘴："就你现在就这名气，你还挑。"

西棠笑嘻嘻地："大经纪人，我什么时候能上 Vogue[7] 封面？"

倪凯伦仔细地想了想："正副刊一起算的话，心卉上过一次台湾版正刊，贞贞只用了三年就上了五次，你嘛——"

西棠好奇地问："怎么样？"

倪凯伦诚心诚意地道："要不你再整一次吧。"

西棠大叫一声："你先去拉皮吧你！"

那头传来倪凯伦的哈哈大笑。

---

[7]《时尚》。

下午六点多，A组导演喊"cut"宣布收工。

西棠回酒店卸了妆，换了身衣服，拎着包往外跑。

小宁跟在她身后念叨："西棠姐，你又出去，你最近老跑出去，倪小姐知道要骂我。"

西棠回头看她一眼："我带你出去行不行？"

于是，她带了助理去喝咖啡。

两个女孩儿坐在咖啡馆临窗的位子上，等了会儿，看到瑟瑟寒风中，一个穿着西装的年轻男人从车上下来，推开了咖啡馆的门。

西棠冲他招招手。

陆晓江远远就笑了："不好意思，迟到了。"

西棠介绍说："没关系，这位是我助理小宁。"

陆晓江恭维道："宁小姐这么漂亮，也可以拍戏了。"

小宁一边忍不住打量他，一边乐得直笑："您太客气了。"

西棠知道她误会了。

西棠明白，自己一夜之间当上了主演，背后有背景的嫌疑是绝对跑不掉的，小宁误以为陆晓江跟她关系不一般，所以才特别好奇。西棠没打算解释，小宁就是工作上的助理，这姑娘不能交底儿。倪凯伦也特地嘱咐过她，她与赵平津这事儿，知道的人越少越好。

西棠进组时，因为是完全没名气的新人，助理只带了一个，难免被人看轻。剧组里暗地使绊子的人不少，连小宁都跟着受气。而今，她在片场摸爬滚打了那么多年，这种攀权附势、攀高踩低的人与事见多了，一开始她都默不作声地处理掉了。

直到有一天她站的位置不对，稍微挡了一点点机位，一个摄影助理站在机器后面对着她破口大骂，骂得非常难听，她忍了下来继续工作，回了酒店她就给倪凯伦打电话。第二天开工时，那位摄影师恭恭敬敬地当着全剧组人的面儿给她鞠躬道歉，后来整个剧组上到执行导演下到茶水工，再没人敢欺负她。

其实挨骂这种事儿在横店她受多了，但那时她是小虾小蟹，她不能拿自己太当回事儿。如今身份不同了，自己不惹人，也绝不能让人欺负。她的事情冯导多少知道一点儿，所以他待她平平淡淡的，演不好该骂照样骂，但西棠不怕，他是业内大拿，只要有机会，她就能证明自己配得上演这个角色。西棠在剧组兢兢业业地工作着，看似背景高深莫测，但没有任何流言蜚语传出，这得益于赵平津从不来剧组探她的班。

西棠听着小宁跟陆晓江你一句我一句地互相恭维，两个人聊得乐呵呵的，她一点不担心带助理会尴尬。

之前陆晓江在他们几个大院一起长大的男孩子中，因为年纪最小，性格软弱，就老显得有点畏畏缩缩的。他们几个大院孩子，成绩好的读了清华，就陆晓江读了北大。北京孩子爱贫嘴，读清华的瞧不起读北大的，赵平津就老拿这点挤对他。陆晓江其实一直挺受女孩子欢迎的，他外表温文尔雅，人也比较细心。

西棠一直都记得，当初赵平津第一次带她出来跟他们玩儿，赵平津一向骄矜自傲，不太顾及女孩儿的细腻心思，西棠一个小小女生进入了一个全是陌生人的圈子，有点不适应。亏了方朗佲比较温和，陆晓江贴心，他们俩主动跟她聊天，让她感到了很大的善意。

那会儿年纪小，嘻嘻哈哈地闹着玩儿，西棠跟谁都能做哥们儿，跟陆晓江的关系也一向不错。只是西棠自己也不明白，怎么闹着闹着，就闯出了那样的大祸。

陆晓江点了一杯美式咖啡。

三个人坐下闲聊了一会儿，趁着小宁去洗手间的工夫，西棠将一个文件袋递给陆晓江："麻烦你。"

陆晓江接过去放进了公文包里："不麻烦。"

西棠说："好几年前的了，流水单号和银行卡号都有，是在商场刷卡的。"

陆晓江笑着说："放心，我会尽力的。"

等到两个姑娘喝完咖啡，陆晓江看了看表说："正好是晚饭时间，我请你俩吃个饭吧，北京菜怎么样？"

小宁难得出来放风,高兴得眼前一亮,拿眼睛看西棠。

西棠想婉拒:"太麻烦你了。"

陆晓江说:"不麻烦,我回家也就保姆在家,父母不在城里,我媳妇儿回美国了。"

他态度诚恳:"就当陪我吃个饭,怎么样?"

西棠只好点了点头。

陆晓江开车带她们去了三里屯的"1949"。

车停在院子里,下车的时候,陆晓江抬头看了看,忽然"咦"了一声。

他转头看了眼黄西棠。

西棠也看到了,院子里停着赵平津的车。

西棠以为他仍在国外,没想到已经回了北京。她昨天回柏悦府去取东西,按照惯例她想着知会他一声,可手机不通;她又知会了沈敏,沈敏说他还没回来,她不太认得车,一排看过去都是黑漆漆的大车,只是赵平津的车牌号太醒目了。

陆晓江低声问了一句:"没事吧?要不要换地儿?"

西棠摇摇头:"没事。"

陆晓江陪着两个女生进去,大厅里的服务员迎上来:"陆先生,给您留了位了。"

陆晓江问:"包间还有吗?"

服务员答:"有的。"

三个人进了包间。

服务员进包间让客人点餐,一看是熟人,笑了笑说:"陆经理,您来吃饭啊,赵先生也在呢。"

陆晓江问了一句:"赵先生应酬还是?"

服务员笑着答:"家里人吃饭吧,挺热闹的。"

西棠低着头默默地听着。

陆晓江没再问了,招呼着她们点菜,见她俩客气,他就点了蔬菜沙拉、鸭肝酱、烤鸭、鸭汤、宫保虾球、松茸带子,还给两位女生点了杨枝甘露和养生红枣百合。

西棠一直说可以了，够了。

一会儿烤鸭上来了，小宁吃得满嘴抹油，大呼好吃，把在一旁片鸭的师傅都逗乐了。

幸好带了她来，不然场面太冷清，西棠专心吃饭，却有点食不知味。

陆晓江也不烦她，跟小宁打趣聊天。饭吃到半饱，餐厅的服务员进来，在陆晓江身旁轻声说："赵先生知道您在，让您过去坐会儿，说是老太太想见见您。"

陆晓江不露声色地点点头。

他陪着西棠她们又坐了一会儿，才站起身来，跟西棠说一声："我过去一会儿，很快回来。"

陆晓江跟着服务员走了一段，满目灯影绰绰，红灯绿荷花，妥妥的中式的古典园林。他推门进了包间，赵平津一见着他进来，说："谱挺大啊，喊半天不过来。"

陆晓江看了一眼席面上的人，马上露出大大的笑容："咱姥姥姥爷来北京了啊。"

老太太穿着暗红色绸缎夹袄，戴着一串紫檀佛珠，花白头发梳得整整齐齐，气色挺好。赵、周两家就赵平津一个孩子，老太太常年来北京看女儿、外孙，院子几个孩子她都挺疼爱的："舟儿，你别老欺负晓江儿，来来来，过来姥姥这儿坐。"

陆晓江坐了过去。

赵平津身旁有一个女孩子，栗色短发烫得微卷，妆容精致，冲着他笑一笑："晓江。"

那是赵平津的未婚妻郁小瑛。

赵平津说："跟谁吃饭呢？"

陆晓江说："客户。"

陆晓江坐下动了动筷子，这边菜上得七七八八，估计是跟他们前后脚进来的。陆晓江喝了半碗汤,跟老太太说了会儿家长里短的贴心话,客气地离了席。

他一出包间的门,就给赵平津打电话,好一会儿赵平津才接起来。陆晓江问:"你们什么时候走,跟我说一声。"

赵平津说:"干吗?"

陆晓江重复了一遍。

赵平津说:"我这边老太太吃得挺高兴呢,指不定什么时候回去。"

陆晓江压低声音说:"总之你给我个电话。"

赵平津懒得理他:"我没空。"

陆晓江直接挂电话:"你丫就嘚瑟吧你。"

陆晓江不再管他,回了包间,神情自若地看了看西棠,含蓄地说了声:"什么事儿也没有,安心吃饭吧。"

小宁完全不在意,一直拉着西棠说:"过几天要出外景了,据说要下雪,冯导高兴极了,说下雪镜头好看。西棠姐,多吃点御寒。"

陆晓江将汤勺递给了西棠:"宁小姐说得有道理。"

饭吃到一半的时候,陆晓江跟西棠聊天:"我准备移民。"

西棠愣了一下,没想到他有这打算,就问道:"为什么,国内不挺好的吗?"

陆晓江说:"我未婚妻的事业在美国,短期内似乎没有办法回来,我们不想两地分居,国内的环境也不太适合我。"

能以妻子和家庭为重,从这点来看,陆晓江算是好男人。

西棠说:"我记得你家好像也只有你一个孩子吧,家里人怎么办?"

陆晓江点了点头:"嗯,我父母同意一起过去,就是她爷爷奶奶那边不是很同意,再看看吧。"

西棠捏住瓷白的勺子,低声说了一句:"幸福就好。"

终于酒足饭饱,小宁吃得尤为高兴,有人捧场,气氛还算不错,陆晓江唤人来买单。

仨人慢悠悠地走出了餐厅,还在艺术园区散了一会儿步。走到院子里的停车位时，走廊对面走来了一行人。

赵平津在人群的中央，搀着老太太，旁边一位秘书跟着老爷子，还有一位打扮时髦的中年女士，身旁跟着一个年轻的女孩儿。

两台车停得太近，要避开已经是不可能了。

一行人走近了，西棠尽管站在陆晓江的身后，可她外表太过醒目，连郁小瑛都忍不住多看了一眼。

郁母打趣着说："哎哟，晓江儿，不是说跟客户吃饭吗，你这个客户可真漂亮呀。"

陆晓江面不改色，笑嘻嘻地胡扯着打圆场："阿姨，这是我小姨子。"

赵平津冷冷地看了他一眼："你老婆是独生女，你哪儿来的小姨子？"

陆晓江没回他话，只跟着长辈笑着说："姥姥姥爷，外头冷，上车吧，我改天上舟舟家里去看您二位啊。"

外头的确冻得厉害，郁母招呼着老人上车，陆晓江跟着一块儿将长辈送上了车。

赵平津的车停在旁边，郁小瑛亦步亦趋地跟着他，坐上了副驾驶，赵平津拉开车门，回头看了一眼。

黄西棠仍站在寒风中。

西棠一直安静地站在陆晓江的身后，只在郁母说她漂亮时，微微露出一点笑，那笑容很快就消失了，她并没有看他。

赵平津看到陆晓江很绅士地请女士先走，她俩上了他的车，然后车子迅速开走了。

西棠回到剧组的酒店，进了房间捧着热水杯，半天回不来神。

她没敢细看赵平津的未婚妻。

他的未婚妻长什么样子其实不重要，总之终归是琴瑟和鸣，家人一起吃团圆饭，她紧紧地跟在他的身后，夫唱妇随，这才是正正经经的平凡夫妻。

西棠按了按硬邦邦的手指头，整个人都冻得有点僵硬了。

之前一直躲在暗处不愿意面对的事实，如今明明白白、清清楚楚地亮在了眼前，也好。

她的手机在包里响起来。

西棠拿出来看了一下，是赵平津打的。

她没有接，手机响了一遍又一遍。

西棠最后还是接了。

赵平津的声音是惯常的沉郁醇厚，听不出什么情绪："出来。"

西棠不说话，想了一会儿，搁下手机走了出去。

赵平津远远看着她走出酒店的大门，头发妆容都还是整齐的，脸上挺平静的，只是冻得有点发白，步子也稳，只是走近了才隐约看见她眼底有恍惚。牛仔裤，雪地靴，连外套都没穿，只穿了一件毛衣就跑出来了。

赵平津将她拉上车，调高了空调的温度。

她低着头，安安静静的。

她扎着头发，略低头就露出洁白修长的后颈，赵平津看着她："跟晓江吃饭，为什么不跟我说一声？"

西棠张了张嘴，不晓得怎么回答。

赵平津问："你找他干什么？"

西棠说："我有点银行的事情想问他。"

赵平津拧了拧眉头："你有什么事，问我不是一样。"

西棠平平静静地说："我昨天打电话了，沈敏说你还在国外。"

赵平津沉默了一下，然后跟她说："下次你要跟谁在外面吃饭，跟我说一声，我好做安排。"

西棠掐住自己的手腕，抬着头冷冷地笑了一下："做什么安排，做安排是为了确保我不会出现在你的家人与未婚妻的面前？"

赵平津皱眉道："像今天这样，对你也没有好处……"

西棠不看他，抬起头看着车窗外素白的树枝，清清楚楚地道："赵平津你给我听好了，我不怕见着谁，也不需要你做什么安排，这北京城不姓赵，我爱去哪儿去哪儿。我长得这么美，难道还见不得人不成？送完未婚妻就这么着急来教训我？我才不想听你的教训，再见，赵先生。"

西棠直接开门下车。

赵平津没有给她机会,立即伸手拽住了她,随即大力地将她往后一拉,西棠猝然倒在了座椅中,赵平津一手托住她的脑袋,带着怒火的冰凉的嘴唇迅速而蛮横地攫取了她的双唇。

西棠脑中一阵晕眩,赵平津的脸颊微凉,刺激得她浑身一哆嗦。赵平津立刻觉察到了,小心翼翼地抱住了她,他压在她背部的手沉着有力,贴在她唇边的吻却是温柔缠绵的;他绵绵地吸吮着她的唇舌,唇齿交缠间带来湿润的暖意。片刻之后,黄西棠终于回过神来,她奋力地推他,捶他的肩头。而赵平津丝毫不动,却加大了力气激烈地缠住了她。西棠弓着身体爬起来伸脚踹他,却被赵平津轻而易举地抱了起来,她倒在他的怀里,恼怒地将他的车乱踹一通。

赵平津赶紧拉稳了手刹:"好了,别闹了。"

他喘着气将她紧紧地抱在怀里。

西棠胡乱发泄了一通,头发都散掉了,直到没力气了趴在他的怀里,之后一动不动,跟个小木头人似的。

赵平津深深地吸气,将自己的欲望压住了,静下心来看怀里的人。

西棠睁大着眼,依旧一动不动。

赵平津伸手,一下一下地抚摸着她的头发,耐着性子跟她讲道理:"你看我是浑蛋,恨不得千刀万剐是吧,你以为陆晓江就是好人?"

赵平津的声音沙哑低沉,带着一种深不可测的悲凉,说道:"我是明着坏,他呢,暗地里你不知道的事儿多了。西棠,我们这样的人,你最好谁都不要太相信。"

西棠沉默地想了好一会儿:"明白了。"

赵平津放开了她:"我不接你过去了,我姥姥姥爷在北京,我得回家住。"

西棠整理好了衣服,将头发拢好了:"婚期近了吧。"

赵平津"嗯"了一声。

西棠说:"那我回去了。"

赵平津说:"嗯,别跑,当心地上滑。"

西棠隔天就收到了陆晓江的调查结果。

陆晓江在电话里说："西棠，早知道你要查这个银行户口，我就不应该答应帮你。"

西棠坐在酒店的床头，又翻了一遍他今天送过来的文件，说道："陆晓江，谢谢你。"

陆晓江跟她闲聊了几句，末了含含蓄蓄地说了一句："那天的情形……你也看到了，舟舟……"

西棠翻看那几张薄薄的纸张，面容是冷淡而平静地说："我知道，他快要结婚了。"

陆晓江低声说了一句："我是担心你，你自己小心点儿。"

西棠仰头望了望窗外，今天北京气温极低，天气晴朗，舒朗的天空有难得的蓝天白云，她握着电话，轻轻地回了一句："嗯，谢谢你，没关系的，一切——快结束了。"

《最后的和硕公主》宣发酒会和媒体记者会在金贸北京举行。

西棠跟着倪凯伦进了酒店，看到大堂里摆着一棵巨大的圣诞树，树冠上的小灯泡闪烁着七彩的光，这段时间在剧组过得没日没夜的，不知不觉都快十二月了。

媒体记者会设在五楼的宴会厅。

其实戏还没有完全拍完，但作为明年开春的第一部大戏，剧方的宣传公司想赶在春节前进行一番预热。况且这是该剧第一次正式的新闻媒体发布会，全国各路媒体来了百多家，还有各位明星的粉丝助阵，一场发布会阵势不小。方才倪凯伦将西棠送进了休息室，然后指挥着小宁和宣传忙前忙后地去打点了。

西棠入座时看了一眼，她的粉丝来得不多，但占了一个不错的位置，就在主采访区的背后，挨着印南的强大粉丝团，在她跟在印南身后出场时，他的粉丝尖叫得格外卖力。

连记者都兴奋了，摄像机追着一阵猛拍。

人气就是这样炒出来的。

倪凯伦的工作能力，自然是一流的。

主持人将剧组热情洋溢地吹捧了一番之后，西棠和印南跟着所有主创一块儿上台。旋即，记者对导演和主演逐一访谈，第一支主题曲已经出来，歌手上来演唱了两首歌，压轴戏是播放了第一版片花，正式的媒体会结束之后，西棠还有一个单独的采访。

媒体采访完是私人酒会，这个酒会就不再有记者。此时，制片方和发行方的老总都来了。

西棠被倪凯伦领着给几个投资商和制片人打招呼，该露的脸儿，该打点的关系，还是要本本分分做好的。

敬到最后一桌时，西棠看到高积毅在座位中，他瞧着她似笑非笑。也难怪各位老总得巴结他，他是分管宣传的领导，各种电视剧、电影的立项审批，只怕都少不了走这一关。

西棠恭恭敬敬地叫了一声高先生，把那杯酒干了。

一直到了十点多，倪凯伦才带她从酒会离开。二人在电梯里恰好碰到高积毅，高积毅胳膊上挽着一个人，是方才媒体会的主持人，星空卫视电视剧频道的美女主持姜松雪。

倪凯伦暗自掐了掐西棠的胳膊。

西棠笑了笑，主动打招呼："姜小姐。"

西棠来北京之前，倪凯伦给她逐一提点过不但不能招惹且要小心应付的艺人，姜松雪就是其中一位。

嘴巴毒，背景深，不能得罪。

姜松雪是圈子里的资深主持人了，见过的明星不计其数，她眼界可高，听到西棠打招呼，只用鼻子哼了一声。

高积毅看着这一幕，乐得哈哈大笑："松雪，你别这脸色，这位可不是凡人，一会儿有你好瞧的。"

姜松雪脸色微变，佯装好奇地问道："您认识黄小姐？"

高积毅又是那副似笑非笑的表情："何止，我们老相识了。"

姜松雪立刻笑着道："西棠，失礼了。"

这般能屈能伸，见风使舵，真不愧是娱乐圈的人。

西棠赶紧露出笑容，用十二分诚恳的声音说："您客气了。"

幸好这时电梯门叮的一声开了。

他们去的是同一个地方——酒店十七层的俱乐部包厢，高积毅挽着女主持直接进去了，沈敏从里边走了出来。

倪凯伦瞧见是他，问："赵平津呢？"

沈敏说："他在打牌。"

倪凯伦将西棠往前一推："喝了点酒，我怕出事儿，人给你送过来了，看好了。"

这话说得危机四伏，沈敏愣是没露半分声色，接过了西棠的胳膊轻轻一扶："还能走吧？"

西棠笑笑说："还好。"

她根本没喝醉，那件事之后她只要喝酒，都会去洗手间催吐，再不允许自己醉。

西棠跟着沈敏走了进去。

包厢里面热热闹闹的，有歌声和音乐声。牌桌上围坐着一群人，赵平津赫然在位，西棠注意到赵平津跟沈敏都穿着正式西装，看来是应酬刚刚结束接着开始玩儿。

赵平津抬头瞥了她一眼。

西棠穿了一袭玫瑰红的礼服，窈窕身段尽显，肤白胜雪，晶莹透骨；黑发绾成发髻，露出了修长洁白的颈项，脖子戴着一圈细细的钻石项链；眸光里水波盈盈，好一个令人惊艳的玫瑰女郎。

她一走进房间，座中的男士纷纷抬起头看了一眼。

赵平津不咸不淡地看了她一眼，三九的天气，穿得这么单薄，倪凯伦送她过来也不知道给她加一件御寒的衣服，他暗自拧了拧眉头。

坐他对家的方朗佲拍掌赞了一声："西棠，漂亮！"

西棠对他露出了一个客气的笑容。

西棠走到沙发边坐了下来,男人们大部分都在牌桌上,青青似乎没有来,高积毅跟姜松雪在沙发上喝酒唱歌。沙发上还坐了两个女孩子,见到她走进来,拉着手瞧着她窃窃私语,并没有过来打招呼。

那两位女孩子穿着洋装,妆容艳丽,应该是公关公司的人。

西棠到北京后,赵平津从不带她出去应酬,想来他的工作场合,陪着应酬的总会有另外的人。

西棠在沙发上坐了一会儿,见没有人理会她,她就打了个电话,服务员将她助理携带的工作包送了进来。西棠躲在沙发的角落里,掏出小镜子卸掉了粘着的假睫毛,擦淡了因为要上镜而过分艳丽的胭脂,而后她裹上了一件毛绒外套。

最近实在是熬夜太多,今晚在聚光灯下工作了半个晚上,接着在酒桌旁赔笑半个晚上,实在是累到不行,西棠踢掉高跟鞋,悄悄坐进灯光照不到的黑暗处,慢慢就有些迷糊。沈敏过来拿饮料,经过她时叮嘱了一句:"西棠,别睡着了,当心着凉。"

赵平津正在牌桌上,闻言看了一眼,他顺手将牌推给了站在他身旁看牌的助理龚祺。

看到赵平津走了过来,坐在沙发上的两个女孩子立刻站了起来,恭敬地叫一声:"赵总。"

赵平津只简单地点点头,直接走到黄西棠身边,伸手抱起沙发上的小小人儿。西棠还打着盹儿,被他抱了起来,软软地趴在他的肩上,迷迷糊糊的。

赵平津在沙发上坐了下来,对着高积毅指了指沙发的另外一端。高积毅伸手将他的大衣给捞了过来,赵平津用大衣裹住了她。

西棠窝在他的怀里,暖乎乎的,像只小袋鼠。

公司公关部的两位女同事,方才因为工作一起应酬客户,他没注意她们也在这里,现在她俩睁大眼看着他,一副活见鬼的表情。赵平津一向不是亲近下属的人,皱着眉头摆摆手,让两人走开了。

赵平津抱着西棠跟高积毅在沙发上聊天。

高积毅将姜松雪打发去唱歌了,然后跟赵平津说:"昨儿听说老孙回来了。"

赵平津没反应过来:"谁?"

"孙克虎。"

赵平津听见这名字,撇撇嘴角嘲讽地道:"混不下去销声匿迹有一阵子了吧,他去哪儿回来了?"

"出国好几年了,早几年上头没这么紧,大概多少有点钱了,他老子想叫他移民澳洲。"

京城里的子弟大家彼此都熟悉,来来回回多少能互相给点脸面。

当然也有不对盘的。

赵平津就一向不喜欢这个孙克虎,赵平津读高中时谈的第一个女朋友,叫什么名儿完全忘记了。那会儿,孙克虎也特喜欢那女生,说赵平津抢了他女朋友,然后互相约了在后海茬架。

茬架没事儿,赵平津后来跟那边茬架的几个成了哥们儿。可就是这个孙克虎,从此怀恨在心,虽说见了面儿大家都能装个客气,但彼此心里都不是那个味儿。

后来赵平津跟黄西棠在一块儿时,孙克虎还想报仇雪恨来着,叫黄西棠当众甩了他一大脸子。他哪儿欺负得了黄西棠,黄西棠那会儿跟小钢炮似的,有赵平津撑腰,逮谁灭谁。那会儿年轻,男人之间争风吃醋的事儿常有,赵平津也没当回事儿,赵平津要办事儿找过他,孙克虎还跟他来劲儿,特别不局气。

高积毅跟赵平津商量事儿。

高积毅有点拿不准主意:"鲁部的儿媳妇好像跟孙克虎是表亲,你说我要不要找找他?"

赵平津不太认同:"孙克虎刚回来,能说上多少话?而且他老子都做不了主的事儿,他能顶个屁用?"

高积毅想了想:"我这也是怕不够稳妥,想多个门路。舟子,我这事儿主要还是得靠你。"

赵平津声音很稳："我知道，这事儿我亲自给你办。"

"那哥们儿就先谢了。"

"多大点事儿，做了这么多年了，你也该升一升了。"

赵平津忽然抬手扶了扶西棠的肩膀，怀里的人有点微微发颤："西棠，怎么了，冷是不是？"

高积毅谈完了正事儿，招了招手让姜松雪过来喝酒，高积毅搂着她坐到了沙发的另外一边。

赵平津想带西棠先走，于是摇了摇她的胳膊："回家睡吧。"

西棠睁开眼，从他怀里爬了起来。

这时包厢的大门被轰然推开。

一个女孩子闯了进来，脸孔涨红，受了刺激一般地尖叫了一声："请问高哥在不在？"

外厅打牌的人纷纷停住了动作，看了一眼门前的姑娘，男人们脸上露出习以为常的暧昧笑容，目光朝沙发这边扫过来。

高积毅跟姜松雪仍然在沙发中暧昧。

西棠顺着声音看过去，门口站着一个年轻小姑娘，似乎刚刚哭过鼻子，眼睛、鼻尖都是红的。

西棠眼睛蓦然睁大，原来竟是熟人，是他们剧组里的那位小姑娘陶苒苒。方才新闻发布会时好像还见到她了，承办方从剧组找了一些群演来暖场，她是其中一位。

赵平津叫了一声："哎哎，高子，找你呢。"

高积毅抬起头瞧见她："你怎么跑这儿来了？"

陶苒苒冲到了他的面前，怒气冲冲地说："高哥，您不是跟我说，冯导的下一部戏我能做主演吗，我刚刚跟他打过招呼，根本没有！演员名单已经定了，他根本就不认识我，也没见过我的名字！"

高积毅不疾不徐地站了起来，亲切地笑着安抚她说："小陶，你别急啊，我再问问。"

陶苒苒被他温文尔雅的外表迷惑了，方才的勇气消失了一半，她迟疑了一下说:"您还有办法吗?"

西棠冷冷地一声喝醒她:"苒苒,别傻了,冯导的戏,所有的主演都必须经过他的首肯才会签约,既然他已经否认,那就是没有。高积毅就是玩弄你,你还看不出来吗?"

陶苒苒其实今晚已经再三求证过,根本就没人给她搭过什么关系,她报出高积毅的名号,却只换来了周围人轻蔑的嘲笑。此刻,西棠戳破了她最后一个希望的泡沫,她终于彻底绝望了,疯了一般扑上来:"你竟然这样对我,我的清白都没了,你们都是衣冠禽兽!我要去举报你!"

座中的男人们哄笑一声:"老高,这就不地道了啊。"

高积毅将她拖住,狠狠一扯:"你小声点!"

西棠立刻站了起来。

赵平津按住了她的肩膀,压低声音跟她说:"好了,这没你的事儿。"

姜松雪一直站在一旁,一边看一边捂着嘴笑:"我说同学,男人说什么你就相信,你是不是太天真了点?"

陶苒苒眼眶中泛起泪光:"他骗我!"

姜松雪笑得意味深长:"那是你傻。"

陶苒苒顿时捂住脸,崩溃地大哭起来:"我是好女孩儿,我妈妈要是知道了这事,肯定饶不了我……"

西棠走过去,扶住她的肩膀,低声安慰了几句,然后抬起头,盯着高积毅说:"这个世界上,就有人言而无信,就有人是衣冠禽兽!苒苒,你以后要记得看清楚了。"

姜松雪吹了吹指甲:"哎哟,有人撑腰,这年头的女明星,说话可真不客气啊。"

那边陶苒苒哭哭啼啼地扯住了高积毅,死扯着不放手。一会儿服务员走进来,将她拉走了。

高积毅眼见着人被拖了出去,松了口气拍了拍衣袖:"晦气。"

西棠站在沙发边,冷冷地接了一句:"高先生,你睡人家姑娘的时候,怎么没想到会有今天呢?"

高积毅本来就一身的不痛快，听到这话更是火上浇油，他也不敢拿她怎么样，只对着赵平津说："舟子，你管好她的嘴！你要是管不住，别怪我不客气！"

　　赵平津骄纵惯了，听了这话，他故意站到了一边，嘴角一点点玩世不恭的轻薄笑意："我还真就管不住。"

　　西棠压了不知多少年的仇恨此时此刻在胸膛里翻滚而起，她对着高积毅讽刺地笑笑："当心姑娘今晚就去你家楼顶跳楼，死在你手上的人命，那可就又多了一条了。"

　　高积毅仿佛被烫了一下，发狂地吼了一声："黄西棠，你说话小心点！"

　　赵平津低声喝住了西棠："好了，别太出格。"

　　姜松雪瞬间睁大了眼。

　　包厢内已经安静一片。

　　方朗佲走了过来请姜松雪走："姜小姐，不好意思，家里人处理点事儿，一会儿高哥再给你电话。"

　　赵平津回头看了一眼，有沈敏在，办事自然是周到的，牌桌上的客户和经理不知何时早已经散了个精光。

　　沈敏跟着走到了门口，挥散了门口候着的服务员。他把门关上了，走到赵平津身旁低声说："您带西棠回去吧。"

　　赵平津点点头对西棠说："走吧。"

　　高积毅站在她的身后，语带威胁道："黄西棠，我告诉你，钟巧儿的死跟我没关系。"

　　西棠闻言立刻回头，无惊无惧地盯着他，一声声质问道："是吗，那你为什么往她的户头上打了五百万？她拿了这么多钱，为什么还会在第二天跳楼自杀？"

　　这下连赵平津都有点诧异了。

　　高积毅瞬间狰狞了脸："黄西棠，你查我？疯了吧你！"

　　西棠咬着牙说："你要是没做亏心事，你怕什么？"

西棠跟高积毅直接翻脸吵开了。

赵平津慢慢听明白了，钟巧儿死的前一天，高积毅往她的户头打了五百万，那时候的五百万，足够在三环内买两套三居室的房子，钟巧儿拿了这钱，小半辈子都够过了。

这么些年过去了，从在横店再次见到西棠开始，赵平津以为她学会适应社会的生存法则了，没想到她的血性还在，还是那股宁折勿弯的烈性脾气，骨子里仍然是那个忠诚天真的小女孩儿。

高积毅咬牙切齿地说："我告诉你，她该死，那笔钱全留给了她父母，我对她已经仁至义尽。"

西棠一瞬间眼睛就红了，愤然责问："你既然不能跟她在一起，为什么要骗她的感情？还利用她来干那么多肮脏事？"

高积毅阴森森地看着黄西棠，仿佛看到了一个带着钟巧儿灵魂的怪物："她沾了不该沾的东西，却又拿来威胁人，这事儿不是我一个人干的，牵扯的人深了去了，你以为我那么容易拿得出那么多钱？钟巧儿什么人，你还不知道？你替她出什么头，你以为她就是干净的？"

西棠仰着头："在你们这样的人眼中，一条人命就值五百万？"

高积毅冷笑一声："你要明白，钟巧儿是自杀的！怎么？我还给低了？"

西棠气得咬牙切齿。

高积毅鄙夷地说："你鸣什么不平，喊什么冤，你现在不仍在走她的老路？哪天舟舟将你打发了，有本事你也跳下去？"

赵平津脸上倏然变色，皱着眉头低喝了一句："高积毅，你少胡说八道！"

西棠恶狠狠地说："钟巧儿的死，你迟早有报应！"

方朗佲赶紧制止她："西棠，你冷静一点！"

局面一团乱。

高积毅踹翻了椅子摔门走了。

赵平津开车回家的时候，斜睨了身旁的人一眼，而后对西棠说："你能不能少给我惹点事儿？"

黄西棠方才的野蛮劲儿完全不见了。

人靠在座椅上,脸上的妆花了,有点像个纸糊的娃娃。

回到家里,西棠抱着枕头和她的小熊,去另外一个房间睡。

赵平津站在卧房的门口,淡淡地瞥了她一眼,嘴角下沉:"怎么,我又成了你的阶级敌人了?"

西棠沉默。

赵平津转过身,冷冷地说了一句:"回来房间睡。"

西棠跟着他走了回去,侧过身躺在床沿,背对着赵平津。

赵平津倚在床头,看了看缩在被子里的小小人儿,放低了声音:"心里还不舒服?"

西棠一动不动。

赵平津伸手过去摸她的头发:"我跟你说说道理,先说好,你不许跟我闹脾气。你自己也跑了那么多年江湖了,该明白的事儿也明白透了。在这个北京城里,做什么都好,不能毁了人的前程。我们这样的人脸面最重要,事业就是最大的脸面,钟巧儿这是犯了大忌。"

赵平津轻轻地抚摸她的耳朵,柔声道:"人走都走了,你做不了什么的,想开点。"

被子里的人儿肩膀开始抖,她在流眼泪,无声无息的,赵平津的手触到她的脸颊,一手都是泪。

赵平津心一紧,抱她在怀里,抽过纸巾给她擦拭。黄西棠哽咽着,泪水绵延不断,滚在他的手掌心,暖暖的,仿佛一道一道的伤痕。

她哭着哭着开始抽气,仿佛有什么东西卡在了喉咙,有点上不来气,脸蛋都憋青了。

赵平津心疼坏了,赶紧坐了起来,松开了她,一边替她拍着背顺气,一边焦急地道:"吸气,吸气,别哭了。"

黄西棠靠在他的胸膛,抽噎了几下,吐出两口气,慢慢止住了哭泣,一动不动地坐着,睫毛上全是泪。

赵平津重新将她抱在怀里。

等到西棠平静下来，赵平津低声劝她说："今儿这气你出了就算了，弄得老高也够灰头土脸的了，以后这事儿别提了，你别得罪高积毅，你拍的戏，都攥在他手上呢，你明白吗？"

西棠沉思了很久，轻轻地应了一声。

赵平津知道，黄西棠看得清清楚楚，钟巧儿是她，她就是钟巧儿，她们的命运是一样的。她感怀身世，他给不了任何安慰。

夜里两个人在黑暗中拥抱。

激烈的，无声的，没能说出口的话，不能再说出口的话，只能在肢体的交缠中更深刻地确认彼此。

赵平津在她的身上释放的那一刻，西棠眼角迸出滚烫的泪，她浑身发颤，牙关咬紧，完全不能自己，她用尽最后一点勇气问了一句："赵平津，你原谅我了吗？"

赵平津没有回答。

她等了许久许久，只听到他模糊的一句："睡吧。"

西棠只觉得浑身的暖意在一丝一丝地冷却下去。

窗台堆满了积雪，大雪下了一夜。

过了一个星期，赵平津给黄西棠打电话，说方朗佲那边请客吃饭，让她周末过来。西棠本来不愿意再去招惹他们，最近是非太多了，但赵平津告诉她，青青怀孕了。

怀里揣着这好消息，方朗佲逢人就乐，整个人喜气洋洋的，但又碍于传统风俗不能太张扬，所以说是请几个亲近的朋友吃个饭大家聚聚。本来西棠不想去，跟赵平津都说了，谁知青青又特地给她打了电话。

她想了想，还是去了，也许这是最后一次见欧阳青青了。

在酒店的走廊里，黄西棠又见着高积毅，他身边带着姜松雪，看来两人热乎劲儿还没过去。

在北京见了这么多回，基本上西棠不会跟高积毅搭话，要真迎面碰上了，最多也就是面无表情地点点头，这回高积毅见着她，皮笑肉不笑地："哟，大侦探也来了啊。"

黄西棠真是太佩服他们这帮人的涎皮赖脸，只好抽了抽嘴角，挤出一个假笑。

在饭桌上，大家先热烈恭喜了一番方朗佫夫妇。

青青穿了条红裙子，整个人气色好极了："今晚谁也不许有事先走，咱说好了，不醉不归啊。"

赵平津撇撇嘴道："这话说得对，咱们几个里头，难得有人怀了个是爱情的结晶，是得喝多点。"

方朗佫哈哈大笑。

这里头除了高积毅，他们夫妇是第二个怀上的，高积毅郁闷地叫了一声："唉，你这埋汰谁呢？"

喜事一桩，加上方朗佫的面儿，不说赵平津捧场，高积毅和陆晓江也一样前来恭喜。于是大家款酌慢饮，谈兴渐浓，席面上和和气气的，一派欢乐祥和的气氛。

高积毅吃了一半想起来说："舟子，我上回让你在意大利给捎的那包呢，我媳妇儿都跟我急眼了。"

赵平津完全忘了这茬事儿，经他一说才想起来："我都忘记了，回头你打电话找我秘书拿。"

高积毅拿眼偷觑黄西棠，嘴上却笑着跟赵平津说："怎么样，陪女人试衣服是不是得疯？"

西棠心不在焉地听着，听了好一会儿才醒悟过来，原来赵平津上次去欧洲不是出差，是陪未婚妻去采购结婚礼服的。

赵平津明显不愿谈，不咸不淡地应了一声："嗯。"

他转头看了一眼黄西棠，她好像没听见似的，依旧安安静静地吃饭。

不一会儿，高积毅又给赵平津敬酒，也不知是酒劲上头还是怎么着，话说得特别大声："哥们儿那事儿，拜托你了，你结婚哥几个的红包里，我指定是最大的。"

赵平津没说话，只跟他碰了一下，喝了半杯酒。

眼看席面上气氛正好，方朗佲趁机推了推陆晓江说："晓江，你上回说的那事儿，为什么不问问舟子？"

赵平津听到了，抬头斜睨了陆晓江一眼，不咸不淡地问了一句："什么事儿？"

陆晓江愣了一下，老实说了："哦，我帮我爸在办移民呢。"

陆晓江这几年基本没怎么跟赵平津有私交，赵平津一时竟没想到他的脚步那么快。

赵平津搁下筷子，唇角浮起一点点轻薄的笑意，说："当年我们家赵品冬在国外不肯回来，你爸在咱们家那可是说得掷地有声啊！退休了哪儿也不去，就留在北京。要不然，上哪儿能一大早排队买爆肚去，怎么，咱爸现在不爱吃爆肚了？"

陆晓江没敢理会他的嘲讽，只实话实说："我跟媳妇儿是打算长期在外面了，我妈劝了劝他，还是有个稳妥签证好。"

赵平津放松了身体靠在椅背上，手撑住椅背闲闲地问："我昨天跟你们总行领导吃饭，据说你要升了啊，你近期没打算辞职吧？"

陆晓江摇摇头："还没有。"

赵平津点点头说："行，看来移民的事儿不着急，你慢慢办吧。"

陆晓江碰了一鼻子灰，低头不说话了。

方朗佲着急了："哎，舟子，你帮还是不帮，给句准话啊。"

赵平津轻飘飘地回了句："晓江多能耐啊，哪轮到我出面儿。"

方朗佲自讨没趣，转头不理他俩了。

赵平津心里不痛快，眼角余光看了一眼身旁的黄西棠。

她坐在他身边，今晚很乖巧，姜松雪一开始找她聊天，问一些他们剧组的小道消息，明里暗里都是坑，只盼着从她嘴里套出点害人的事儿。谁知道黄西棠不上她的当，只微笑着腼腆地看着她，只回答"不清楚"，或者就说没有跟谁谁搭到戏，抑或又说"这个人怎么样不是很清楚，但看起来很和气啊"之类的废话，姜松雪问了几句也觉得无趣了，转头跟青青聊起育儿经来。

黄西棠继续安静着，手机一直放在手边，偶尔悄悄地打开看一眼。

赵平津瞧见她看了好几回手机了，黄西棠平时不是爱玩手机的人，尤其跟他出来吃饭时，礼貌仪态都是无可挑剔的，今晚不知道怎么了。

赵平津抬头看了看，也是，这席面上的人，喜的喜，乐的乐，可都不关她的事儿；还被一群豺狼虎豹环绕，也难怪她走神。

趁着赵平津在聊天，西棠低头看了一眼手机，屏幕上依旧无声无息。

她的手指在屏幕上滑动，翻出昨天夜里的短信，又飞速地扫了一遍。

那则神秘的短信停留在屏幕上。

一个陌生的号码，只有短短一行字——"钟巧儿的事情不要再查下去了。"

发送时间是昨天夜里的十二点多。

黄西棠当时正在拍夜戏，凌晨一点多回到酒店，看到了消息，立刻回了一句："你是谁？"

那边竟也没有休息，隔了一分钟传来一条消息："我是钟巧儿的一位老朋友，我不希望你有危险。"

西棠瞬间睁大了眼睛，仔细地盯着手机，盯着盯着忽然开始打寒战，这么些年过去了，人死灯灭，巧儿早已经在这世上湮灭了一切踪迹，没想到还有人惦记着她。

西棠将电话捏得紧紧的，整个手臂开始发抖，她哆哆嗦嗦地在屏幕上按着："谢谢你还记得她。"

那个人跟她说："你是她最好的朋友，她在天上会安息的。"

她盯着那几行简短的文字走神——

大约是太想念钟巧儿，黄西棠怀疑是自己出现了幻觉，哪怕是巧儿从另外一个世界发给她的，她也不害怕。

此时，她宁愿相信手机那头是一个遥远而熟悉的朋友。

心里翻滚涌起的情绪快要将她淹没，西棠手指在手机屏幕上飞快地打字，打着打着突然醒悟过来，她忽然伸出手，狠狠地抽了一下自己的大腿，强迫自己冷静下来。

然后把屏幕上的字全删了。

黄西棠仔细地想了想,重新按着手机键盘输入,小心翼翼地回了一句:"她走的时候,我不在北京,也没有送她,作为好朋友,我挺惭愧的,什么都没有为她做。"

"你什么都不要再做,等我给你消息。"

"我为什么要相信你?"

"钟巧儿给你留的那封信是用蓝色的墨水写的,白色信封,里面有一枚银戒指。"

西棠的泪水慢慢地流了出来。

慢慢地搁下手机,这时才感觉到自己全身都在抖,她跳上床,用被子紧紧地裹住自己,将手塞进嘴巴里咬住,深深地呼吸了半晌,打战的身体终于慢慢地平复了下来。

她又将手机打开了。

她竟然不是在做梦。

西棠觉得自己还有一个伙伴。

她又想,也许不一定是伙伴,一个藏在黑暗之中的,身份不明的,不知是敌是友的人。

但至少还有人记得钟巧儿。

如果这个人是真的,至少还有人跟她在同一件往事里沉湎,她不是孤立无援的。

她坐在床上按住脑袋,仔细地将事情想了一遍,首先怀疑是高积毅搞鬼,高积毅要阻止她也许有可能。但钟巧儿留给她的信,转送渠道是绝对安全的,倪凯伦亲手交给她的,况且西棠太了解他们这样的人了,高积毅跟赵平津一样,说穿了根本就没把一个女演员放在眼里,他若是真的要对付她,根本不屑使这种发个匿名短信的伎俩。如果不是高积毅——那会是谁呢?陆晓江帮她查了一下账号,但陆晓江一定不会做对高积毅不利的事情。廖书儒?不是,儒儒不会给她发匿名消息。又认识巧儿,又知道她手机号码的人,到底是谁呢?

西棠将所有认识的人逐一排查了一遍,觉得谁都可疑,但谁都没法确定,今天一整天西棠一直在看手机,可对方没有再发来任何消息。

赵平津又看了一眼黄西棠，她似乎根本没在听他们说话，桌上的一碗汤没碰几口，她今天神情一直恍恍惚惚的。

赵平津轻轻地敲了敲她的桌边："别走神，吃饭。"

这时桌面上的菜转了转，西棠闻言动了一下，听话地伸出手，将刚好停在她面前的一盘菜舀了半勺，就要塞进嘴巴里。

赵平津忽然伸手一把抓住了她的手腕。

西棠定睛看了一眼，半勺裹着蛋清的玉米差点被她吃了下去。她不好意思笑了笑，讪讪地放下了勺子。

赵平津皱着眉头盯着她，压低了声音道："吃饭能不能专心点，别心不在焉的。"

一顿饭吃完了，男人们在客厅里喝茶聊天，他们平时吃完饭凑在一块儿都会吸会儿烟，但今天正赶上方朗佫宣布了喜事儿，谁也没好意思动手拿烟。青青自然明白他们这点小心思，她拉起西棠，方才她就发现了西棠一个晚上都闷闷不乐的："你们男的聊天，我们去楼下商场逛逛，西棠你陪我去好不好？"

西棠正想出去透透气，闻言立刻点点头。

姜松雪跟着说："好呀，我也去。"

男人们将她们送了出去，方朗佫在门口跟青青说："你小心点走，我们楼上坐会儿，你们完事了打电话啊。"

青青挽着西棠的手臂慢慢地走，电梯下降到底层的奢豪商场，姜松雪一出电梯门，就戴上了一副黑漆漆的墨镜。

青青先去看母婴用品，逛得兴致勃勃，买了一大堆，西棠帮忙提着，青青掏出手机说："我叫朗佫下来拿。"

两个人走出来，逛到了三楼的珠宝专柜，姜松雪招手叫她们过去看。

青青兴致不减："我们也去看看。"

仨女人一起逛着逛着，西棠在专柜看中一只腕表，不是很大的牌子，售价十多万元。

青青立刻鼓动她说:"喜欢就试一下看看。"

店员都是火眼金睛,自然知道这几位是贵客,殷勤地取出来。

西棠伸出手腕。

她眼光一向好,细细的手腕搁在黑色的丝绒上面,白金的表带,一圈小小碎钻,衬得手美表也美。

青青惊喜地叹了一声:"西棠,好漂亮呀,买了吧。"

西棠微笑着摇摇头。

她将手表摘了下来,都没敢留恋地望几眼,就直接走开了,悄声跟青青说:"我工作的收入,还买不起呢。"

姜松雪一直在旁边看着呢,跟在她们身后,正好听见了,她诧异地说:"哎哟,西棠,你那么大牌的明星,还买不起一块十万块的表吗?据说你们片酬很高啊,一集就十几万啊。"

正在收拾珠宝的服务员立刻抬起头来打量她们。

西棠脸孔顿时涨红了。

玻璃柜旁有几位顾客,闻言纷纷看过来,有人惊叫一声,立刻转过头跟身旁的人兴奋地交头接耳。

楼上的男人们下楼来,正出了电梯朝着她们走过来,青青拉着西棠快步离开了那个柜台,赶紧向他们走来。赵平津正好撞见到这一幕,他大步走近,低声跟黄西棠说:"看上了什么?"

西棠要走。

赵平津喊住她:"黄西棠。"

周围已经有人举起了手机,西棠脸更红,头低下去。

赵平津挡在她的身前,转过头望着姜松雪,不悦地阴沉着脸,压着嗓音说了一句:"你再惹她试试看!"

赵平津牵住黄西棠的手转身就走。

姜松雪推了推墨镜,一脸无辜地说:"我也不是故意的啊,她很红了耶……"

赵平津回到家，他的工作助理打来电话，他一边扯领带一边接电话，交代完工作，挂了电话就开始发脾气："我算是看明白了，我这钱是给少了来着，你在外面让人欺负，这不是丢我的人吗？"

黄西棠不理会赵平津莫名其妙的火气，说："我让谁欺负了？她爱说让她说去。"

赵平津将手机和包往沙发上狠狠一掼："那么点钱你就让人看扁了，你这不是存心寒碜我吗？"

西棠回头看他耍少爷脾气："你冲谁撒气呢？嫌我给你丢人了？我丢你什么人了？这北京城里头逛商场的那么多人，难道谁都买得起那里的东西？你还讲不讲道理了？"

赵平津拿眼瞪着她吼道："黄西棠你就横，就敢跟我横，我亏待你了吗？你说你大明星派头大，钱花得多要买东西，少了你的？可你抠门成这样，你买什么去了？"

西棠冲着他叫了一声："是，我是舍不得花！我经纪人帮我攒着行不行？我想在上海买个房子跟我妈住！"

赵平津噎住了一秒，沉默着不说话了。

这天晚上，西棠没睡好，早上迷迷糊糊地赖了床，再醒来已经十一点多，她从床上爬起来，看到那只腕表在她的梳妆台上。

纯黑的木质盒子，打开来，丝绒上闪烁着耀眼的光芒。

西棠敲了敲书房的门。

赵平津正在书房里对着电脑，见到她走过来，抬起头来。

西棠轻声地说："谢谢。"

赵平津转过头去，没理会她这句话，直接说："我饿了。"

西棠去厨房给他烤面包，热了牛奶端到书房去。

赵平津将工作处理完，走了出来，看到她坐在沙发上，膝盖上摊着剧本，却没有在看，一副神游天外的样子。

赵平津经过她身旁："最近有什么事儿吗？"

西棠在出神，愣了一下，摇了摇头："没有。"

赵平津细细看了她一眼,他这段时间特别忙,没怎么见她。应该是拍戏太过熬人,黄西棠一向透亮光泽的白皙皮肤都显了憔悴。他握了握拳,将水杯搁在了沙发边上,坐到她身边,斜睨她一眼:"你这段时间怎么跟吹气球似的?"

黄西棠闻言,心平气和地抬头对着他笑了笑:"剧组伙食好,吃得太多了。"

赵平津说她忽胖忽瘦的,这也是没办法,都是戏里要求的,她把大公主藏在了心里。印南跟她说的,演员要学会入戏,更要学会出戏,可她觉得这太难了。前段时间,大公主的戏份悲苦,她几乎每天都在镜头前哭,夜里回酒店也哭,印南在剧中饰演她的丈夫——北平警署宋署长的三公子,他娶了金枝玉叶的大公主。

却不料大公主婚前已经心有所属,他在愤怒之中背弃了家庭,离开新婚妻子,奔赴抗日前线战场做了一名炮火中的医官。最终两人在经历了乱世离散的悲苦喜乐之后,终于解开心结,认定了彼此是一世真情。那一天冯导演喊 cut 之后,印南放开了西棠,想逗逗她开心:"我的好格格,你都哭成了一个泪人儿啦,为夫我都不知如何是好啦。"

西棠红着眼,赶紧擦了擦眼泪,不好意思地冲他笑笑。

上个月。按照剧情大公主开始怀孕,导演要求她增胖,西棠睡不好,一天吃几顿饭,消夜也敢吃起司蛋糕,脸上浮肿,镜头里看,怀孕的真实感入木三分。

倪凯伦过来看见她,第一句话是:"怎么胖这么多?"

小宁在一边解释:"拍大公主怀孕的戏呢,导演让胖一点。"

倪凯伦颇不赞成:"一般女明星不就穿多点衣服,你非得搭上身材,小心点,减下来皮是皱的。"

倪凯伦吩咐小宁:"别再给她吃那么多东西。"

赵平津望着她又开始出神,淡淡地说了一句:"要是觉得不开心,拿我卡去买点东西吧。"

西棠恭顺地答了一句:"好。"

赵平津也知道，她现在在他跟前事事顺从，两个人相处得客客气气的，她心里的事儿，不会再跟他说，两个人之间的隔阂太深了。他之前给她的那张卡，所有的消费记录会发到他的手机，她一次都没用过。

中午过后，西棠收拾东西回剧组。

西棠坐在沙发上，偷偷看了一眼赵平津，他完全没有察觉，悠闲自得地坐在沙发上喝水。

她的心忽然跳得有点快。

西棠悄悄地深吸了一口气，语气轻松地说："我明天早上拍最后一场外景戏，在宋庄，可以骑马，你要不要来看看？"

赵平津奇怪地说："前几天不是都杀青了吗？"

西棠稳住呼吸，有板有眼地答："那个媒体见面会是安排好了的，冯导拍戏精益求精，我们已经拼命赶进度。"

赵平津随口问："你手上没劲儿，怎么骑马？"

西棠几乎是用演技来控制住了自己的面部表情，使自己的表达自然而流畅："跑的时候有替身。"

"那怎么拍你脸？"

"有时候也要自己跑。"

赵平津停顿了几秒，然后问了一句："几点？"

西棠想了几秒，然后告诉他："我们很早，六点从城区走，戏大概要十一点多开始。"

赵平津望了望蹲在沙发边上收拾化妆包的小人儿，她跟他以前交往过的那些女明星完全不是一回事，黄西棠压根儿没想拿他去炫耀什么，她躲他都来不及，就像这次她在北京工作了三个多月，从未开口要求他去探班。

赵平津不禁想起来以前她读大学，刚刚开始拍电影的时候，他倒是常常去片场，在铁狮子胡同里。那会儿是夏天，阳光明晃晃地照在灰色的砖楼顶上，他在中午休息时过去陪她吃午饭，常常遇着黄西棠还在工作，片场的工作其实是非常枯燥的，同一个镜头一遍又一遍地反复拍。他跟黄西棠当时都年轻，爱意正浓，觉得一切新奇有趣。赵平津在树荫下看她扎着两根小辫儿，穿了件白裙子，骨架修长纤细，在太阳底下一遍一遍地笑着奔跑，笑容美得如早春的艳阳。他心里只觉得无限怜惜。

跟她分手之后，他就讨厌片场的一切，像之前在横店，觉得条件太差，夏天热、冬天冷，现在这部戏都快结束了，黄西棠才第一次邀他去探班，赵平津翻开手机看了眼明天的行程表："那等你们开始了我去看看吧。"

西棠抿着嘴笑笑，似乎有一点点开心，她拎起包："那我回去工作了。"

赵平津坐在沙发上懒懒地说："过来。"

西棠乖乖走过去，赵平津搂住她的腰，将她抱在怀里，依恋地抱了半天，最终吻了吻她的头发："去吧。"

车子驶出建国门外大街，西棠靠在车后座，赵平津的车里有他的气息，她闭上眼深深地吸了一口气，她知道，他和她是见一次少一次了。

Chapter 8
这女人就是个祸害

赵平津看着她的眼睛,那一瞬间两个人的目光都闪躲了一下,大概都想起来,不管她红不红,他俩反正是再没有机会在人群里走了。

黄西棠从宋庄马场走出来，看到赵平津穿了件黑色羽绒服、蓝色牛仔裤，站在栅栏外冲着她招手。

西棠接到他电话时看了时间，赵平津果真十一点多到的。西棠跟他说时，故意将时间往后压了压，彼时早晨骑马的戏份已经拍完，剧组已经准备接着拍第二场，她跟男二号程勉雨在旧护城河边谈心的戏份。

剧本里天津河岸码头的清晨，远景和空景可以实地取景，但近景是一片烟蒸霞蔚，旷寂无人，如今北京城里哪里还寻得到这方宝地，导演将人马拉到了潮白河，这里一片荒野漫漫，河水凝滞，岸边有一排迷蒙烟树，还颇有几分古都旧韵。

赵平津见到她，问了一声："拍完了？"

西棠点点头："现在休息，一会儿还有。"

赵平津看到她人好端端的，也没在意她拍什么戏份，只直接将车钥匙递给了她："去我车里拿东西，给你们同事带的。"

西棠顺着剧组的一排车子走过去，沿途围观的村民盯着她在看，西棠也知道自己打扮怪异，她裹了一件白色的长款羽绒服，头上梳着两把软翅头，一位穿着青色棉袄的大娘拉着她问："姑娘，哪个是明星？"

西棠指着围起来了的片场："明星在里头！"

大娘打量了她一番："大姑娘，你真俊啊，你也是明星吧？"

西棠笑嘻嘻地问："大娘，您看我像吗？"

大娘们齐声地说："像！"

西棠乐呵呵地傻笑，拿着赵平津的钥匙按了好几次，才找到了他的车，车子后座放着几大袋咖啡，还热腾腾的。

没料到他会愿意在车里搁味道那么浓重的饮料，西棠记得很多年前，她在他车上吃冰激凌，奶油顺着手指滴到座椅上，他咬着牙转过脸去不忍心看却不敢反抗的样子。车子和家里他是严重洁癖到一点点灰尘都不能忍，就因为纵容着她在车上吃东西，那两年多，赵平津换车换得格外频繁。后来，他换车的风儿吹到老爷子耳边去了，老爷子这么些年一直保持着艰苦朴素的传统，尤其看不得小辈儿这么骄奢浪费，赵平津还被叫到跟前结结实实地教训了一顿。

事到如今，好像对于很多事情，两个人都变得不在乎了。

她用左手拎了两袋往回走。

刚往回走了两步，西棠转念一想停住了脚步，又返身折了回来，她站在赵平津的车旁，伸出脚踢了踢他车子的轮胎。

这不是办法。

西棠放弃了，拎着咖啡往剧组走去。

远远看到赵平津站在河边跟一个男人聊天。

赵平津见到她踩在脏兮兮的雪地中，深一脚浅一脚地朝着片场走过来，皱着眉头远远就说："你怎么自己提？"

雪地太难走，西棠气都喘上了："谁让你使唤我？"

赵平津一副不可救药的神色，呵责道："我使唤你，你不会使唤你的助理吗？"

西棠瞪他一眼，撇撇嘴说："我没你那么臭不要脸。"

两人分明就是在打情骂俏，听得旁边的男人哈哈大笑："这位妹妹好生眼熟，舟子，不介绍一下？"

赵平津替她拿了咖啡，然后介绍说："这是黄西棠，这位是栗哲，知名的画家，策展人。"

西棠客气地笑着打招呼："栗先生。"

北京城里头这帮公子哥儿的风流韵事传得跟风一样轻快，赵平津的事儿栗哲多少也听说了一点，他打趣着说："哈哈，久仰久仰，果真漂亮，怪不得连一向眼高于顶的赵舟舟同志都来陪同工作了。"

赵平津默认了，没说话，眼底有些微的笑意。

西棠怪不好意思的："您别取笑我了。"

西棠将咖啡递给了一旁走过的剧组工作人员。

回过头来时，黄西棠听到栗哲跟赵平津说："舟子，上回朗佫过来，我还问起你,真难得见你这尊真神一回,一会儿有空吗,过来给我那处院子题个字。"

赵平津闲闲地踩着雪地里埋着的几棵嫩芽儿:"我哪还能写啊,多少年不练了。"

栗哲哪肯轻易放过他,不依不饶地说:"你那墨宝,千金难求,偏看不起我们这行当,字都不肯写两个。哥们儿好茶招待你,一会儿有空了上我那儿坐会儿?"

栗哲又朝着西棠作揖:"好妹妹,您将他匀我一会儿成吗?"

赵平津看黄西棠。

呼朋唤友作乐一向是赵平津的本色,去哪儿都差不了这一道,西棠心知管不了他,于是点点头。

赵平津跟她说:"我在栗哲画室,有什么事打发人来喊我。"

西棠坐在折叠椅子上,副导在给饰演男二程勉雨的李莫文说戏,西棠看了一眼时间,十二点四十分。

刚刚下来休息的间隙,她从片场远远看过去,赵平津那辆黑色的车还停在原地,西棠不禁暗暗松了口气。

至少证明赵平津还在这儿待着,她观察过他的神色,赵平津一脸的轻松,还有兴致去喝茶会友,看起来不像有什么重要的事情,西棠暗地里默默地盼着他在朋友那儿多逗留一会儿。

赵平津在栗哲的工作室喝了半壶茶,聊了会儿天,被逼着写字,写废了好几张名贵的玉版纸,终于有一张还看得过眼的。回头一看,栗哲在一旁抄着手笑嘻嘻地看,他工作室的小青年早将每张纸都小心翼翼地收了起来,他从小就被爷爷送去跟着田稽卿老先生习字,田老先生是栗哲的表叔,后来栗哲做了方朗佲的策展人,跟他们几个,也是打小的情分了。

赵平津告辞栗哲后走了出来。

西棠从河岸边下来,潮白河滩结了一层薄薄的冰,江水在河心缓慢地流淌。为了拍到更开阔的河景,用清新脱俗的场景衬托出少女时代的大公主跟进步青年的儿女情愫，剧组在堤边搭了一段木桥往河里延伸，冯导要拍出迎风飘拂的戏感，大公主戏服只能穿绸的。西棠一下来就冷得直打哆嗦，李莫文很绅士地扶着她跨过木桥，走到了岸边。小宁正等在那里，立刻跑过来给她裹上羽绒服，又蹲下来给她换上雪地靴。西棠脱了脚上的缎绣鞋，冻得僵硬的一只脚要塞进靴子里，单腿没站稳，人止不住地往前蹦跶着跳了几步。小宁见状怕她摔了，伸手一拉没拉着，赶紧叫了起来："哎哎，姐，当心！"

西棠忽然被人一把拎住。

赵平津站在身后，稳稳地拽住了她的胳膊。

小宁仰起头，惊讶地道："赵总？"

她跟了吴贞贞有一年多，自然认得赵平津，赵平津本不想理她，碍于她是黄西棠的助理，只得点了点头。

赵平津揽着西棠的腰，让她靠在他的身前，俯下身直接将她另外一只鞋子脱了，将雪地靴套了进去。

小宁站在一旁愣住了，脸上那种惊奇的神色久久不散。

西棠温和地对她说："我先休息会儿，一会儿有事喊你。"

小宁识趣地离开了。

两个人坐到一边，西棠从随身携带的包里倒出了热茶递给他。

赵平津接了茶杯过来，看到黄西棠将瓶盖拧了起来，便问道："为什么你不喝？"

西棠笑笑说："喝了要上厕所，戏服穿脱太麻烦了。"

赵平津看她，脸上涂得红红白白的，小脸孔精致，五官煞是好看，只是冻得鼻尖发白。赵平津微微拧眉："冻成这样，受这份苦，我早就说过让你一边拍戏，一边继续读书，年轻时候你爱怎么折腾没事儿，以后年纪大了还是不要这么辛苦，你就非得要干这行……"

下一秒，他猝然转过头，不再说话了。

西棠心底微微地发颤，两个人当年常常为这事儿吵架，西棠一吵起来就怒火三丈说他家瞧不起人。其实她也知道，赵平津终究是为她好，只是当时恨意炽盛，剑拔弩张抹杀了一切温柔。

眼看黄西棠沉默了，赵平津很快调整了神情，漫不经心地问："吃午饭了吗？"

西棠摇摇头："还要再等一会儿。"

赵平津抬腕看看表，已经一点过了，他下午有公事要办，便跟西棠说："我得走了，下午有事儿。"

从这儿进城，车程最多就一个多小时，西棠暗暗地有些着急，脸上却不能露出分毫，只能随意地问了一句："吃了饭再走？"

赵平津将手上的热茶递给她暖手，站了起来说："我回城里吃吧，我坐会儿，等你开拍了我就走。"

西棠仰起脸笑嘻嘻调侃了一句："也是，片场的盒饭，不敢招待赵少爷。"

赵平津难得没翻脸，温和地说了一句："我是真有事儿。"

这时副导演派场记过来催场了："西爷，您准备走了。"

赵平津扶着她站了起来："我走了。"

西棠点点头，随着场记往摄影机那边走去。

黄西棠一边走，一边悄悄地抬手，按了按衣服的口袋。她今天穿的是戏里头大公主的白色绣纹对襟常服，上衣襟下摆处的口袋里，藏了一片小小的薄瓷片。

赵平津眼看着她走进了片场里面，随即沿着河岸走回了村子旁的道路上，一路上听到里边摄影助理的清场吆喝声，黄西棠应该是开始工作了，他将车倒出了临时停车处，在转弯的时候，他习惯性地看了一眼后视镜。

此时，隔着树丛的河岸边忽然传来了一声尖叫。

赵平津正在倒车，不知怎的眼皮突然猛地一跳，背上冷冷地打了个寒战。

他立刻回头看了一眼，遥遥地看到岸边的人影忽然开始慌乱奔走，有人冲着里面跑进去，有人拼命地大叫："先救人！"

赵平津一脚踩下刹车，拔了车钥匙就跑，冲到河堤边，远远看到剧组收音的杆儿爷拖着一根长杆伸进了河里，一个人站在河里，举着一个穿白衣服的人，几个爷们儿趴在河边将两人拖了上来。

那个穿着白色衣服的小人儿被拽了上来，白色的积雪上拖出了一条细细的刺目红色血迹。

赵平津脑中嗡的一声,一路狂奔,疯了一般冲过去,感觉喉咙里有股腥气翻涌上来。

剧组将最近的车子开了过来,将西棠送上了车。

剧组安排了个工作人员开车,小宁跟在副驾驶,抽抽噎噎地给倪凯伦打电话。

赵平津坐在后座,握住西棠的手臂,手帕按在她的伤口上面,血没有止住,一直在流,小宁给他递了一条毛巾。方才西棠被拖上来,剧组的人给她做急救,几双男人粗壮的手将她的身体大力地翻转过来,搁在膝盖上冲着她的背上猛拍一通,施救的人紧张到不得章法,这一折西棠单薄的身体都要被折断了。她好不容易呛了几口水出来,口鼻也恢复了呼吸,小宁害怕地转过头去,看到赵平津跪在地上握着她的手,神色虽然是镇定的,脸色却白得厉害,连嘴唇都透出了霜白,整个人几乎就跟被河里的冰水泡过的黄西棠一模一样。

小宁那一刻差点忘记了害怕,她给吴贞贞做助理时,见过赵平津好几次,妥妥一个又冷又傲的有钱男人,任凭吴贞贞怎么腻歪撒娇,面上都是清清淡淡的,基本不会正眼瞧人。没想到隔了几个月,这一刻她才发现,这位云端上遥不可及的公子哥儿,竟然也是凡人。

小宁手边的电话一振,她赶紧回过神来,倪凯伦回电话了。

赵平津帮着擦干西棠身上淌着的水,恍惚间想起来,那年也是这么冷的天儿,方朗佲将浑身是血的她抱了出去。

他心底一阵一阵地慌乱。

赵平津却还有事不得不处理,他用一只手掏出手机,给沈敏打电话:"按照我昨晚说的标底报,我临时有点事儿不去现场了,让李明跟你去,你替我做陈述,事情我都打点好了,咱们就走个过场。记得,陪跑做得像样点儿,别叫人看出门道。"

沈敏正在公司忙着,只答了他的话:"知道了。"

赵平津沉着声音:"小敏,务必办好。"

沈敏沉默了一会儿:"您放心吧。"

黄西棠被送到了最近的卫生院，急诊医生治疗之后做了检查，确认她除了手臂并无其他外伤，然后止住了血，包扎了伤口，不一会儿西棠在急诊室醒了过来。

黄西棠的头很晕，反应很慢，河面有碎冰，河底有礁石，医生担心内脏和脑部损伤，叫了救护车送她去城里的医院。赵平津安排她去了协和，进了急诊区转去做CT，赵平津捏着一沓检查单在走廊里等着，完全坐不下来，只觉心急如焚。

黄西棠在病房里清醒过来，看到赵平津站在她的床头。

赵平津眉头微蹙："说话，摔傻了？"

西棠动了动嘴唇："你没先回城里？"

赵平津没好气地答："谁让你四仰八叉地掉河里。"

西棠没敢说话。

赵平津低下头来看了看她的神色，有点担心："头晕吗？"

西棠说："还好。"

赵平津语气放柔了点："我让你助理回酒店给你收拾点东西。什么事儿也没有，好好休息。"

西棠看了看赵平津的身上，因为抱过她，半身衣服都湿了，羽绒服袖口也脏了，毛衣的领子上混着血迹："我弄脏你衣服了。"

赵平津摇摇头："真傻了。"

赵平津看了一眼医院走廊上的时间，已经五点多了，他摸了摸她的头发："我出去打个电话。"

赵平津拿出手机，手机屏幕上全是黄西棠的血，他伸手擦了擦，握着手机一边往外走，一边按号码。

西棠听到他在门外有点焦急的声音："那个标结束了吗？"

李明在那头有点疑惑："建工那边走时脸色很难看，这单子你是要签还是不签？"

赵平津直截了当地答："签个屁，我花了那么大力气挤掉了别人，就是为了给他作嫁衣，建工那边那位是鲁部的亲小舅子！"

李明纳闷地说:"可咱们拿了啊。"

赵平津愣住了:"你说什么?"

李明说:"合同我都签了字了,我刚送了资方的人到酒店,秘书不火急火燎一直给你打电话嘛,等着你过来。"

赵平津的心猛地一跳,冲着电话吼了一声:"谁让你们自作主张的?"

一个护士探头出来看了一眼:"家属不要喧哗。"

门外,赵平津暴躁的声音渐渐远了。

西棠对着雪白的天花板,慢慢地闭上了眼睛,她大概猜出来,给她发消息的人是谁了。

赵平津大步穿过病房的走廊,压低了声音,却压不住满腔的怒火。

李明仍在那端叨叨地说着:"我不知道啊,这数额大到离谱啊,抵咱们小一季度的了,啧啧,我签字时扫了一眼,都吓了我一跳。这项目不都小敏跟你经手的吗,临时喊我去镇场子,我哪儿知道什么,我就在底下坐着坐着,突然就完事儿了。"

赵平津终于回过神来,抓住了重点:"沈敏报的价是多少?"

他站在医院的玻璃窗下,手里握着电话,脸色一路沉下去:"李明,坏菜了。"

赵平津只觉得太阳穴一跳一跳地疼,胸口的浊气不断地往上涌。

"他在哪儿?

"叫他来见我。"

赵平津挂了电话,转头打给高积毅,电话已经拨不通了。

刘司机过来接他,见到他身前的衣服都湿了,还带着团团的污糟血迹,吓了一大跳:"赵总!"

赵平津抬抬眉:"没事儿。"

司机送他回家换了身衣服,然后送他去国际饭店,李明正候在酒店的大堂里。

李明一见着他,就龇牙咧嘴地笑:"假传圣旨,这是死罪啊。"

赵平津一团怒火一直闷在心口，他整个人五内俱焚："沈敏呢？"

李明指了指楼顶，说道："他一副从容赴死的姿态，在里面应酬投资方呢。"

赵平津大步往里走。

李明跟在他身后往电梯里走，忽然奇怪地问："哎，我说舟子，既然这事儿大，连我都一点不让沾手，你为什么不自己去盯场？"

赵平津脚步一顿，心口忽然狠狠一颤。

他停住脚步，站在金碧辉煌的电梯门前，将事情从头到尾地想了一遍，呼吸骤然地急促起来，只觉得通身的血液簌簌地往下落，唇边却不由自主地涌起笑意。他那一瞬间恨不得仰头大笑，笑自己有眼如盲，笑自己不可救药，喉咙里却颤抖着发出了短促压抑的一声呛咳。赵平津偏了偏头，握拳压住唇边："李明，我这会儿才看明白，唱的是一出里应外合的好戏呢。"

李明跟在他的身后半步之遥，一时没听清他的话，侧过头去看他，发现赵平津虽在笑，那笑容却透着说不出的古怪和凄冷："怎么了？"

赵平津苍白着脸摇了摇头。

这时电梯来了，李明推了推他："傻站什么呢。"

包厢里面是生意场上的应酬，赵平津面上不露声色，跟合作方的几个老总喝酒吃饭，谈笑风生。沈敏这一个晚上就没敢接触过他的目光。赵平津心头一阵阵地发寒，沈敏跟了他近十年，从未出过任何纰漏，可算他的左膀右臂。原来沈敏也是会背叛他的，他身边最亲的兄弟、枕边的女人，都是不可靠的。

应酬完已经是十点，送走了客人，赵平津摆摆手叫李明和助理先走，他走向自己的车子，沈敏沉默地走了过来，跟在他身后。

赵平津抬头看了他一眼，不轻不重地说了一句："怎么回事儿？"

沈敏低着头不敢看他："是我做的，听凭您处置。"

赵平津冷冷地问道："高积毅栽跟头，对你有什么好处？"

沈敏对他是恭敬的，却丝毫不见悔意："没有什么好处。有些事，不问好处。"

赵平津怒极反笑："小敏，大器。"

沈敏抬起头看了他一眼，赵平津今晚喝了酒，眼底有红丝，脸色更是白得发青。

沈敏有点担心地叫了一声："哥……"

赵平津这一整天担惊受怕的，从中午到晚上就没得安生，这时酒劲涌了上来，头疼得厉害，眼前有点发晕。他拉开车门，声音听起来倦了几分："你走吧。"

沈敏踌躇地站在他的车旁，没敢说话，也不敢走。

赵平津忍着头疼，不耐烦地说："不走干吗？还是你要跟我去一趟医院？你的革命战友还在医院里头躺着呢。"

沈敏低垂着眼，迟疑了一下："我不明白您说什么。"

赵平津突然一脚狠狠地踹向车门，那辆黑色的大车轰然巨响，他暴怒地喝了一声："你就不怕她跳河死了？"

沈敏眼眶变红了："她怎么了？"

赵平津气到了极点，声音都嘶哑了："小敏，我还真没看出来，你俩合起伙来，真是能干尽天下的蠢事。"

沈敏恳求地说："您别怪她，她什么也不知道。"

这话沈敏没说还好，这一说那就是默认了。赵平津看着沈敏可怜巴巴地站在他跟前，想着另外一个也是这般可怜巴巴地躺在医院里，一个一个都是大爷，打不得骂不得，他意兴阑珊地摆摆手："我管不住你，回吧。"

赵平津往回走了两步，胃里突然一阵痉挛，刺痛激得眼前一阵发黑。他的身子不由得晃了一下，抬手撑住了车。沈敏眼见他站不住，赶紧伸手扶住了他的胳膊。

赵平津一脚踹向沈敏，却是使不上力气，他咬着牙骂道："一个一个的白眼狼。"

沈敏赶紧冲着不远处招招手，刘司机一路小跑过来了，重新拉开了车门，扶着赵平津坐进了车里。

深夜一点多的医院，雪白的走廊里静悄悄的，倪凯伦在江西陪着林心卉录真人秀节目,还没办法马上来北京;剧组派一个同事过来慰问了一下黄西棠,然后回去了,剩下小宁守在她的病房里。

赵平津进来先找了医生,值班医生将一份新的检查报告一边给他看,一边说:"片子拍过了,伤口缝了几针,失血多了点,注意补充营养,其他没有什么问题。"

他放下心来,走回病房去,贵宾病房还亮着灯,黄西棠没有睡着。

她见到赵平津走进来,眼睛水水的,有点胆怯。

赵平津拖了把椅子在她床边坐下,语气平平地问了一句:"还不睡?"

西棠悄悄抬眸看了看他。

赵平津假装没看见,轻声道:"刚刚问过医生了,就是点儿皮外伤,没什么事。"

西棠点点头,犹豫着说了一句:"你……"

赵平津横眉看了她一眼,西棠吓得立刻把话停住了。

赵平津没搭她的话,继续交代道:"病房配营养餐,要是吃不惯,我已经让秘书打电话交代了,你叫助理打电话让酒店送过来。"

西棠终于鼓起勇气问了一句:"你……公司有什么事儿吗?"

赵平津白皙的脸庞浮出讥讽的笑意,手撑在膝盖上索性直说了:"没什么事儿,托你俩的福,我还签了一单大生意呢。"

西棠睁大了眼。

赵平津摸了摸她裹着厚厚纱布的左手臂,灯光显得他脸色有点苍白,嘴角带了点儿惯有的轻薄笑意:"这可没一只好胳膊了。"

西棠眼里有疑惑,不敢问,也没敢接话。

赵平津那一抹笑容慢慢褪去,眼底露出了些许掩藏不住的倦意:"黄西棠,你还真是狠,老高算是栽你手上了。"

赵平津起身走了。

西棠第二天早上就出院了,她回剧组把剩下的外景戏份补全了。倪凯伦听说了剧组里的事故,过来了一趟,陪着西棠搬进了公司在安慧里的酒店,这里比剧组的酒店清静些,她下了戏可以回来休息休息。

由于黄西棠是第一次拍这么大的戏,到后面人都有点恍惚了,人戏不分。倪凯伦没敢把她逼得太紧,叫她一边养手上的伤,一边多喝点补品,还要她注意休息。

傍晚西棠在房间里睡觉,电话屏幕一直闪烁,倪凯伦走过去看了一眼,动手接起来,不耐烦地说:"行了行了,别打了,人睡了。"

赵平津在电话那端愣了一秒:"倪凯伦?"

倪凯伦说:"是我。"

赵平津推开了手边的文件,示意秘书出去:"她呢?"

倪凯伦不客气地答:"睡着了。"

赵平津扫了一眼墙上的时钟,才下午六点多:"她怎么了?"

倪凯伦说:"伤口有点感染吧,昨天有点低烧,今天好了。"

夜里九点多的时候赵平津过来了,倪凯伦给他开的门,他大概刚应酬完,领带有点松了,一身的烟酒气味儿,手上提着两个快餐盒子。倪凯伦瞥了他一眼,明显不爱搭理他,指了指里面:"醒了。"

倪凯伦开门走了。

西棠穿着睡衣,坐在沙发上,见到他进来,站了起来:"你怎么来了?"

赵平津撇撇嘴说:"她怎么还是那么凶?"

西棠不好意思地笑了笑。

赵平津摸了摸她的额头,还是觉得有点烧:"我给你带了鸡汤,还有点饭,挺清淡的,吃点儿?"

西棠点了点头。

赵平津拆开了盒子,将勺子递到她手里。

"你不吃?"

"刚刚从酒桌下来,我缓口气。手还疼吗?"

西棠摇摇头。

赵平津抬手扯掉了领带,扔到一边:"这两天跑得我腿都断了,我打了无数电话给老高,他一次没接,我让朗佲做说客请吃饭,他愣是不开面。我容易吗我，你跟小敏惹的事儿，叫我收拾这破烂摊子。"

西棠抬头看了看他，眼眶一下有点泛红。

赵平津看见了，也不敢再烦躁了，赶紧放低声音："我又没骂你……我，我不说了还不行吗？"

西棠说："赵平津，对不起。"

赵平津没好气地答："行了，别来这套，这回老高栽了，你关起门来偷偷乐吧。"

西棠撇撇嘴，露出了一个难看的笑容。

赵平津露出嫌弃的神色："真丑。"

十二月的最后两个星期。

京创科技发布了新的人事任免通知，沈敏调离了京创总部，分到了贵州基层做项目。沈敏临走前给她打了个电话。

西棠坚持要去机场送他。

行李已经托运走，沈敏和黄西棠站在首都机场 T3 二楼的玻璃窗栏杆边上。沈敏之前来酒店看过她一次，当时倪凯伦在场，他只是表达了一下关心就离开了。

西棠穿了件灰色毛衣，黑色长裙，打扮与一般旅客无异，漂亮的脸孔隐在了宽大围巾里，她笑笑说："你这一去，要多久？"

沈敏神色轻松了不少："至少到做完这个项目。"

西棠歉疚地说："连累你了。"

沈敏倒不介怀："我自己一个人，去哪儿都没关系的。倒是舟舟，我职位空缺，他没往上调人，恐怕会比我还辛苦。"

西棠沉默了一会儿，再抬起头看沈敏，自从知道了是他，她一直有满腔的疑惑。

沈敏看着她说："西棠，我知道，你要问我为什么。"

西棠望着他，沈敏也知道，她始终是想知道的。

沈敏忽然轻声细语地开了口："她离开的那一天，也许我是最后一个见她的朋友。"

西棠蓦然震惊地睁大眼，一时竟说不出话来。

大概是陷入了回忆，沈敏脸上有点恍神："那天中午，她来找过我。其实很早那会儿你跟舟舟一块儿出来，有时候她也在，我们常常一块玩儿。当然，你们都看不出来，我很喜欢她，我还追过她，那是在她跟高子好上之前，可是她拒绝了我。"

西棠喃喃地说："她从来没有跟我说过……"

这么多年了，沈敏埋着这些事也太久了，从来没有跟谁提起过，现在也算一吐为快："她一直在北京的这些富家子弟之间流连，她说她不适合我。你跟舟子分手之后，我们也好长时间没见过面了。那天中午她突然来找我，我们吃了饭，聊得挺开心的，她喝了酒，说她跟高积毅分手了，然后——她提议的，我们去了酒店。"

沈敏心头涌起战栗："她说要去宁夏拍戏，但找不到你，很想你，于是她就在酒店里写了封信托我带，说跟你联系都断了只能麻烦我，又说她挺后悔没有做我女朋友的，她一直都笑嘻嘻的，人还是那么漂亮。我当时竟然一点都没发觉她有什么异常……"

沈敏声音忽然就哽咽了："西棠，她离开之前，给了我，她是我第一个女人。"

西棠睁着眼，看向机场巨大的穹庐屋顶，忍住眼里的泪水。

楼底下旅客通道人来人往，沈敏沉默地望着航站楼外的灰色天空，远远地看到一楼的人影："舟子来了。"

西棠顺着他的目光，远远地看到玻璃窗外的赵平津，他一袭黑色大衣，高挑瘦削的身形，在推着行李车的旅客之间利落地穿行，大步往楼上的电梯走过来。

乍然见到赵平津，沈敏立刻平静了许多，他说道："他也许是爱你的，但你们之间现实问题太多。西棠，别再那么不顾一切，凡事给自己留条后路。"

西棠点点头。

沈敏说："我没脸见他，你替我陪他回去吧。保重。"

沈敏头也不回地进闸了。

赵平津走到二楼，看到西棠独自一个人站在那里："他进去了？"

西棠点点头。

赵平津眯着眼朝着人群里望了望，骂了一句："臭小子。"

随后他转头看了她一眼，冷嘲热讽地道："你俩什么时候交情那么深了，这还哭上了？"

西棠恼怒地说："你怎么那么没同情心？"

赵平津说："你俩合伙起来祸害我，该哭的是我吧？"

他直接牵起了她的手："走了，回去。"

车子开上了机场高速，赵平津一路上都没说话，只皱着眉头专心地开车，西棠暗暗察觉了，他今天心事特别重。车子开上温榆桥时，他低声说了一句："我最近家里一团乱，我送你回酒店公寓吧。"

西棠看了他一眼，他眉头一直微蹙，脸色也不太好："什么事？"

赵平津迟疑了几秒，才说："我奶奶身体不太好……没事，行了，我送你回去吧。"

临近圣诞节的周末傍晚，喜来登长城的大堂里摆着一棵金色的圣诞树，亮晶晶的小灯泡闪烁着，松枝散发出清淡的香气。

方朗佲扶着青青的手臂，两个人走进酒店的电梯里，电梯门正要合上，被人从外面按开了。

方朗佲往外一看，赶紧伸手按住了开关："哎，西棠，快进来，这么早就到了啊。"

西棠瞧见是他们俩，露出笑意点点头："嗯，晚上好，青青，准妈妈感觉还好吗？"

青青怀孕快满三个月了，笑容满面地说："挺好的，难得周末，舟舟怎么没跟你一块儿来？"

西棠把围巾稍微松开了一点点，露出了精致的下巴："不是说他叫我先来吗？"

方朗佲随口问了一句:"谁送你来的?"

西棠说:"他司机。"

方朗佲放心地点了点头,三个人往餐厅的包间走去,服务员躬身扭开了门:"三位请进。"

方朗佲一边朝里走,一边探头看了一眼:"哟,大爷,您舍得露脸了啊。"

西棠跟在他们夫妇的后面往里走,有那么一瞬间觉得有点不对劲,抬起头一看,要走已经来不及了。

迎面高积毅阴沉着脸堵在门口,反手关上了门。

西棠暗暗沉下心,抬起头望住了高积毅的脸。

方朗佲警觉性挺高,伸手一把搂住了高积毅的肩膀,笑道:"哥们儿绝对站在你这边,今天舟子要不给你赔礼道歉割地赔款的,我告诉你,哥们儿绝不罢休。青青方才有点不舒服,女同志就不掺和了吧。"

方朗佲一边说一边冲着媳妇儿使眼色。

高积毅为难地开口说:"朗佲,你少管闲事,带着你媳妇儿走远点。"

方朗佲没想到他要硬来。

高积毅话还未说完,已经伸手一把推开了方朗佲,迎面对着黄西棠,抬手就一个大耳刮子甩了过来。

西棠侧身要躲,那一刹那方朗佲反应竟然比她还快,他几乎整个身体扑了过来,一把抓住了高积毅的胳膊,强行将他拽住了。由于两个人都用尽了力气,这么一推搡,两个人重心不稳,朝着墙壁撞过去,西棠赶紧闪开。她只觉眼前一道黑影一闪,整个人都被他们撞到了门边,她左手臂磕到了墙壁,疼得钻心地抖了一下。

她推开门要往外跑。

高积毅双目喷火,大力甩开了方朗佲,伸手过来一把拽着西棠的胳膊,将她从门边强行往里拖。方朗佲又冲上来按住了高积毅的手臂:"老高!你干什么!"

高积毅一言不发,也不理会他,发了狠地将人往里拖,三个人撕扯在一块儿。方朗佲赶紧大声地对着站到了角落里一脸着急的青青喊:"老婆,打电话给舟子！快点！"

赵平津的车在东三环的路上刚刚开到一半。

站在酒店大堂门前的穿着制服的泊车服务生，瞪大了眼见到一辆黑色的奥迪大车从马路对面压线直直地窜了过来，按着喇叭猛地刹车停在了酒店门口。赵平津推开门跳下车，将钥匙一把扔给了服务生。然后，他迈开腿往电梯飞奔而去。当他冲进顶层的包厢，第一眼看到被两个男人扭成了一团的黄西棠。

赵平津二话不说，一拳挥向高积毅，论起打架斗殴，赵平津那是大院里令人闻风丧胆的主儿。高积毅闪躲不及，结结实实地挨了一拳，直接摔到了椅子上。

高积毅勃然大怒，整个脸都涨红了，他一把抢起了身后的椅子，狂怒地大叫："赵平津，你丫的还有脸打我！"

方朗仄赶紧架住了他，站在他们两个中间："别打，别打！唉，青青，你和西棠先到楼下喝杯咖啡！"

青青挺着肚子站在西棠的面前，大声地答："我不去！"

高积毅举着椅子没敢再动。

赵平津深深吸了口气，压着脾气，好声好气地说："不关她的事儿，老高，这一次是我没做妥当，我给你赔罪。"

高积毅一把将椅子掷在了地上，砰的一声巨响之后，他阴森森地说："舟子，你也不用护着她了，我明白这是怎么回事儿。冤有头债有主，你本来是想帮哥们儿的。想害我的是谁，我心里头一清二楚，今天你得让哥们儿出了这口气。"

赵平津忍耐着说："你明知道她是我的人，有什么事儿你冲我来。"

高积毅伸手推搡他："你让开。"

赵平津着急地说："高子，不行。"

高积毅忽然就笑了，他本来一脸的怒气冲冲，那一笑显得格外狰狞："舟舟，你自己瞧瞧你这点出息，就为了这么一个女人，哥们儿打小多少年的情分你都要搭进去了。这都小半辈子过去了，你自己掂量掂量值不值当。别的不说，你知道我等这个机会，等了多少年？哥们儿过得好了，对你有什么害处没有？别的不说，这么些年来，哥们儿给你帮的忙、办的事，还算少吗？你就这么对我？"

老高这回是真伤心了，赵平津那么高傲的人，此时都低了低头："高子，你对我的好，我记在心里。"

高积毅咬紧了牙根，直接伸手指了指门口："你开这门，下楼去，别管我，我们这事儿就算翻篇了。"

赵平津说："不行。"

高积毅眼看无计可施，忍不住恼怒地喝了一声："滚开！"

赵平津依旧挡在他的身前。

高积毅喘着粗气，狠狠地瞪着赵平津，只见赵平津略有歉色，却依旧一动不动，仍是紧紧地挡在黄西棠的身前。

高积毅原地站了几秒，双目圆睁地盯着赵平津，房间里陷入了一片胶着的沉寂。

西棠被赵平津护在身后，几乎都看不见人影了，这时忽然出声说："行了。"

房间里的人顿时神情一动。

西棠格外冷静，她推开赵平津，走到了走廊外，然后转了个身抬头，角落里的监控摄像头闪着幽幽的一个红色小点。

她望着高积毅大声喊："这事儿是我干的，我为什么这么干，你也一清二楚。"

她一字一字咬得格外清楚："高积毅，有事可以坐下来谈，你要是再碰一下我——"西棠晃了晃手里的手机，"我会立刻报警，并打电话给我经纪人，欺负一个女人算什么本事！"

高积毅转过头恶狠狠地盯着她，盯着盯着忽然喘了口气，双腿一晃打了个趔趄，方朗佲顺势拉住了他，两个人坐到了椅子上。

高积毅在屋里环视了一圈，方朗佲架着他的胳膊，欧阳青青如临大敌地望着他，赵平津堵在他的身前，高积毅下一刻忽然仰天哈哈大笑，笑得不可遏制，笑得异常癫狂。方朗佲有点担心地叫了一声："喂，老高……"

高积毅一边狂笑一边捞过外套穿了，他举起手越过赵平津的肩头，对着门外的西棠拱拱手："黄西棠，您大马金刀的，我佩服您！我动您不得，我认栽！黄老板——黄老板——您听清楚了！我今儿告诉您一句！您可别太嚣张！别看今天他赵舟舟护着你，人人高看你几分，到哪天他把你甩了，我告诉你，你在这个北京城里，不知道多少人想把你办了！"

西棠刹那间四肢抽搐了一下。

赵平津余光看到她晃了一下，眼看要摔了，脚下动了一下，没想到黄西棠又站住了，脸上仍然是那副漠然的神色。

高积毅指着赵平津道："舟舟，咱们打娘胎里就是哥们儿，这都多少年了，行，你护犊子，你把沈敏派走了，我找不着他算账就算了；现在你为了一个无情无义的女人，这么对哥们儿，你真有出息！这女人就是个祸害！一个一个哥们儿反目成仇，你迟早毁在她手上！"

高积毅推开方朗佲，摇摇晃晃地往外走，握住门把回头看了赵平津一眼，他突然变了张脸，笑嘻嘻地说："且不说今日了，一会儿晓江儿来了，你们仨好好吃顿团圆饭吧。就黄西棠这般待你，你的顶戴花翎还不得绿得闪闪发光啊！"

赵平津蓦地咬紧了牙根，光洁的额头青筋毕露，嘴唇微微地发抖。

高积毅哈哈大笑，伸出手指点了点对面的西棠，一脚踹在门上得意地走了。

黄西棠靠在墙上，仿佛一个被搁在玻璃窗上的洋娃娃，只剩下一张木然的脸。

赵平津领着她先走了。

西棠在酒店大堂等赵平津开车出来，站了一会儿，忽然看到电梯转角处一个人影闪过，她的右手忽然猛地抖了一下，心头突突地跳个不停。

她立刻拉起围巾裹住了脸，屏住了呼吸再抬头仔细望去，却不见了那个黑色人影。

这时一台黑色大车的灯在门口闪了一下，仿佛带着那人不耐烦的神色，西棠赶紧匆匆忙忙地走了出去。

赵平津一路上一句话也没有说，脸色苍白，却是凝固成冰岩一般的漠然和冷静，刚才高积毅的那些话，他仿佛一个字也没听见。

赵平津开车送她回到公司的酒店，车子缓缓地停在公寓酒店对面的马路上，西棠要动手解开安全带。

赵平津忽然开口，声音冷淡到几乎没有一丝情绪，好像对着一个无关紧要的人："今天老高突然约我见面，却没定时间地点，让我交代秘书室听他电话，你也知道最近我一直在找他，以为他是愿意跟我见个面谈谈事儿——加上之前跟他们几个约饭局，我忙着开会没空接电话，这种事情偶尔有，大概秘书接了他的电话直接调派老刘了，是我疏忽了。"

西棠知道他们这群人玩得开，遣派女孩子就如走马灯似的，大概他的秘书室常常做这种事儿，没想到她一不留神着了道儿了。她沉默了一下，轻声地说："是我大意了。"

她起身要下车，却忘记了安全带没松开，左手臂被勒了一下，悄悄地吸了口气忍住了疼。

赵平津的眉心跟着不自觉地皱了皱，却侧过脸来语气平静地说："他打到你了？"

西棠摇摇头。

赵平津也没打算深究的意思："回去让助理给你处理下伤口吧，我最近忙，就不送你进去了。"

西棠心里知道，高积毅戳到了他的最痛处。赵平津是什么人，踩在云端上活了半辈子的人，心高气傲，自尊心极强，平日里大家假装没事儿和和睦睦，他还能自欺欺人地过。可今天高积毅的那些话，简直就是直接打在了他脸上。西棠知道他见到她就膈应，他忍着一生中最大的难堪，还能送她回来，只怕此时此刻已经是忍耐到极点了。

西棠点点头："谢谢你送我回来。"

倪凯伦正在跟小宁聊天，见到她走进房间里把围巾摘下来，一张沮丧而平静的脸。

倪凯伦抬抬眼:"又怎么了?"

西棠脱下外套,毛衣上有几缕血迹渗出来。

西棠坐在沙发上,小宁给她手臂上的伤口重新上药。

倪凯伦站在一旁,叉着腰气咻咻地骂:"本来都快好了,隔两天就拆线,要是疤痕不太丑,还可以露出来说是拍戏受伤了,炒点话题。现在又裹成这样,你圣诞节那个活动怎么办?手臂这样你要穿什么?你能穿什么?你就存心气死人吧!"

小宁收拾好了进去洗手。

西棠仰着头,有点发颤,小声地跟倪凯伦说:"我好像看到他了。"

倪凯伦还在气头上,吼了一声:"谁?"

西棠犹豫了一下:"孙。"

倪凯伦脸色僵住了,声音立即紧张起来:"上回你跟我说,我回头忙忘了打听了,我立刻再去查查看。你自己当心点,没事绝不要再出去,圣诞节工作做完,立刻回上海。"

倪凯伦压低了声音,咬着牙怒气冲冲地问:"是不是姓赵的打你?"

西棠摇摇头。

小宁从房间里走了出来。

倪凯伦又提高了音量:"我签了你之后,你给我惹了多少麻烦!你简直就是全公司的赔钱货!"

西棠冲着她龇牙咧嘴地苦笑了一下。

这一下把倪凯伦气得脸都歪了。

平安夜的晚上,赵平津从应酬的饭局上提前回来。

西棠今日有工作,下午五点多,赵平津的司机在新光天地接走了她,刘司机见着她,憨实的脸上满是愧色,想必赵平津前两天因为他接错人,没少给他脸色看。

西棠赶紧说没关系。

司机将她送回了赵平津的住处。

柏悦府的五十二楼，窗帘一贯紧闭，暖气开着，屋子里依然显得阴凉而幽深。

西棠脱了高跟鞋，赤着脚走进洗漱间卸妆，今天早上造型师给她试了好几套衣服，最终选择穿了一件跟今天的合作方代表穿的同为法国品牌的白衬衣，她下身束腰穿一条明黄色裙子，上衣将她手臂上的伤口遮住了。她拥有造型师十分满意的细腰，衬衣扣子松开了三颗，露出了一段凛冽优美的锁骨，虽然没有过分裸露，但这位最近熠熠升起的新晋女星一露面，就已经美到从围观路人到娱记都纷纷惊叹。

今天是国际化妆品牌在北京的新店开幕典礼，西棠跟模特儿一起，亲身示范了如何使用商家的彩妆产品打造出一个完美的妆容。她工作完回到家一看，衣服上沾了一层脂粉，她直接脱了下来，回到卧房，却看到她留在房间的睡衣全都被赵平津扔进了浴室的洗衣篮。

西棠去衣帽间翻了一件赵平津的衬衣出来穿，从房间里出来看了看时间，傍晚七点多。

八点左右赵平津回来了，他今晚有应酬，西棠正纳闷他这么早就回来了，却看到赵平津进来，在客厅脱掉了西装外套，直接躺进沙发里。

西棠走出来，摸了摸他的脸："怎么了？"

赵平津咬着唇没有说话，拉过她在沙发上坐了下来，挪了挪身体枕在她的腿上，侧过身蜷缩起了身子，抬手按住了胃。

西棠闻到他身上浓重的酒气。

西棠给他松开了领带，俯下身去替他解皮带，手肘不小心碰了一下他的上腹部，赵平津无法抑制地抽搐了一下。

西棠立刻停住了手。

赵平津闭着眼，脸贴在她的腿上，咬着牙一声不吭地忍着。

西棠细细地看着怀里的人，一袭雪白衬衣，银灰色的西裤，裤线熨得笔直，腰间的白衬衣松开，衣服有些许细微的褶皱；一身奢侈考究的衣料穿在他身上，却丝毫不压人；他身形修长瘦削，连一身的骨头都格外硬，更显得人倨傲矜贵。

人前是雍容矜持，骨子里却是臭脾气，偏偏每当只有他们两个人时，他却表现出对她极大的依赖。西棠知道自己见不得光，可是又真是恨，恨自己还会心软。

西棠用手托住他的脸让他躺在沙发上，返回卧房给他拿了张毯子盖住他的腹部，转身拉出抽屉，递了药给他。

赵平津撑起身子喝了半杯温水，脸色仍然十分苍白。

西棠站在他的身前，赵平津不说话，只拉了拉她的手。

西棠只好又在沙发上坐下来，赵平津没有力气动了，只说了一句："抱抱我。"

西棠伸手重新将他抱在怀里。

西棠默默地想着：他身体一不舒服就爱黏人，这么多年过去了还是这样。今天是她侍奉在身边，他就缠着她撒娇；到哪天她不在他身旁了，他对另外的那个人，是不是也会同样缠人呢。

西棠正兀自出神，赵平津却伸手握住了她的手，放到唇边轻轻地吻了一下。

"知道会胃疼还喝酒？"西棠动手给他轻轻地揉太阳穴。

"没办法。"赵平津声音哑哑的。

"你不是领导吗，谁敢逼你喝酒？"

赵平津在她怀里蹭了蹭，低声地说："小敏这段时间不在，我没人应场。我大伯的手下个个都是老臣，我助理还没到那个资历敢拦酒。人家都是叔叔伯伯辈分的，现在给我调派，我要是太矫情，管不了人。"

西棠低下头吻了吻他的头发。

赵平津蹭了蹭她的脸，抬眸看了看她穿着衬衣的领口，洁白圆润的颈子露了出来，细滑的皮肤顺着胸口延伸下去，留给人无限的遐想："你穿我衣裳挺好看的。"

西棠瞧见他还有力气管这个："哟，你不疼啦？"

赵平津还带着点虚喘，咧嘴笑了笑："疼，再疼姑娘扮上了也得夸两句不是吗？"

西棠也真是服了，抬手拧他的脸颊："再嘴欠，疼死你。"

赵平津委屈地睁眼看了她一眼，侧过身朝着她怀里拱了拱。

赵平津吃了药，疼痛缓过去，在沙发上睡着了。

醒来时，黄西棠不在身边。

客厅的窗帘拉开了一道缝隙，赵平津走过去看了一眼，黄西棠在阳台上堆雪人。阳台上覆盖着的一层雪粒子被她拢得干干净净的，她捏出了一个小小的娃娃，一对圆溜溜的眼睛。这时她正低着头，往雪人脸上装一个胡萝卜鼻子。

大概是眼花了，赵平津觉得那个娃娃跟黄西棠有点像。

有时候他看她现在的脸，觉得跟以前差别很大，也许是气质神韵截然不同了，她化着妆的时候，雪白的脸蛋配上她冰霜一般严肃的表情，感觉非常不食人间烟火，一副大明星的派头。但私底下一笑起来，却又显得稚气而可爱。

能把人的心都笑融化了。

他已经留不住她了。

今天是平安夜，他方才从外头回来时，街道上挺热闹的。

赵平津看了一会儿觉得眼前晕眩，按了按额角从窗户边退了回来。

西棠从阳台进屋来。

赵平津从沙发上撑起身体说："去换件衣服，穿暖和点。"

西棠手指被冻僵了，举在嘴边呵气，不明所以地问道："干什么？"

赵平津懒懒地答了一句："我带你出去看看灯吧。"

西棠不太同意："外头太冷，还有积雪，你身体受不了。"

赵平津看了她一眼，他看来是恢复精神了，理直气壮地回了一句："你自己去看，我在车子里坐着。"

西棠嘀咕了一句："什么人嘛。"

赵平津没好气地又问了一遍："要不要去？"

西棠望了望他，心底有点期待："你胃还疼吗？"

赵平津早看穿了她那点小心思，他坐起来俯身在地毯上找拖鞋："我要疼我还带你出去？我的命比你宝贵多了。"

西棠站着犹豫了几秒。

赵平津直接往沙发上一躺："不去算了。"

西棠顿时急了，扑过来趴在他身边："去。"

赵平津转过脸不理她。

西棠伸手挠他。

赵平津一把抓住她的手，伸手捏她的脸，嘴角有浅浅的笑意："去房间里给我拿衣服过来。"

西棠乐颠颠地跑回卧房的衣帽间去了。

西棠给他换衬衣，赵平津一边衣来伸手一边数落她："外头全是人挤人，不知道你们女的脑袋里想什么。"

西棠正拾起手边的毛衣，闻言直接套在他的头上，然后拿起两个袖子胡蛮地打了个结，狠狠地勒住了他的脖子。

赵平津叫了一声，将脑袋从毛衣里伸出来喊了一声："谋杀亲夫啦。"

西棠愣了一下，怔怔地松开了手。

赵平津的笑容也顿住。

西棠立刻回过神来，冲着他若无其事地撇撇嘴，做了个鬼脸，转身溜进房间里去了。

赵平津穿好衣服，进书房转了一圈走出来，看到黄西棠已经背了包、穿好了鞋子在门口等他。

见到他出来，她仰着小脸殷殷切切地望着他。

如果和她生一个女儿，像她这般可爱，小小胖胖的手脚，每天背着小书包仰着胖乎乎的小脸蛋儿，等他送她上学……赵平津心头悚然一惊。

而后心头的血一点点地凉了下去。

西棠却浑然不觉，只说："我们一下下就回来。"

赵平津看了她一眼："手上伤还没好，一会儿你走累了，还不是我给你背包，别拿了。"

西棠说："那我手机钱包怎么办？"

赵平津一边穿大衣一边说："钱包不用带了，手机揣我大衣兜里吧。"

西棠乐得轻松，直接挽着他的胳膊出门去了。

平安夜的国贸区，灯火闪烁，圣诞新年布景装饰得流光溢彩，建筑物晶莹的幕墙在闪闪发亮，一棵一棵大树披上了新装，驯鹿身后的雪橇上装满了彩色的礼物，整个世界如同一个缤纷多彩的发光城堡。

赵平津牵着西棠的手在人群里走，沿着热闹的街道走到了蓝色港湾，街道上、台阶上都是彩灯，路边挤满了年轻的男男女女，黄西棠离开北京好多年了，甚至是离开繁华的人世都已经好多年了，她再没有看过如这般的盛世盛景。

人潮拥挤，寒夜愈重，赵平津将她裹在他的大衣里面。

夜深了，天空飘下零星的细雪，连西棠都开始觉得脚趾被冻得冷冰冰的，平日里下雪天，赵平津都是车里来去，估计就没受过这种寒气，她拉着赵平津进了路边咖啡店。

赵平津脸色有点苍白，其他倒还好，还顾得上闲闲地望了她一眼："高兴了吧。"

西棠一张小脸冻得红扑扑的，却一直陶陶然地傻笑，心满意足地对着他点了点头。

眼看赵平津又要泼她冷水，西棠赶紧说："别那么小气，我就想在人群里走会儿。我以后要是红了，你就没这机会啦。"

赵平津看着她的眼睛，那一瞬间两个人的目光都闪躲了一下，大概都想起来，不管她红不红，他俩反正很快就没有机会在人群里走了。

Chapter 9
赵平津，我在这里跟你说再见吧

很多年后他才明白，他曾经用命去刻意遗忘的那段日子，原来竟是他荒唐一生中最幸福的时刻。只是后来再也没有了机会。

两个人看了一个多小时的灯,十二点多回到了家。

赵平津打开房门,顿时愣住了。

客厅亮着灯。

屋里有人。

黄西棠今晚开心过了头,那一瞬间竟失去了警觉,眼看赵平津在玄关站住了,她还伸手推了他一下。

赵平津侧了侧身,西棠一抬头,这才留意到了屋里的灯光和人影。

客厅温暖明亮,周女士坐在沙发上,一个年轻女孩子站在旁边,听到门口的声响,朝他们转过身来。

栗色短发,烫得很漂亮,穿着浅驼色风衣,脚上一双高跟鞋,脸上有浅浅的笑。

西棠的肩头无法自抑地抖了一下,感觉到身后带回的隆冬寒气一路扑了上来,她下意识地松开了赵平津的手。

赵平津却握紧了手。

周女士从沙发上站起来,语气和蔼慈祥:"舟儿,回来了,进屋里来。"

西棠想要逃走,一下竟迈不动脚。

只听到周女士笑着说:"瑛子今晚在家里吃饭,说你今晚有应酬,刚好顺道过来送点消夜。"

她仿佛完全没看到黄西棠。

郁小瑛跟着温柔地唤了一声:"舟舟哥。"

赵平津回头看了一眼身后的人,还没来得及说话,只见黄西棠的瞳孔微微收缩,仿佛看到了让她害怕的景象,她忽然拔腿转身往外跑去。

她跑得那样快,近乎逃命一般,仿佛后面有毒蛇猛兽追着她。

赵平津恍了一下神,跟着她返身折回了走廊,这时候电梯已经往下降了。

他立刻按电梯。

周女士站在门口，探头看了看，满意地笑笑："舟儿，还不进来，快进来暖会儿。"

郁小瑛走上前去，挽住了他的手臂："咱们回家吧。"

赵平津心头一时慌张，几百个念头在脑海中翻转而过，他极力想思考出一个两全的对策，太阳穴突突直跳，怎么也想不出来，他被郁小瑛挽着胳膊，只好麻木地迈开脚往屋子走。

两个人踏进屋子。

屋里熟悉的景象映入眼帘，赵平津心口突然猛一震颤，他掀开了郁小瑛的手，转过头往外跑，却不料一头撞在门框上，他伸手挡了一下，脚下一个趔趄，接着拔腿追了出去。

赵平津冲出电梯，刘司机正从车库出来，看到他问道："赵先生，还要用车吗？"

赵平津喘了口气问道："看没看见黄小姐？"

刘司机摇了摇头答："她不是跟您一块儿上楼了吗？"

赵平津立刻转身往外跑，跑出了柏悦府的一楼大堂，外面的雪下得更大了，深夜街道上的行人已经开始稀少，一个个裹得严严实实，戴着口罩。他没有看到黄西棠。

赵平津沿着恒景街跑过了两个街道口，心头焦灼，仿佛有一团火焚烧得越来越烈，胸口却是一阵一阵地冰凉。

他终于想起来回去开车。

赵平津回到大楼，只见周女士等在柏悦府的大堂，陪同在旁的是他的司机。

看到他走进来，两个人从沙发上站了起来。

周女士唤他："舟儿。"

当着刘司机的面儿，赵平津深深地吸了一口气，僵硬而克制地说："您带她回去。"

周女士说："我刚刚让司机送她回家了，我专程在这儿等你。"

赵平津点了点头，对着刘司机伸出手："老刘，车钥匙给我。"

刘司机把钥匙递给了他。

赵平津紧紧地抿着唇，露出坚硬而冷峻的下颌线条，他转身大步往电梯走去，周女士跟在他身后，脸色微微地下沉。

电梯运行下地下车库，里面只有他们母子二人，赵平津极力地忍耐着性子说："妈，您先回去，有什么事儿明儿再说。"

周女士沉下了声音："我要阻止你犯傻。"

赵平津二话不说，大步跨出电梯，立刻按了按钥匙，他的车子在不远处闪起灯光，他脚下丝毫不停，一边走一边恳求地道："妈，我求您了，您先回去行不行？"

他拉开了驾驶座的门，开灯倒车。

周女士拎着皮包，昂首立在他的车后，一动不动。

驾驶系统开始检测车辆，赵平津看了一眼时间，已经是将近凌晨一点。

她站在那儿，赵平津没法倒车，他伸出头来说："让刘司机送您回家去，这是我自己的事儿。"

周女士脸上是恨铁不成钢的失望："舟儿，你这是一错再错，执迷不悟呀。"

赵平津最后一点耐心即将告罄，他紧紧地皱着眉头，忍不住提高了音量："您能不能别管我的事儿？"

周女士心里的怒气往上涌，斥责道："我是你妈，你要一次又一次地伤你妈的心？"

赵平津暴躁地说："我说，让开。"

周女士一动不动。

赵平津直挺挺地坐在驾驶座上，突然动手松开手刹，直接挂挡，两眼瞪着对面的一堵黑漆漆的墙壁。那一瞬间，赵平津只觉得浑身都在颤抖，他想冲出去，想大声地喊她，想赶紧找回她，想拽住黄西棠的手，可四周是密密麻麻的天罗地网，捆绑住他、束缚住他，逼得他无法动弹。他直直地望着对面的墙壁,一手扶住方向盘,一脚踩住油门。他冲着车窗外他的母亲,呼吸急促,面容扭曲,眼中只剩下一片乌压压的绝望,他吼道:"我一脚油门踩下去直接撞死,是不是大家就都痛快了?"

周女士心里打了一个战,她知道她这个儿子,为了那个女明星,他真什么事情都做得出来。

周女士移开两步,让出了车道。

车子倒出来之后,赵平津就开始加速,他那辆黑色大车转过车库的弧形弯道,丝毫不减速,车门剐蹭在墙壁上,发出尖锐的一声刺响,他疯了一般驶出了车库。

方朗佲开车过来了。

他给赵平津打了个电话:"在哪儿呢?"

赵平津看了看周围的高楼大厦,一团一团霓虹灯牌在眼前乱晃,熟悉的北京城道路他此刻好像都不认识了,他在建外大街绕着几个地铁口转了好几圈:"东三环中段周围吧。"

方朗佲说:"你妈给我打了电话,我正好在附近,她是想让我过来劝劝你,哥们儿了解你,我过来帮你找人吧。"

赵平津简短地答了一句:"行。"

方朗佲说:"咱俩分头找,没事的。黄西棠知道注意安全。"

这些安慰对赵平津丝毫不起作用,赵平津将车停在了路边,打通了黄西棠助理小宁的电话。小宁听到他的问询,回答:"她没有回来。"

赵平津扔了手机,紧紧地捏住方向盘,脸色更阴沉了。

赵平津和方朗佲两个人分头开车沿着东西方向的大路走了一遍,又回头兜了几圈。而后赵平津走下车来,沿着路边的餐馆、酒吧、商店,一间一间地看。

虽然已经夜深,节日的街道上仍然灯火通明,几个年轻男女欢声笑语地走过,偶尔夹杂着一两个醉汉。赵平津与方朗佲两个人跑了好几条街,他在永安东里的小马路边遇到了方朗佲。

但方朗佫也没看到她。

凌晨两点多了，冷风呼啸，直往脖子里灌，雪渐渐停了，街角的小面馆正在蔫儿吧唧地关门，远处高楼的霓虹灯牌好像鬼火，这座城市灯火通明，天地之间却仿佛只剩下一片荒凉。

赵平津穿了一件大衣，黑色的短发上覆了层薄薄雪花，因为一路都在跑，里边的衬衣都被汗水浸透了。

由于情绪太紧张太激动，他的胃隐隐开始疼。

赵平津只好打了倪凯伦的电话。

倪凯伦今天陪着西棠去参加了下午的商业活动，晚上乘坐飞机刚刚回到上海，这会儿还在吃饭呢。待她听了这消息也吃了一惊："搞什么，我一走她就给我闹事！"

赵平津恳求地说："你看看能不能联络到她。"

倪凯伦在那边劈里啪啦地问话。

赵平津眉头紧紧地皱着，她问一句他答一句。

"她什么也没带。

"手机在我大衣的兜里。

"我们出门转了转而已，她也没带包。"

倪凯伦听完，冷酷无情地答了一句："不用理她，她自己会回去。"

赵平津被她这么一说，心里一点点微弱的希望都消失殆尽。他一时情急，冲着倪凯伦嚷了起来："你是她经纪人，她是公众人物，最近刚刚走红，今晚外头那么乱，路上也滑，雪那么大……"

那端的倪凯伦忽然停顿了两秒，接着传来门砰的一声甩上的声音，然后电话那边忽然提高了声音，她尖着嗓子愤怒地叫："你也知道外头不安全？你是怎么带她的？你带她在身边，她怎么跑得出去？我看她干脆就死在外面算了！"

赵平津不敢说话了。

赵平津没惹她还好，惹到了她，倪凯伦简直跟马蜂被捅了窝似的，直接炸开了。

"我也不用问了,不是你妈来找她了吧?"

"还是你们又吵架了?"

"天天吵架,你们怎么还不分手?"

"黄西棠真是蠢透了。"

"你们根本就不适合在一起,你家里一点也不喜欢她,你非得缠着她干什么,她受的委屈还不够多吗?我本来就一百万个不同意你俩再这么不清不楚地处在一块儿,她死活不听我劝,我告诉你赵平津,她今晚要是死在外头了,那也是她自找的!公司一点儿也管不着!"

赵平津一句话也没法回,她说的都是实话,他能怎么回,他一句一句都听进去了,一颗心在愧疚里默默地煎熬着,倪凯伦的那些话,一鞭子一鞭子地抽在他的心头上。

他只低着头默默地任她骂。

方朗佲站在不远处,抬手拍着肩膀上的细雪,多少年没这么半夜出来折腾过了,他这大晚上的也跑得够呛,起先看到赵平津正打着电话,他走到路边的台阶上坐着歇会儿,一支烟没抽到一半,抬眼忽然看到赵平津背对着他站在马路道儿边上,一只手拿着电话,一只手捂住了腹部,人忽然就慢慢地弯腰,方朗佲暗暗觉得不对劲,站起来叫了一声:"舟子?"

方朗佲话音还没落地,就看着他晃了一下,然后整个人蹲了下去。

方朗佲一甩手就将烟扔了,跳下台阶一个跨步冲过来撑住了他的身体:"舟舟!"

赵平津一头都是虚汗,疼痛来得太剧烈,整个人都在颤抖,摇摇晃晃地往后倒。

方朗佲扶着他往路边走,赵平津咬着牙勉强走了几步,只觉得天旋地转,眼前一片迷雾升起,他腿一软跪在路边的商店台阶上,方朗佲赶紧扶住了他,转过他的身子一看,赵平津昏了过去。

方朗佲扶着他躺平了,使劲地拍了拍他的脸,大声地唤他的名字,然后迅速脱下自己的外套裹在他的身上,掏出手机给他的司机打电话。

司机开车过来将他送到医院。

赵平津在医院醒了过来，看到沈敏坐在急诊室的病床边。

沈敏看到他睁开眼睛："朗佲哥回去了。"

赵平津动了动身体，却完全没有力气："你怎么回来了？"

沈敏按住了他："我回来办事儿，昨儿您没在公司，我跟李总交接了工作，没好意思找您，本来计划明早回去。"

赵平津看了周围一眼。

沈敏知道他心思，便说道："刚刚跟她的助理和经纪人都通过电话，还是没有消息。"

赵平津痛苦地皱了皱眉头。

沈敏说："刘司机在等着查大楼的监控录像，我另外让两个司机沿路开车在找了，还有附近的酒店和二十四小时营业的餐厅也在查，朝阳分局那边已经打过招呼了，有消息马上会知道的。"

赵平津虚弱地问了一句："我能不能出去？"

沈敏摇摇头说："您躺会儿吧。"

沈敏处理起他的事情来一向稳妥："周老师刚刚打电话来，我接了，我说您回家去休息了。"

赵平津神色一片茫然，望着天花板，闻言只点点头。

沈敏有条不紊地跟他报告事情："这个医院病房没有床位了，护士安排您暂时在这儿，我也没敢跟院方打招呼，怕惊动家里人。您在这儿休息会儿，天亮了转院吧。"

赵平津醒后就一直没有睡着，一动不动地在急诊室里躺着。

沈敏看他脸色荒败灰凉，手按住胃部，止痛药已经打到最大剂量了，忍不住低声提醒一句："您睡会儿吧，一会儿有消息，我叫醒您。"

赵平津垂着眸没有说话。

赵平津望着顶上雪白的天花板，隔了好一会儿，忽然微弱地说了句："小敏，你是不是觉得我特混蛋？"

沈敏没敢答，只是劝了句："她兴许就是哪儿坐了会儿，您别太担心了。"

赵平津低低地说:"我母亲一向不喜欢她,今晚连瑛子都见着她了,她不在我身边,我实在是怕……"

他声音有点发颤,但很快控制住了。

两个人都睡不着,眼睁睁地在等。

半夜三点多,倪凯伦打电话来:"她回到公司酒店了。

"不知道她之前去了哪里,小宁在酒店楼下接到了,她打车回去的。

"不知道有没有事,她没说,看起来人是好的。"

赵平津一颗悬着的心缓缓地落了下来,他勉强地跟倪凯伦说了几句话,只感觉胃里一阵阵地刺痛,他拿不稳手机,正欲结束通话。

"赵平津。"倪凯伦出声喊住了他。

赵平津只好撑住手臂:"还有事?"

倪凯伦在那边说:"我明天到北京,你安排沈先生过来,把你跟西棠的那份合约给清了。"

赵平津的心脏重新不安地跳动,他低低地喘了口气:"我不同意。"

倪凯伦态度十分强硬:"你不同意也得同意,昨晚那是侥幸,要是这样的事儿再来一遍,你能保证一点事情都不出?"

赵平津已然说不出话来,也渐渐听不清那边的话,他只感觉眼前一片模糊,也顾不上别的了,勉强按掉了通话。他随即弓起身体,伸手压住了胃部。

沈敏在病房外看了一眼,不放心地走了进来:"哥?"

赵平津悄无声息。

沈敏扶住他的肩膀,担心影响他休息,轻声地问:"哥,是不是难受了?"

赵平津侧躺着,手横在上腹部,整个人绷得如一根拉到了极限的弦,他打着点滴的那只手,殷红的血逆流出来。

"舟舟?"沈敏转过他的身体,他紧闭着眼,脸上一片瘆人的惨白,额头上布满了虚汗,触手整个背部都是一片冰冷。

沈敏扑上去按铃:"护士!"

下午四点多,公寓酒店里静悄悄的,虽是有些年份的酒店,但星级酒店的维护水准还在，走廊里的地毯整洁柔软，尽头的暖气片发出嗞嗞的水声。

赵平津穿过走廊，走到黄西棠住的房间门前，听到里面传来熟悉的说话声。

这酒店比较老，隔音不太好，倪凯伦跟黄西棠的声音从里面传出来。

赵平津正要举手敲门，却发现里面的人音量不低，应该是在吵架。

他举起的要敲门的手停住了。

只听到倪凯伦在屋里头不满地叫道："怎么，你翻我的电话，你还有道理了？"

黄西棠的口气也不太高兴："你为什么不告诉我？"

倪凯伦正在气头上，她匆匆忙忙赶飞机来北京，想快刀斩乱麻地解决她跟赵平津的事情，谁知道黄西棠手机落赵平津那里了，借了倪凯伦手机给她妈妈打电话。不知怎么的，黄西棠翻到了通话记录，一看到她大学老师的来电立刻炸了。黄西棠放着正事不管，先跟倪凯伦扯这些鸡毛蒜皮的小事儿。倪凯伦忍不住直接就发飙："接洽工作是经纪人的事儿，你管得了这么多？"

偏偏黄西棠态度也不服软："别人来找我无所谓，可这是我专业课的老师！"

倪凯伦不耐烦地嚷了一句："反正这工作没法接，我告没告诉你有什么区别！"

黄西棠气得大叫："我接不接这个工作可以商量，但你不能瞒着我！"

倪凯伦抄起手臂搁在胸前，望着黄西棠忍不住冷笑一声："黄西棠，你就别跟我装了，别跟我提什么报答师生恩情？我还不知道你吗？你不就是想留在北京吗？怎么了，你还假装蒙在鼓里？那你就给我听明白了——我早两个多星期出去吃饭时，听说京城圈子里就已经传开了，赵家已经往外派喜帖了。你醒醒吧！"

那一瞬间，西棠脸孔涨得通红，像被烫伤的猫儿那样尖叫了一声："那关我什么事儿！"

倪凯伦眼看刺到了她的痛处，翘起嘴唇笑了笑，恢复了往常的那副刻薄腔调："是不关你的事，你还记得这点就好，别老想着留在北京。我告诉你，这戏拍完了赶紧回横店去，趁早多赚点钱。你要明白，只有工作才能让你依身傍命！"

黄西棠立刻回过神来，说道："倪凯伦，你别带我往坑里拐，你瞒着我的事情跟我留不留北京有什么关系？那行，你给我接一个上海的工作，我就要演话剧！"

倪凯伦气得七窍冒烟："行，你有本事是吧！我不带你，你自己找经纪人带你演话剧去！"

黄西棠倔强地回答："我自己带自己。"

倪凯伦冷冷地回了一句："这样最好，翅膀硬了，好大的本事。"

话一说完，倪凯伦立刻拎起包，转身拉开了门就想走。但见罪魁祸首赫然就站在门外。

倪凯伦一见到赵平津，指着他的鼻子就骂："你还来干什么？既然你没法跟她有结果，你趁早让她死心！我也是倒了八辈子霉，摊上个这么一事无成、人财两空的艺人！"

赵平津脸上沉静，也没回话，侧了侧身让开了。

倪凯伦气冲冲地走了。

赵平津走进去，反手关上了门，黄西棠一脸呆滞地站在房间的中央。

听到声响，她恍恍惚惚地抬起头看着他，大眼睛里含着一泡汪汪的泪水。

赵平津把她留在柏悦府的包搁在了一旁，转身扶着她坐在了沙发上。

西棠哭了。

赵平津伸出手臂抱起她，西棠坐在他的膝上，赵平津将她抱在了怀里。

黄西棠这些年吃了太多苦，面对最亲的人跟面对外面的人，完全是不同的两副面孔。赵平津算是慢慢看出来了，她母亲，或是倪凯伦，是她真正的情绪出口。

他温和地说："别担心，等她消消气，给她打个电话吧。"

西棠趴在他的肩头默默地流眼泪。

赵平津的电话在兜里响起，他掏出来伸手按掉了，丢在沙发上，但电话一直在闪。

西棠动了动，从他的身上坐了起来，脸上有入骨的平静："你去忙吧。"

第二天，黄西棠自己一个人去剧组拍戏，昨天倪凯伦走时，带走了她的助理，顺带撂下了一句："不是要演话剧吗，几千块钱工资请不起助理的，提前适应适应。"

小宁惶惶恐恐跟着倪凯伦走了。

到了门口，倪凯伦又折回来，把桌面上的一沓本子抱走了。

那是倪凯伦从公司给她带来的剧本，下一部戏的邀约，本来是想让她先看看的。

西棠给倪凯伦打电话，她也不接，公司里的艺人最重要的是要听话，看来这回倪凯伦是铁了心要封杀她了。

西棠倒也不用适应，在横店那么些年，她都是自己照顾自己的。那天下午开拍时，印南的感冒加重了，鼻音很重，一直拿着纸巾擦鼻子，导演坐在监视器后看着男女主演，一个胳膊僵硬，一个面色惨白，大手一挥召来了剧务，调整后面的拍摄场次，放了他们两天假。

西棠回了上海，她跟妈妈约好了在上海见面，去拜访她大姨一家。当年她妈妈离家出走之后，外公外婆跟她妈妈断绝了关系。西棠出生后，她妈妈带着她回去过上海，也没取得父母的宽恕，倒是她妈妈的大姐，把她妈妈和她接回自己家里住了几天，最后一路把两母女送到了车站，还给这个妹妹留了三百块钱。

这么些年，她和妈妈跟大姨一家还偶有走动。

假日的机票特别难买，她还蛮幸运，买到了一张商务舱的票。

到上海时已经是傍晚，正值岁末，上海的天空灰蒙蒙的，下着大雾与细雨，风冷得刺骨。

西棠今天下午从北京出发，在机场取牌时，航空公司的人认出了她，瞧见她孤身一人在机场等着，有两个地勤偷偷上来求合影。

也许是因为情绪低落，西棠对这一切竟然安之若素，摘了墨镜露出标准的甜美笑容。见此，那位美丽的地勤笑着说了句："出入竟然不带助理，您本人气质真好。"

西棠笑着握了握她的手。

西棠从虹桥机场打了车去公司，有同事在加班，进去倪凯伦的办公室，而倪凯伦没在，躲着呢。

西棠去她家，也没有人。

第二天早上，十三爷在公司在泡茶，倪凯伦敲门进来，问道："十三爷，您找我？"

十三爷穿着花衬衣大背带，梳港式油头，冲着她招招手："凯伦，来了，坐。"

倪凯伦在沙发上坐下来。

十三爷将茶杯推给她："你跟西棠闹翻了？"

倪凯伦因为手上持股，兼之十三爷爱才，因此她对待这位大老板一向没有其他人那么毕恭毕敬，闻言立刻鼓起眼："谁那么嘴碎？"

十三爷不慌不忙地，又泡了两轮茶，这才指了指桌面的一个文件夹，说道："这儿有份文件你看看，算西棠送给你的，给你也是给我、给公司的一份人情。"

倪凯伦拿起来一看，是一份电影上映备档期，她扫了一眼公司片子的排期，没发觉什么异常，她一边翻一边抱怨："黄西棠实在是难以管教，我怎么带手下的艺人，您一向不管，这回怎么关心起这些小事来？"

下一刻她的话骤然顿住了。

倪凯伦低头又仔细地看了一遍，抬头目光灼灼地盯住了十三爷。

十三爷冲着她肯定地点了点头，神色之间深不可测。

新年的电影档期寸土寸金，历来是兵家必争之地，这个新年档期星艺有一部古代爱情喜剧上映，同期竞争的还有对手公司的一部古代侦探片，两部主演都是现在最红的人气小生；剧本、制作都还算精良，两部片子的宣传都是攻势十足，大有大打宣传战之势。

倪凯伦这么多年积累下来的人脉，加上她和公司的几个高层四处求爷爷告奶奶，终于排到了一月二日首映。原以为一切万事大吉，不料上个星期消息传来,由美国引入的一部系列超级英雄大片,正式定档一月二日首映,两部片子定档撞期,公司上下顿时成了一片哀鸿。公司试图调期,可哪有那么容易的!如果不在二号上映,那就只能排到十号后了。现在倪凯伦手上的那张文件,正是那部美国大片的上映时间,赫然显示在十二月三十一日,那一天正好是对家的新片的上映档期,直接打击了他们的最大对手。

倪凯伦深深地倒抽了一口气,咬了咬牙,然后说了一句:"我明白了。"

十三爷抬头瞧了瞧倪凯伦,慢悠悠地说:"西棠必须要留住赵家这位少爷,不惜一切代价。"

倪凯伦斜吊着细细的眉毛:"什么意思?"

十三爷不紧不慢地看了她一眼,毅然道:"那边说得很客气,说是求你多爱护她,我这儿就没那么客气了。你听明白了,黄西棠爱做什么做什么,别说要演话剧,她要去说相声你也得伺候好了,让西棠好好陪住了这位赵少爷,才是正经事儿。"

倪凯伦中午回家,见到黄西棠带着妈妈等在公寓的楼下大堂里,她赶紧走上来:"哎呀,阿姨您来了?西棠,怎么不带阿姨进屋里坐?"

等到进了屋泡上了茶招呼好客人,倪凯伦转身冲着西棠悄悄翻了翻眼:"我明天去北京,给你谈你喜欢的那部戏,高兴了吧。"

西棠低着头说:"对不起,我还是拍戏吧,我不演话剧了。"

倪凯伦伸手一个大巴掌抽她:"臭丫头。"

公司现在最好的资源都给了西棠。

黄西棠当天下午就签了约,新戏预计春节之后开拍,跟大河影视合作的一部现代都市剧。她拍大格格的戏实在伤身伤心,现在适合拍一部爱情喜剧调剂一下心情,而且拍摄周期不长。

黄西棠跟着倪凯伦回公司,人人跟她笑脸相迎。

"西棠,北京戏完了回了啊。"

"还没呢。"

"什么时候拍完?"

"保不齐得到春节了。"

"哟，西爷，大明星回来了。"

"哥您说笑了。"

黄西棠签完合同之后，又跟熟悉的同事寒暄完，倪凯伦把西棠拉到一边，冷着脸说："你明天陪赵平津回北京吧，他晚上的飞机回京。"

西棠脸上露出疑惑的神情。

倪凯伦说："十三爷说了，你得伺候好那位大爷，这件事可比拍戏重要多了。"

倪凯伦送她到楼下，司机和车子都已经在等着了，西棠撇撇嘴，看着她有点想哭。

倪凯伦撑着伞送她上车，替西棠拉了拉外套的领子，安慰地说："都是讨口饭吃，好姑娘，去吧。"

那一天是十二月二十八日，临近新年，高楼上空的圣诞装饰还在闪烁，马路上开始张灯结彩，上海气温极低，又下雨，湿冷刺骨，人在户外的体感十分难受。

黄西棠等在和平饭店的楼下，助理送他下楼来，西棠看了他一眼。赵平津裹着围巾，穿得厚厚实实的，一直在咳嗽，脸色特别差。

她张了张嘴，欲言又止。

赵平津昨天晚上飞来，半夜见了胡少磊，早上一直昏昏沉沉地睡着，咳嗽咳得嗓子都哑了。他看了看欲言又止的西棠，没好气地说："想说什么，憔悴得没法儿看了是吧？"

西棠笑笑说："您当心点儿，金身宝贵，别散了架了。"

酒店的大堂有经过的人偷偷地举起手机。

赵平津比她反应还敏锐，立刻拉过她侧过身体挡住了镜头，然后沉着地说："上车。"

穿着金色制服、戴着白手套的司机拉开了车门。

赵平津拉着她的手上了车。

沈敏在首都机场接赵平津，见到西棠随着赵平津出闸，大大地松了口气："西棠，你陪舟舟回来的？"

黄西棠点点头。赵平津极累，不愿说话，摆摆手上了车，车子开上机场高速，他倚在她怀里闭着眼。

赵平津咳嗽，额头上冷汗一直渗出来，西棠拿手帕给他擦，他在飞机上就是这样，身体难受，睡不着，他也不说，只是默默地忍着。

沈敏另开了一辆车跟在赵平津的车后面，在柏悦府车库停下来时，沈敏上来说："方才老爷子来电话了，让你回家去，病了，不让住外面。"

赵平津说话时鼻音很重："我上楼去睡一觉，在家里睡不着，我晚点再回去吃饭。"

沈敏压了压声音："老板，还有一件事。"

沈敏这些天的确忙晕了，因为赵家要办喜事儿，他被临时抽调回来继续给赵平津做秘书。可婚宴的事情赵平津完全不管，沈敏忙着四处打点各种纷繁锁事。郁家那位要一起看婚宴的策划，赵平津耐着性子陪着她去了一次，郁家小姐不甚满意，现场的布置反复调整。

第二天赵平津直接飞上海出差去了，沈敏替代他陪同郁小瑛去现场看的，婚宴策划公司有几个下属不识人，误以为他是新郎，搞得场面十分之尴尬。这两家的事情，哪一件都不能出一点点纰漏，沈敏情急之下只好当着西棠的面请示了："喜宴的座位名单，您最终确认一下。"

西棠坐在另外一边，脸色淡淡的，假装没听见。

赵平津哑着嗓子，声音低到几乎听不见了："你跟周老师定吧。"

他下车上楼去了。

赵平津进了卧室，闭着眼坐进沙发里，解开扣子脱下衬衣，西棠在外面挂好两个人的大衣，走了进来，正看到赵平津换下了衬衣，之前打了点滴，他的手臂上还贴着一块白色的医用胶布。

西棠走过去，轻轻地揭了下来。

西棠给他收拾了一下衣服，熬了点粥，回到房间里去，赵平津已经睡着了。因为鼻塞，他嘴巴微微张着呼吸，感冒的症状很重，睡得不安稳，一直微微地皱着眉头。

白皙的脸孔，鬓若刀裁，墨黑的眉头被衬得格外刺眼。

西棠坐在床边，抬手轻轻地摸了摸他的脸。

多好看的男人，下颌坚硬如一块粹白的玉，有这样面相的男人，却注定走的是不择手段的铁石心肠的路，倘若说这些年在他身边学到了什么，大概最重要的一点，是想要达到目的，就必须下狠手，哪怕是对自己。

西棠一动不动地看着赵平津的脸暗忖：人再好看，又有什么用呢。

十二月的最后一天。

赵平津接黄西棠吃饭。

黄西棠隔了两天再见到他，赵平津人清瘦许多，精神倒挺好。西棠坐进副驾驶座，侧头看了看他，发现他新理了头发，鬓角连着后脑剃得极干净，根根发丝贴着头皮，更显得他眉目英俊凛冽，骨子里那种杀伐决断的气势，便透了出来。

两个人吃了一顿气氛不错的饭。

西棠知道，节日的前一天是给她的，新年那天是给家人的。

饭吃到一半的时候，赵平津问黄西棠说："如果那个角色你想要演，可以争取一下。"

公司最近在谈她的下一部戏，海象团队的制片人找公司接洽了一下，据说公司连收到的那一页两行台词的剧本，都签了严格的保密协议。西棠收到通知还准备了一下要去试镜，但后来又没有了下文。穆海象的上一部电影，让秦武武在柏林电影节拿下了影帝的称号。那已经是四年前的事情了，花了数年打磨出来的剧本，挑演员是慎之又慎。

西棠笑着摇了摇头。

赵平津待她出手阔绰，她丝毫不怀疑，如果她继续跟着他这样混下去，她能过极好的生活，锦衣玉食，满手资源；大部分时候在剧组里作威作福，小部分时候要随时等待传候。这样在人世间的黑暗奢靡之处陪他吃饭睡觉，一直到他厌倦为止。

吃完饭，赵平津带着她游车河，北京的夜晚，万灯齐放。

这座古老而时尚的城市已经启动了节日夜景照明，朱红色的宫城延绵不断，古建筑井然有序，方方正正，一整片的璀璨灯光，十分华美。

他们在这座流动的黄金之城里缓慢地移动。

赵平津开了一个多小时的车，送她回去时，夜间的风已经很大了，吹散了雾霾，天空开始飘着零星的雨夹雪。

西棠抬头望了望，隔着一个十字路口，酒店就在街道的尽头。

西棠忽然按住他的手说："靠边停一下。"

赵平津不明所以，但还是依言放慢了速度，在路边停了下来。

也许那一瞬间他已意识到不对，疑惑地转过头看了她一眼。

西棠目视前方，沉着而清楚地说道："赵平津，我就在这里跟你说再见吧。"

赵平津一时愣住了。

西棠伸手从包里拿出两个袋子："我这里有一份礼物给青青，上次她怀了宝宝请我们吃饭，我都没有来得及准备，也许以后都不会见她了，请你帮我转送给她吧。"

赵平津只好接了过来，他试图说话："你不能自己拿……"

西棠却早已将一切都准备好了，丝毫不打算给他缓冲、阻止，甚至说话的时间，她的声音柔和而婉转，却带着不容置疑的坚持："另外一个是给你的。我知道你不缺什么，但因为你，我才能拍到那么好的戏，这一点，我真心非常感激你。"

赵平津扫了一眼那个白色的盒子。

西棠说："凯伦上周回香港，我托她带的，我送不了你太贵的东西，你收着自用或者送人，都挺好的，总之是我的一点心意。"

黄西棠没法送他太私密的东西，诸如衬衣、外套、领带、腕表，他的一切吃穿用度，都属于他的妻子该关心的范畴。她很早之前就明白了，自己没有那个运气。送手机还是倪凯伦给她的建议，凯伦说的，因为流行、实用，且欠缺温情。

西棠想了想，的确如此，赵平津的手机换得频繁，一来是因为他喜欢科技产品，二来是因为他使用东西的确不太爱惜，磕磕碰碰的划痕很多，用不到一个月就摔坏屏幕也是常有的事儿，上次因为送她去医院弄脏了手机，他就直接换了新的。

她做人这么周到，真是让人无话可说。

赵平津完全没准备好应对这次猝不及防的告别，一个人还有半个是蒙的。

他看了她一眼，哑着声音说了一句："喂，黄西棠……"

西棠立刻截断了他的话："我订了明天的机票回上海。"

赵平津咬了咬牙，拧着眉头恶狠狠地应了一句："我不答应。"

西棠不悦地抬起头，却看进了他的眼里——他那一刻的伤痛，西棠有一瞬间，竟以为是错觉。

赵平津的声音有点发抖："西棠，你能不能——多留几天？"

西棠望着他笑了笑——竟然还挤得出微笑："你不是一月八号就结婚了吗，你留着我在北京，难道还想请我喝喜酒不成？"

赵平津的脸颊唰地一下就白了，那神色仿佛胸口被人捅了一刀似的。

西棠眼角余光看到他握在方向盘上的手，在微微地颤抖。

两个人在车厢内兀自安静，谁也舍不得先说话，唯恐再说出的下一句，应该就是再见了。

隔了很久，西棠轻轻地问了一句："我能不能看看你的皮夹？"

赵平津顺从地掏了出来。

西棠接过来，翻开看了一下，里边一沓两三个币种的现钞和几张白金卡，别的什么也没有。

赵平津握住她的手，西棠被他有些幽凉的手指按着，翻开了夹层的最深处，里边掉出来一张小小的婴儿黑白照片。

西棠拾起来，看一眼就明白了，那是她的百日照——圆藕似的手脚，笑得嘴巴弯弯的，没有牙齿，胖嘟嘟的脸。

这个照片她只有一张，在嘉园的屋子里，她以为丢了，没想到是他带走了。

西棠顿时哭了。

眼泪流出来，却又破涕为笑了。

赵平津哑着嗓子轻声细语地问："你怎么知道的？"

西棠说："贞贞告诉我的。"

"大概是哪次喝多了，她翻了我外套。"赵平津斜睨她一眼，"人家比你聪明多了。"

西棠瞪他一眼："最后一面了，你就不能说点好听的？"

赵平津骤然沉默了，嘴唇深深地抿了起来，眉头深锁，一言不发，那是受到重击之下，最极端的防御姿态。

西棠轻声细语地跟他说："你结婚了，以后就好好跟她过日子吧。"

赵平津起初不肯说话，西棠就执拗地等着。等了很久，终于听到他答应了她一句："好。"

西棠紧紧绷着神经，在听到他说"好"的那一刻，她以为自己会轻松，心脏却开始无法控制地紧缩。

赵平津深深地吸了一口气，说："以后，把烟戒了吧，对身体挺不好的。"

"嗯。"

"手要是还经常疼，要定期去做检查。"

"嗯。"

"拍戏少熬夜，倪凯伦会给你签好每天的工作时间。"

"嗯。"

"如果有什么事处理不好的，让倪凯伦找沈敏。"

"好。"

赵平津抬手，小心翼翼地抚了抚她的头发，叮咛道："再交男朋友，要找好点儿的。"

西棠故作轻松地笑了笑："怎么样算好？"

赵平津认真地想了想，思索得太艰难，仿佛脑仁里有颗碎石子在磨着似的，一寸一寸割得细微地疼："人要好，身家要有点，尊重你的工作，他和他家里人都对你好。"

西棠的鼻子里涌起一阵酸楚。

赵平津声音有点发抖："别再找像我这样的。"

西棠的泪又落下来,却抬头望着他笑了:"一定。"

黄西棠擦了擦眼泪,对赵平津笑笑:"我挺满足的,我们之前分开的时候,闹得那么难看,至少这一次,大家都是好好的。"

赵平津咬着牙别过脸,忍住了喉头涌起的一阵剧烈刺痛。

西棠终于说:"我走了。"

她伸手去解安全带。

赵平津低下头,握住她的手,轻轻一按,嗒的一声,好像两颗心破碎的声音。

西棠拎起包,转过身开了车门。

赵平津的声音透出了一丝哽咽:"走吧。"

西棠想回头再看他一眼。

赵平津不让。

他有力的手紧紧地握住她的手臂,强硬地按着她的肩头,他坚决不让她回头。

赵平津从她的后背略微俯过身,伸手替她推开了车门。

西棠嗅到了外面的空气,那是十二月最后的一个晚上,浓黑,清冷,肃杀,自由。

赵平津的手掌贴着她的脸颊,亲手将她送出了车外,他一直不让她回头。

西棠一脚踩在雪地中,堂堂正正地站直了身体。

在她身后,那台黑漆漆大车的车门无声无息地合上了。

黄西棠只觉得喉咙里窒息哽痛,热泪一直在往外涌,她站在他的车旁呜咽出声,走了几步忍不住又蹲下去号啕大哭。然后她站起身,开始在路上奔跑起来。

赵平津的手握在方向盘上,握得那么紧,手背上蜿蜒的血管都透出刺目的黯蓝色,他的整个手臂连着胸腔都在颤抖。

明晃晃的车灯照出去，路边的绿化带积了厚厚一尺白雪，一个瘦瘦小小的女生在人行道上发了疯似的跑。

那是他生命中最爱的女孩儿。

她正在离他而去。

他恍恍惚惚想起很多年前。

赵平津在工作之后的晚上去学校接黄西棠回家，她排戏排得太累了，就在后座睡着了，他会把车开得特别平稳。车子从海淀区一直开到中央商务区，金宝街高楼林立，霓虹灯五光十色地映照在车上。有一次，黄西棠不知道什么时候醒了，他转头看了一眼，她正在用一支口红在他的车窗上写字。

到家时他把她抱出来，转头看了一眼车窗，看到她在车窗上写了一句："北京，让我与你所有的灯光干杯。"

那是他们相爱过的北京。

很多年后他才明白，他曾经用命去刻意遗忘的那段日子，原来竟是他荒唐一生中最幸福的时刻。

只是后来再也没有了机会。

赵平津凝神再望出去，她的身影已经在路的尽头消失了。

心脏仿佛都停止了跳动。

略微一抬手，手指在车前一按，暗灭了车灯。

眼前的路一下全黑了。

整个世界只剩下了一片黑暗。

他在黑暗中抬手捂住了脸。

车子仍在飞快地奔驰,带着他的未来,奔进了一片茫茫的白色光里。

番外
一月八日没有雪

夜深了，院子前一盏昏暗的廊灯，一束窄窄的光线投射在屋檐下。

石条台阶上覆了一层薄薄的雪。

哨岗十二点刚换过一轮岗，每隔一个小时，就有人在大院里巡视。

从大门的警卫室看出去，胡同里头，几间深宅大院，都是黑黢黢的一片。

警卫员小武今晚当班巡逻，刚刚撒了一泡尿，瞧了眼墙上的时钟，披着军大衣抖抖索索往外走，踏出门，一片雪花飘到了鼻尖上，立刻融化了。

霰雪纷纷，偏又下得寂静。

这天儿冷到骨子里了。

小武远远看到院子里门前蜷缩着一个黑色的影子，神色一凛，立刻警戒地放慢了脚步。

手电筒的灯光一扫而过，警卫员紧绷着的心头骤然松懈了下来，小武踩着碎雪大踏步走上前去，靠在台阶上的人依旧丝毫不动。

警卫员俯身扶了扶人影的肩膀："舟舟哥？怎么坐这儿了？"

赵平津恍恍惚惚地抬起头来。

警卫员走到屋子前敲了敲窗户："阿姨，舟哥儿回家了，赶紧开门。"

保姆阿姨在暖烘烘的炕上打盹儿，闻言立刻惊醒，趿着脚匆匆忙忙走出来打开了门，看了一眼坐在雪地里的人，黑色大衣下雪白的衬衣领子、围巾、手套都没戴，立刻"哎哟"一声，赶紧过来扶他："我的心肝儿，冰天雪地的，你怎么就坐在地上？"

赵平津抬头笑了笑，眼前看不清人，想说话，却发现嗓子完全发不出声音来，他顺着那一扶，摇摇晃晃地站了起来。

他一路勉强将车开了回来，下了车从胡同里走进院中，走着走着再也没有了力气，依稀记得最后只好在台阶坐了会儿。

坐了多久都不知道。

保姆伸手替他将身上被雪水浸湿的外套脱了，推着他进去换身暖和衣裳。赵平津换了衣服走出来，保姆先递上一杯热茶，然后用热毛巾替他擦着手心。

赵平津一向是衣来伸手饭来张口的主儿，低着头任由保姆照顾，只觉心口窝着一团寒冰，一阵一阵地刺疼。

他扬手喝了半杯热茶，将杯子递到老保姆的手上："您早点休息，我上楼了。"

赵平津低着头，一级一级楼梯往上走。

上到二楼的转角处，他直觉地抬了抬头，眼前有点重影。

周女士穿着丝绒睡衣，站在楼梯的走廊处，定定地望着他。

赵平津仰面扯出一个笑，依旧徐徐的，走到了楼上，声音沙哑，却带着一贯的笑意盈盈："周老师，还没休息？"

周女士不理会他的嬉皮笑脸，深夜两点也没法松懈她在这个家的威严："家里头什么情况你也知道，你非得深更半夜搅得全家不得安宁？"

赵平津依旧笑嘻嘻的："我这又不是存心的，晚了点回来，谁知道阿姨还没睡。"

周女士皱着眉头："你如今是愈来愈胡闹了。"

赵平津上前搂住他妈，将她往她屋里头送："您睡吧，我好着呢。"

周女士意味深长地看他一眼，半是警示半是劝告："舟儿，你要再这么继续犯浑，迟早得出事。"

赵平津愣了一下，忽然笑了。

那一丝笑容模糊难懂，转瞬即逝，他客客气气地扶着周女士的手臂："您放心，事儿到而今，再没比今天更干净的了。"

这么没头没脑的一句话，他说得字字清晰，仿佛带着一种奇异的痛楚，周女士怔住了几秒，凭着一个母亲的直觉，抬头仔细地看了看他的神色。

他回得太晚了，夜熬得多，脸色苍白，他脸上仍带着点儿笑，但周女士觉得她一贯骄纵到没边儿的儿子，今晚不知为何看起来有点失意。

赵平津替她推开了房门，摆了摆手转身往回走。

"舟儿。"周女士不放心。

赵平津摇摇晃晃地走到了楼梯旁,听到他母亲唤他,抬手按在了扶手上,回头望了望她,唇角抽了抽,露出一个面目模糊的笑:"妈,我爸当初,是不是也像我这么懦弱?"

周女士脸色倏然一变。

赵平津笑着,却不再说话,径自楼上去了。

新年过后第三天。

假日刚过,夜里八点多的主干道特别堵。方朗佲今天下班迟了些,他平时基本每天都按时下班,因为妻子有孕在身,他得陪她。

小区的车库里头,几辆车堵在门禁处,前面一台熟悉的黑色车子。

方朗佲按了下喇叭。

前头那车后视镜里人影一闪,驾驶座上的人漫不经心地伸出手臂冲着他挥了挥手。

方朗佲在车库里停了车,回头,赵平津正从车上下来。

方朗佲乍然看到他,愣了一下,天气这般冷,赵平津一袭黑色大衣,里边只穿了件灰色格子衬衫,人显得格外瘦削,方朗佲回过神来,笑着搂住他肩膀说:"好一阵子不见你小子了,新年躲清闲呢。"

赵平津笑了笑:"哪能啊。"

两个人走进客厅,保姆迎上来招呼。

方朗佲说:"上回让给舟子捎带那药,搁哪儿了?"

保姆转身去开柜子:"我给您拿。"

赵平津在沙发上坐了下来,接过了方朗佲递过来的一个白色袋子:"哥们儿谢了。"

"客气。"

方朗佲给他递了一杯茶,瞧了瞧他的神色,斟酌着问了一句:"赵董——怎么样了?"

方朗佲是自己人,办事说话一向知道分寸。他大伯这事儿,外头还是瞒着的。赵平津扼要地说:"一期化疗结束了,现在在家里头,效果不大,十分痛苦。"

方朗佲闻言心底一沉,之前赵平津说得隐晦,以为还有生存期,照现在这情况,估计是不好了。

赵平津抬手搓了搓脸,眉间就没松开过,明显是压力太大,神经一直紧绷着,他声音低沉了许多,神色却还是平静的:"他意思是不想遭罪了,我大伯母不依,天天在家里头哭。"

方朗佲问:"你姐呢?"

赵平津答:"前两天回去了,过几天再回来。这药不好带,赵品冬在美国都没买到。"

方朗佲想让他放松一下:"我们家就这位洋买办,家里就一个女孩儿,当初我爷还将我叔骂了一顿,现在看来,出去了挺好。"

赵平津听到笑了笑,想起方朗佲那位英姿飒爽的堂妹:"读牛津进国王学院实验室,朗佲,我们这几家,女孩儿都海阔天空的,我们留在家里头的,你瞧瞧我,都成什么样儿了。"

方朗佲眼眶忽地一热,他知道赵平津心里头难受。

方朗佲低声劝了他一句:"这段时间你留神点儿,只怕困难不小。"

赵平津抬手取了支烟:"生死有命。"

方朗佲道:"我说的是你。"

赵平津沉默了一下:"我会处理好。"

方朗佲点点头:"晓江儿不参加你婚礼了。"

赵平津闻言停了几秒,忽然讥讽地笑了笑:"他是不该来。"

方朗佲不敢搭他结婚的话题,只简单地告诉他:"他爸的文件好不容易批下来,他拼了命赶移民,唯恐事情有变。"

"前几天从我这儿拿了几支好酒给老高呢。"

"老高那边,托了南边的人。"

赵平津静静地听着:"事儿怎么样了?"

方朗佲说:"面签过了,事儿最终妥没妥,我这几天也没问。"

赵平津咬着烟，也没点着，模模糊糊应了一句："他要真有事办不妥，让他来问我吧。"

方朗佲答："行了，谁敢劳烦你这大忙人。"

赵平津眼角看到了一个身影，将烟从嘴边取了下来。

青青正从楼上下来，身形已经有些明显了，她孕期睡得多，气色精神都不错，笑着喊了句："舟舟哥。"

赵平津坐了一会儿，青青留他吃饭，只是赵平津忙，助理的电话进来了两趟，他将茶杯搁在桌面上告辞了。

方朗佲知道他最近事情多，也不强留。

赵平津起身时想了起来，从大衣的口袋里翻出一个小盒子递给青青："黄西棠送你的。"

青青接了，抬头望他："西棠……她真回去了？"

赵平津点点头，没打算多说。

青青依依不舍地道："你怎么不告诉我一声……"

赵平津丢了个眼神给方朗佲，沉默地起身往外走。

"舟子，等等。"青青追在他身后问道，"你就这样打发她走了？"

赵平津脚下停了一秒，凉薄的眼底似笑非笑："难道我还得给她开个欢送会不成？"

方朗佲知道他媳妇儿怀孕期间情绪起伏特别大，眼疾手快地一把伸手拉了拉她，只见青青瞪大了眼，指着赵平津气愤地大叫了一声："舟舟！你……"

方朗佲已经抬手捂住了她的嘴。

赵平津视而不见，拾起大衣："我回了。"

青青在方朗佲的怀里拼命地扭动，方朗佲眼看着赵平津关门出去了，终于松开了她。

欧阳青青转身对着方朗佲怒目而视："你还不让我说他几句，别人我是不爱管，你不看看西棠，西棠怎么对他的？西棠爱他都爱成什么样儿了，他是怎么待人家的？他要这么薄情寡义的，还禁不住我说两句？"

方朗佲眉头紧了，压低了声音："你也别怪他了，你没看西棠没走几天，他瘦了多少？"

青青蓦然抬头，瞪大眼朝着门厅看过去，赵平津已经走了，门口空无一人。

她咬着唇跺了跺脚，忽然放声哭了起来。

一月八日的早晨。

赵平津下楼来。

赵家院子里的灯，五点多就亮起来了，保姆阿姨在饭厅里跟周女士说："天儿好，下了那么多日的雪，就今天放晴了，真是个好日子。"

老保姆瞧见他进来，给他福了一礼："舟哥儿，阿姨给你道喜了。"

赵平津平和地笑笑。

他跟他母亲打招呼，声音有点沙哑。

周女士看了他一眼说："昨晚没睡好？"

赵平津端起水杯，不动声色："没有。"

周女士细细地叮嘱："接了你王伯伯，一切安排妥当，家里不用担心，你爸爸下午到，昨晚还打电话回来让我提醒你，早上别误了点儿。"

赵平津点点头。

早上七点多，沈敏领着两个助理到了。

今天大家都赶早。

赵平津问："爷爷奶奶什么时候过来？"

周女士忙着看："说是起来了，老爷子今儿够早，说是高兴得昨晚都没睡着。"

早饭吃完，周女士催促他去换衣服。

早晨九点，赵平津领了沈敏出门去了。

出了屋子，沈敏在院子里低声跟他报告："负责警卫工作的同志已经到了，领队是方志军。"

赵平津跨出四合院的大门，迎面而来的正是肤色黝黑的方志军，赵平津客气地同他握手:"您辛苦了。"

方志军笑着说:"赵总,恭喜。"

沈敏早已调控周密,保镖打开了车门,清一色的黑色制式大衣,配了对讲机。

整条胡同都戒严了,行程却是异常低调,国盛胡同只开出了两台车,黑色奥迪,赵平津在车上,只问了一句:"车子安排好了吗?"

沈敏点点头。

他闭起眼睛休息,脸色是惯常的苍白,他这一阵子身体状况不太好,人却异常的平静。

平静得太过头了。

明明一切细节都经他亲自反反复复地确认过,赵平津更是难得地配合,一句意见也没提过,一切正按部就班地进行着,沈敏心里却一直揣着隐隐的不安,他一坐上副驾驶,就绷直了身体注视着路况。

车子往西苑机场开去。

车辆过了火器营桥,开上了北四环西路。

出了四环,机场就快到了,沈敏看了看表,比预计时间还早了约莫二十分钟,他略微松了口气。

后座赵平津的电话响了,他睁开眼看了一眼,没接。

铃声停了一会儿,又响。

赵平津按掉了。

沈敏坐在司机旁边,不敢大意,悄悄地回头看了他一眼。

这时手机又开始响。

赵平津终于接了起来,嗓音听不出情绪:"喂?"

陆晓江的声音混在电话那头嘈杂背景之中,遥遥地不太真切,却带着分明的紧张和局促:"喂?喂?舟舟?"

赵平津不耐烦地应了一句:"是我。"

陆晓江那头在播放机场的登机广播:"我在香港机场,我爸的赴美签证昨天到了,我昨晚给你电话,你没接。"

赵平津受不了那份嘈杂,微蹙着眉头,随口应了一句:"有事?"

陆晓江说:"我半小时之后登机。"

赵平津仰头靠在椅背上,抬手捏了捏眉头。

他漫不经心地望了眼窗外,已经到了市郊,山坡高低起伏,四周有低矮的树丛,残雪挂在枝头,灰蒙蒙的一片萧瑟不堪,今天风大,路旁卷起漫天的灰尘。

陆晓江在那头开始说话。

赵平津的脸色慢慢地变了,下一刻他忽然恶狠狠地说了一句:"你再说一遍。"

整台车子忽然陷入寂静,整整十分钟,沈敏没听见他再说一句话。

沈敏回头看他,电话仍然在耳边,他整个人的神色却完全变了,紧紧地报着唇,牙根都咬紧了,脸上浮现一种僵硬而暴戾的神情,连着整个人几乎都在微微颤抖。

沈敏心底惊慌一跳,立刻打手势示意司机稍微降低车速。

就在那一刻,他听到了赵平津的声音。

那声音,仿佛被人死死地扼住了喉咙,气息低微,濒临死亡。

他微弱地问了一句:"这么些年了,你就没想着告诉我?"

车里又陷入了一片死寂。

赵平津低低地喘了口气,声音微弱得几不可闻:"你说的这些事儿,我也理解,只是晓江,咱俩的交情,到这儿就尽了。我不会再见你,你的任何事情,都与我无关,如果你要跟我们共同的朋友见面,你请便,无论是在这北京城里头还是任何地方,我不会出现在任何有你的场合。"

陆晓江耳边紧紧地贴着电话,他打这通电话之前,就已经预料到这一个毁灭性的结果,他抖着嗓子带了一丝哭腔:"三哥……"

赵平津的情绪压抑到了极点,甚至带了一点诡异的温和:"晓江,当年在长安俱乐部里血淋淋的黄西棠,你还记得吗?"

陆晓江忽然觉得害怕,举目望了一眼机场鼎沸的人声,身上无法抑制地打了个寒战:"你今天结婚……"

赵平津笑了一下,那笑声急促仓皇,仿佛一声夜枭的啼哭:"你还知道我今天结婚?我在去机场的路上,接西北来的那位。"

陆晓江心存了最后一丝幻想,迟疑了好一会儿,啜嚅地道:"三哥……求你原谅我。"

赵平津淡淡地答了一句:"再见,晓江。"

赵平津仰起头,望见混沌沉重的天空,那一刻忽然想起小时候住在大院里头,夏天的午后,天是透明的蓝,他跟晓江、高积毅他们几个调皮捣蛋的男孩儿,正午趁着大人们都睡了,悄悄溜出来,翻墙爬出去,在胡同的墙根下踢球。

那时的阳光真好啊。

沈敏直挺挺地坐在前头,大气都不敢出。

刘司机跟沈敏交换了一个眼神,刘司机跟了赵平津好几年,见过他撒火,见过他摔东西,见过他把下属骂得面无人色,但从没见过他这样令人胆寒的神情。

沈敏不一样,他跟了赵平津小半辈子了,往事历历在目,他心底最恐惧的那一层情绪又翻涌起来。很多年前,他曾经经历过一次,那一次黄西棠不顾一切地闯进了长安俱乐部他的那间包房,赵平津在牌桌上当着一整个屋子的京城子弟跟她吵架,吵到最后的神情,就是像现在这样。

那一刻他知道赵平津真动了怒。

那一夜沈敏想起来仍然后怕,他倒不是怕赵平津真对西棠下狠手,西棠到底是个女人,赵平津再离谱也有个底线,他担心的是赵平津出了事,他是跟在赵平津身边的人,他没脸也没法向老爷子交代。他太了解赵平津了,天不怕地不怕的,真的到了拼命的时候,赵平津是什么事都干得出来的。

赵平津忽然伸手按住车门,压抑着嗓音嘶吼了一句:"停车。"

刘司机一脚踩下刹车。

沈敏心知大事不好。

还没来得及做出任何反应，赵平津已经推开车门冲了出去。

赵平津只感觉到全身的血都在往外翻涌，他脑海中唯一的意识，就是往回跑，他想回头，他拔腿往灰扑扑的道路尽头奔去。沈敏跳下车，追上去拉住了他："您冷静点儿！"

赵平津魔怔了一般，一把推开他："放开我，我要回去！"

沈敏不明所以，冲着他喊了一句："您要回哪儿？"

赵平津直瞪瞪地看了他一眼，愣了一下，好像完全被他这个问题困住了，他举目四望，周围四野空旷苍茫，只有光秃秃的树枝和低矮的民房，只是一瞬间，他的肩头瑟瑟地抖了一下，拔腿又往前跑。

沈敏被他拖着，脚下不稳差点摔倒，却不敢放开他："舟子！"

赵平津神色暴烈，脸庞扭曲，连声音都变了："滚开！"

那一声仿佛变作了一声哀号，像一匹受伤的狼，深夜在旷野嗥叫，惨伤里夹杂着愤怒和悲伤。

赵平津踉跄了一下，脚下却不停。

沈敏追上去，实在没有办法了，他张开手臂从后背猛地一扑，几乎是整个抱住了赵平津，双手紧紧地钳住了赵平津的双臂。

赵平津反手给了他一拳。

沈敏脸歪向了一边，眼镜掉了，顾不上拾，奔上去拽了他一把。赵平津双腿发软，完全禁不住他这么一拽，跪着扑倒在了地上。

沈敏慌了，奔过去蹲在他身边："哥？"

后面跟着的车上的保镖和司机都下来了，在周围警戒，没人敢上前来。

赵平津看到沈敏脸上殷红的血流了下来。

他失焦的眼睛慢慢聚集起来："我打着你了？"

沈敏将他拉了起来。

只是那么一段路，沈敏扶着他的手臂，感觉到他全身在发抖，冷汗从鬓角不断地渗出，湿透了衬衣的领子。

赵平津喘不上气，沈敏扶住他的肩膀，太阳在阴霾之中隐去了，风沙漫天，他低着头闷咳起来。

沈敏抬腕看看表，放低了声音："飞机要到了。"

赵平津撑着沈敏的肩头，眉宇之间浮起一层倦意，那一瞬间，整个人似乎完全垮了。

刘司机将车开了过来。

赵平津阴沉着脸一言不发，沈敏拽着他，将他往车里推。

沈敏极力想稳住他的心神："我回避一下，龚祺陪您接机。"

沈敏回头望了望，示意跟在后面车上的龚祺上来。

赵平津哑着嗓子说了句："你先回去，处理一下伤口。"

沈敏不放心："我跟着您去机场吧，我不露脸就行。"

机场的负责人早在台阶上等候，见到车辆进来，快步地迎了上来："西北来的飞机准备降落了。"

赵平津一行人进入机场候机室。

往落地玻璃窗外看时，专机已经在跑道的上空盘旋。

飞机落地，舱门打开。

同行的李主任疾步走上舷梯，他是来客的老部下，前任秘书，曾跟随他在陕甘地区工作。

赵平津领着秘书站在舷梯下，陪同着的还有几位下属。

赵平津和他握手。

王伯伯五十开外，身穿冬常服，披一件大衣，笑容和手掌一样亲切有力："舟儿，劳动新郎官大驾，家里老爷子好？"

赵平津恭谨地答："好，盼着您来呢。"

机场的管理人员陪同着，地勤往外引路，车子早已经在等候，赵平津陪在王伯伯的身侧，将他送上车，赵平津亲自给他关了车门。

车队缓缓地驶出去。

赵平津直起身，缓缓地松了口气。

正要往外走，有人拍了拍他的肩膀："舟子。"

赵平津回头，两人握手："蜀安兄。"

李蜀安那年三十八岁，国字脸，浓眉大眼，中等身材，穿一件灰色夹克，朴实稳重，眼神里有一种不容忽视的威严。

李蜀安冲着外面车道看了一眼："接的是那位？"

赵平津点点头。

他对着赵平津，语气却不生分："怪不得，咱家老爷子催我紧赶慢赶的，还好赶上了，这是躬逢盛宴啊。"

李蜀安手臂上挂着一个四五岁的小女孩儿，扎两个羊角辫子，穿粉色小裙子，一副富富贵贵的好模样，小姑娘清脆地喊了一声："赵叔叔！"

那是李蜀安的女儿，隔壁钱家的孙女。

赵平津望着她笑了一下，把这小鬼头当大人一般，客气地招呼了一句："心心，你好。"

李蜀安说："忙着吧，不阻碍你时间了，晚上宴席见啊。"

赵平津点点头："好。"

龚祺陪着他往机场外走，赵平津的脸色比早晨更白，几乎是不见血色了，但风度依然一丝不苟，他站在车旁跟机场的负责人寒暄道谢几句，方才登车离去。

沈敏脸上紧急冷敷过，已经消了肿，随行的人员还给他脸上扑了层粉，遮住了鼻翼的些许瘀青，他是赵平津的首席秘书，今天要露面的场合太多了，他留在酒店内又确认了一遍安保措施。

赵平津从楼上下来。

沈敏知道他是强弩之末了，用眼神示意龚祺赶紧送他回去。

龚祺点了点头，陪着他往外走。

赵平津步出一楼的大厅，站在汉白玉的栏杆旁，深深地吸了口气。

胸腔里都是血腥之气。

他的身体绷得笔直，牙根咬紧，腮帮都在微微发抖。

身体里此刻一点知觉都没有，心头那一处的痛，被他死死地控制住了。

这一刻竟然觉得格外清明。

沈敏跟着走了出来。

保镖在检查车辆，对讲机里传出确认一切正常的声音，沈敏落后了几步，站在人群外，给家里的保健医生打电话。

助理和保镖拥簇着赵平津往停车的路边走。

赵平津走到车道旁，手机响起来，他低头看了一眼手机屏幕。

屏幕上闪烁的名字仿佛一根利刺，瞬间刺进了他的脑部神经，他突然伸手，将手机狠狠地砸在了车上。

金属撞击发出一声闷响，手机屏幕碎了，细小的钢化玻璃碎片溅了出来。

跟在他身侧的保镖几乎是在一瞬间，侧身挡住了他的身体。

龚祺领着几个助理和秘书立刻站住了。

围绕着车辆的其余几位黑衣男人，依旧戒备在车辆的四周，戴着墨镜，面无表情，仿佛一切没有发生。

赵平津摆摆手，身前的男人躬身让开了。

胸口艰难地起伏，却又被他极力地压抑住，赵平津抬脚往前走，没走出两步，一头往下栽去。

沈敏冲了过来。

比他更快的是训练有素的保镖，两个彪壮的黑衣男人几乎是一个箭步冲上前，一左一右地撑住了他的身体。

车门被迅速打开。

保镖扶着赵平津坐进了车里。

赵平津晕厥过去了几十秒，在车里醒了过来。

车厢里急促的电话铃声一直在响。

沈敏置若罔闻，坐在他身旁，担忧的神色有点压不住了，看见他清醒过来："您怎么样？"

赵平津睁开眼看见是他，又闭上了眼，脸上浮出一层石灰一般的惨白，歇了好一会儿，才低声应了一句："没事。"

沈敏望着他，赵平津能撑多久，他心里是一点底也没有，事到如今，能把控大局的只有他了。

沈敏咬咬牙，对着司机吩咐了一句："回家去。"

赵平津倚靠在座椅上，又歇了好一会儿，他眉目低垂，就着沈敏搁在座椅上的手看了一眼对方的腕表，快十点了。

沈敏正低声打电话，吩咐人给赵平津换一台新的手机。

赵平津抬眸看了他一眼。

沈敏立刻停下讲电话，问他："怎么了？"

赵平津没说话，指了指车前。

沈敏立刻会意，爬到车前从储物箱里掏出了一个白色盒子，继而对手机那头说："先不用了。"

沈敏搁下了自己的手机，然后低下头，拆开了那个白色的盒子，拿着那个刚才被他摔得支离破碎的手机，拔出电话卡，专心地给他装到新手机上。

赵平津一动不动地看着，越看心脏越难受，只好移开了目光。

车子正行驶在西二环，今日限行，道路难得通畅了些，宽阔的马路旁高耸地立着落光了叶子的银杏树，平日里熟悉的景致，今天看起来仿佛带了一丝陌生，他已经很久没有在早晨十点，在阳光里经过阜成门北大街，平日里这会儿，他不是已经在办公室里，就是头天晚上工作晚了还在睡，今天是因为他要结婚，才在这个点儿，穿梭在北京城里。

赵平津望着窗外久了，忽然感觉眼前泛起茫茫雾气，他眨了眨眼，窗外明明有阳光，眼前却忽地有些看不清楚。赵平津靠在车窗上抬手撑住了前额，闭上了眼。

车子仍在飞快地奔驰，带着他的未来，奔进了一片茫茫的白色光里。